EDMONDE, L'ENVOLÉE

Journaliste, Dominique de Saint Pern a été rédactrice en chef à *Elle* puis à *Marie Claire*. Elle est l'auteure de plusieurs romans, dont *L'Extravagante Dorothy Parker*, *Pour l'amour d'un guerrier*, *Baronne Blixen*, traduits dans plusieurs langues, et a reçu pour *Edmonde*, en 2019, le prix Simone Veil ainsi que le Grand Prix de l'héroïne Madame Figaro.

Paru au Livre de Poche :

BARONNE BLIXEN

EDMONDE

DOMINIQUE DE SAINT PERN

Edmonde, l'envolée

ROMAN

STOCK

ISBN : 978-2-253-94097-5 – 1re publication LGF

À la mémoire de Marie-France et Dominique D.

Qu'emporterais-tu si ta maison brûlait ?
— Le feu.

Jean COCTEAU

Écrivez. Et nous n'oublierons pas.
Écrivez. Et nous ne serons pas oubliés.
Écrivez. Parce que la mort n'est qu'un simple synonyme de l'oubli.

Jón Kalman STEFÁNSSON

Prologue

C'était une journée douce, une fin d'été indien. Marseille cherchait son souffle fenêtres grandes ouvertes. À l'intérieur de la Résidence du Palais, la température avoisinait l'étuve. Les gens âgés, il est vrai, ont froid jusqu'aux os. J'ai demandé à rencontrer Edmonde Charles-Roux. « Madame Defferre ? Nous allons la chercher. » On entre dans une maison de retraite comme dans un moulin.

J'attendais dans le ballet des soignants en blanc et des fauteuils roulants, j'attendais dans cette odeur de désinfectant et de renfermé particulière aux établissements de soins médicaux. Elle est arrivée dans un fauteuil d'acier. Un grand type le faisait rouler dans ma direction. Elle avait l'air furieuse. Outragée, plutôt. *Des chiffres et des lettres* captait toute son attention dans la salle de télévision commune aux pensionnaires, quand on l'a ôtée de là pour la poser ici, désorientée, humiliée. Indignation d'être déplacée comme un objet ! Du pied, l'homme a bloqué le frein du fauteuil et nous a laissées face à face.

J'ai dit bonjour.

Elle m'a toisée à travers ses grosses lunettes. Je lui ai expliqué : vous rencontrer… Marie Dabadie… donné ceci pour vous… Je lui ai tendu un énorme bouquin de photographies. Tom Penn lui adressait un ouvrage consacré à son père, Irving.

Je n'étais pas sûre qu'elle me comprenne.

Froncement de sourcils.

— Vous avez pris rendez-vous avec ma secrétaire ?

— …

— Il faut trois semaines pour obtenir…

Elle n'a pas terminé sa phrase. Elle a laissé le ruban de mots s'enrouler dans l'air avant de retomber mollement à nos pieds.

C'était une mauvaise idée, ce livre. Il pesait une tonne, elle allait y briser ses bras fins d'oiseau. Quand même, je lui ai montré une dernière fois… Irving Penn… *Vogue*… Je l'ai rangé dans sa poche de papier. Elle s'est penchée, soudain intriguée.

— Qu'est-ce qu'il y a dedans ?

— Le livre. Un carnet…

Un carnet. Penn. *Vogue*. Fulgurance, association d'idées.

— Vous avez de quoi noter ?

Sans doute étais-je devenue une journaliste venue l'interviewer.

— On peut faire l'interview… là !

Elle a montré le fond du couloir. J'ai poussé le fauteuil jusqu'à l'endroit qu'elle pointait du doigt. Sur la droite, le couloir faisait un coude. Elle a tendu le buste vers ce qu'on ne voyait pas, une expression rusée et concentrée sur le visage. Comme si le couloir dissimulait un secret, ou un monde d'ombres mouvantes, dans ses recoins.

— Le studio photo est là-bas ?

Je ne lui ai pas dit que « là-bas » était l'espace réservé aux kinésithérapeutes.

Un autre univers avait pris possession de ses pensées. Elle parlait, avec difficulté, dans un enchaînement de mots impossible à suivre, des mots dont le surgissement la surprenait elle-même. Elle a fait voguer son petit bateau sur le flot des souvenirs. « Penn », « Karl », « la race noire… zéro, y avait rien à faire… ça les dépassait… ».

J'étais venue pour prendre contact, rien de plus, évoquer le livre que je souhaitais écrire sur sa vie. J'avais apporté un présent, une boîte de chocolats du pays où je vis, le Pays basque. Un sourire enfantin a illuminé le visage tourmenté par l'effort. Expression de pur ravissement. J'ai vu la petite fille qu'elle avait été.

J'ai dit : « *Oublier Palerme.* »

Semblable à une caresse, un autre sourire a effacé le premier. Ils se succédaient sur son visage à la vitesse de nuages dans le ciel.

— Oh oui… Celui-là était vraiment réussi…

Que rappelait-il à Edmonde, ce premier roman ? Qu'avait-elle déposé là de si intime qu'il fasse éclore une aura de tendresse chez cette femme connue pour sa réserve parfois tranchante ? Ou bien était-ce le souvenir du bonheur qui avait suivi sa parution ?

Nouveau carré de chocolat. Soudain les pieds sur terre :

— Vous avez une voiture ?

Réponse négative.

— On m'a volé mon sac, avec tout ce qu'il y avait dedans ! La carte de crédit... Je suis sans un sou, comment je vais faire ?... Bon, on va chez moi...

— Où ?

Je l'agaçais. Trop lente.

— Rue des Saints-Pères !

L'impulsion irrésistible de la fuite, de retourner au nid. Elle s'agitait. Son esprit papillon continuait de voleter d'une phrase inaboutie à une autre. Confiant, le directeur de l'établissement m'avait dit : « Dimanche dernier, dans son fauteuil roulant, elle a tenu en haleine les autres pensionnaires avec une conférence improvisée sur la déchéance de nationalité. »

Une trentaine de minutes ont passé.

Elle a attrapé ma main, l'a serrée dans ses doigts maigres. Leur prise était incroyablement ferme. La voyant s'agiter, j'ai choisi de la laisser tranquille.

— Edmonde, il va falloir que je vous laisse, j'ai un train à prendre...

Sa main s'est agrippée à la mienne, plus fort.

— Je reviendrai vous voir, je vous le promets.

Regard éperdu, dénué de toute supplique, éperdu d'incompréhension.

— Je ne peux pas rester, je suis désolée, je ne peux vraiment pas...

Je l'ai confiée à un infirmier, puis je me suis éloignée d'eux. En me retournant une dernière fois vers ce corps épuisé, minuscule, j'ai vu son regard d'orage rivé au mien, je l'ai vue se dresser dans son fauteuil d'acier, vibrante, indignée, témoignage de l'être magnifique qu'elle avait été, et réunir les mots, les garder soudés les uns aux autres par la seule force de sa volonté, pour me les jeter à la figure :

— Quand on veut, on peut ! On peut toujours.

Dix semaines plus tard, Edmonde Charles-Roux quittait la Résidence du Palais, elle quittait la vie et ce monde, dans sa quatre-vingt-seizième année.

PREMIÈRE PARTIE

Novembre 1945

Elle aimerait dire que la guerre est finie. Que l'horreur est derrière eux. Elle aimerait. Mais sous les « Vive la vie » retrouvés, la guerre continue. On ne voit qu'elle. Aux semelles de bois usées, aux tickets de rationnement et à la pénurie générale, aux rues crasses, noires, de Paris et à leurs gamins moins épais qu'une allumette. La guerre est bien là, qui s'accroche, ignoble teigne, dans le retour des déportés pareils à des squelettes. Avec cette paix si longtemps espérée commence le temps des pleurs et des complications. Hier encore, on lui racontait ce prisonnier allemand tombé dans le fossé d'une route et défiguré à coups de poing et de pied. Elle a haussé les épaules. Ben oui. Faut pas demander à un type qui a eu son frère tué par les Boches de jouer à l'infirmier de la Croix-Rouge.

Qu'est-ce qu'ils croient, ceux qui n'y étaient pas ?

Quant à la paix… Déjà, là-bas, deux champignons atomiques obscurcissent les cieux de Hiroshima et de Nagasaki, bombardées.

Edmonde presse le pas sur les Grands Boulevards. Un vent de novembre la pousse au hasard. Paris lui est devenu étranger. Personne ne l'attend, pas un seul ami de son âge. Elle n'a rien à faire. Strictement rien.

Ce 20 novembre 1945, deux heures et trente-six minutes plus tôt, l'état-major militaire a signé son ordre de démobilisation. « Rayée des contrôles de l'armée active. »

Une sensation bizarre l'envahit, un genre de tangage, de mal de terre. Absence soudaine de perspective. L'appartement des parents est situé à deux pas du ministère de la Guerre. Elle a préféré prendre l'air, traverser la Seine, la place de la Concorde ; maintenant elle marche, désorientée. Tuer le temps en avançant. Tourner à droite ? Prendre à gauche ? C'est ainsi que cela arriva. En humant l'air.

Elle s'engage sur le boulevard des Capucines quand quelqu'un lance : « Mademoiselle Charles-Roux ? » Une voix à l'accent qui chante, qui claironne les syllabes. Marseille la rattrape ! Marseille qu'elle a décidé d'ignorer. Elle plisse les yeux pour identifier l'intrus – Edmonde est myope, cela on ne l'a pas encore dit. Hippolyte ! Hippolyte Hébrard, entrepreneur en peintures pour les paquebots du port de Marseille !

Deux ans plus tôt, quand le trafic de faux papiers battait son plein, Hippolyte, qui s'était un peu spécialisé dans la chose, lui a obtenu une carte d'identité pour cacher et mettre à son nom, comme s'il était son enfant naturel, le petit Clemente, son neveu, le Dragonnet, après que ses parents avaient été déportés en Italie. Deux ans plus tôt. Autant dire un siècle ! Elle était une autre alors, une jeune femme qui n'avait pas encore remonté la France occupée pour la libérer auprès du général de Lattre de Tassigny ni, ces derniers mois, bivouaqué à la dure en Allemagne, en compagnie des troupes de la 5e division blindée.

Hippolyte semble surpris de la voir vêtue d'un imperméable, habillée en femme simplement, à Marseille elle n'a pas quitté sa tenue d'infirmière. « Qu'est-ce que vous faites à Paris ? » Elle lui explique, l'uniforme fraîchement raccroché, son idée de trouver un travail à tout prix. Mais pas un mot sur son refus de retourner s'installer dans le Sud. Merci bien. Ceux de son cercle naturel, la bourgeoisie, les huiliers, les savonniers, lui font une sale réputation de fille à soldats – les pires sont les mères qui espèrent marier leurs filles. On l'a ôtée des listes d'invités. On l'a regardée par en dessous. Contagieuse.

Hippolyte va décider de son avenir.

— Écoutez, je viens de participer au financement d'un petit journal. Le premier numéro sort demain. On ne sait pas du tout ce que ça va devenir… Ça pourrait vous intéresser ?

Un frisson d'excitation la parcourt. Elle se rappelle les moments passés avec Lee Miller du côté de la fameuse « poche de Colmar », fine silhouette blonde en treillis, inséparable de ses appareils photo ; son engagement physique pour rapporter des images de guerre l'avait bluffée. Hippolyte continue :

— Hélène Lazareff, vous connaissez ?

— Qui ?

— Hélène et Pierre Lazareff… Bon, laissez-moi

faire, peut-être qu'Hélène serait intéressée de vous prendre. Je crois qu'elle cherche du monde.

Edmonde n'a jamais entendu parler de ces gens, ni de ce magazine qu'ils s'apprêtent à lancer. *Elle*. Curieux titre.

Ça ne coûte rien d'essayer.

Hiver 1946

Le magazine *Elle* assume son titre. Des femmes. En pagaille. Des femmes jeunes. Au clavier des machines à écrire, là, rien de précurseur, l'engin leur est dévolu depuis son invention. Mais des femmes maquettistes, femmes secrétaires de rédaction, femmes éditorialistes, femmes reporters… Le « rédacteur » en chef soi-même laisse un sillage de Jicky et porte des jupes au tombé impeccable. Jusqu'au patron qui s'avère être une formidable directrice. Il n'y a que son époux pour respecter la tradition, un mari journaleux qui fume la pipe, affiche pantalon et bretelles, si bien que ses confrères l'ont surnommé « Pierrot les Bretelles ».

Voilà ce qu'Edmonde remarque en premier : un univers entièrement constitué de femmes. Hélène Lazareff, Françoise Giroud, Marcelle Ségal, Mihri Fenwick. Elle ignore que ce 99,9 % n'existe nulle part ailleurs dans la presse, pas même dans les jeunes magazines féminins qui naissent urgemment de la Libération, *Le Petit Écho de la mode*, *Claudine*, *Marie-France*, où les postes clefs sont tenus par des hommes.

Edmonde se dit que ça la changera des types pas rasés et mal embouchés qu'elle vient de quitter. Ça la changera des quinze mois passés dans le seul regard des hommes. Légionnaires, généraux cinq étoiles, spécimens de virilité qu'elle a su mettre au pas sans difficulté particulière. D'instinct, elle s'est sentie des leurs. *Amici.* À Rome déjà, au lycée mixte Chateaubriand, c'était pareil : elle était la fille à qui les garçons ne tiraient pas les cheveux. Mieux, ils la traitaient en copain.

Les premiers temps, l'étrangeté de ce monocépage de consœurs la déroute un peu.

Hélène Gordon-Lazareff l'a engagée au premier coup d'œil, séduite par son aisance à soutenir une conversation en quatre langues à la fois. Elle-même est polyglotte. Quatre langues, voilà qui s'avère légèrement surdimensionné compte tenu de la modestie du job : grouillot. « J'étais grouillot », dira Edmonde des décennies plus tard, en prononçant le nom drôlement, comme s'il était un bonbon bizarre que l'on goûte avant de le recracher pour faire un rond dans l'eau. Grouillot ! Incongruité qui ne cessera d'amuser la dame-avec-un-chignon qu'elle sera devenue. En janvier 1946, sa mission consiste à mettre de l'ordre sur le bureau qu'Hélène Lazareff s'entête à surcharger de presse-papiers, de feuillets dactylographiés, de maquettes et cendriers. Être grouillot n'exempte pas du style. Au téléphone, quand elle prend un rendez-vous ou reporte un déjeuner qu'Hélène, débordée, annule au dernier moment, la véritable nature de mademoiselle Charles-Roux rapplique au galop et se révèle au nez de toutes : elle accomplit sa mission sur le ton d'un grand chambellan. C'est irrésistible. Dans son dos, les autres se jettent des regards incrédules.

En ces jours effervescents de l'immédiat après-guerre, les équipes de *France-Soir* et de *Elle* cohabitent au 100 de la rue Réaumur, un immeuble haussmannien au cœur du quartier de la presse. Deux journaux aussi différents à quelques étages d'écart, le nouveau magazine pour femmes, le jeune quotidien d'informations brûlantes, imbriqués l'un dans l'autre, consanguins. Parce que Hélène *et* Pierre Lazareff. Indissociables, que ce soit dans leur vie privée pourtant agitée, dans l'exil ou la passion du journalisme.

Chaque matin, un rituel nerveux amorce la nouvelle existence d'Edmonde : elle traverse Paris à vélo, abandonne sa monture au garage et grimpe l'escalier. Le brouhaha commence au deuxième étage, celui de la rédaction de *France-Soir*, qui résonne de débats, d'interjections, de vie et de voix d'hommes pressés. Edmonde poursuit sa course jusqu'au cinquième étage, le dernier, qui abrite les deux pièces dévolues aux journalistes du féminin.

Là, toujours le même petit choc. Une fois la porte poussée, c'est un éclaboussement d'énergie et de lumière. Les maquettes punaisées aux murs, la quadrichromie des pages de couverture, les photos de filles décomplexées, sensuelles, coiffées d'un béret, ou solidement plantées sur le pont d'un voilier, pas de tangage mais du swing, sont à l'image des promesses que les Françaises se sont faites au long de leurs cinq années de cauchemar. Se donner des ailes, quand tout serait fini. Hélène n'a pas traîné. Elle a trouvé le style direct, amical et chic qui distingue *Elle* des autres magazines. La fantaisie qui rebondit de page en page est aussi la sienne.

Comment deviner ce que tant de gaieté camoufle ? Ses consœurs ne sont pas du genre à s'attarder sur leurs chagrins.

Cheveux brossés et brillants, ongles impeccablement vernis, maquillage léger, optimisme contagieux, ces illustrations de la nouvelle féminité reviennent de l'enfer. La guerre, les camps leur ont pris un être cher ou les ont privées de leur famille, certaines ont souffert dans leur chair. Résistante, Françoise Giroud est tombée entre les mains de la Gestapo, avant d'être emprisonnée à Fresnes. Elle n'en est sortie que sur l'intervention d'un éminent collaborateur. Sa sœur, Djenane, qui bientôt rejoint l'équipe, est revenue de Ravensbrück dans un état pitoyable. D'autres ont pris le maquis, comme Marcelle Ségal, ou la fuite pour échapper à la déportation, c'est le cas d'Hélène, d'origine russe et de confession juive, qui a poursuivi à sa manière le combat pour la libération. Indestructibles, elles sont revenues, affairées, dans la lumière, et fabriquent un magazine qui pétille de dynamisme. C'est frappant, cette absence d'héroïsation. Jamais une plainte au passé. On avance.

Hélène n'a rien de la traditionnelle beauté de magazine. Sa dégaine commence par sa coiffure. Ni faite ni à faire, pour l'époque. Une frange épaisse, une coupe presque courte et comme ébouriffée par la main, quand les Françaises retiennent leur chevelure à l'aide de peignes, la façonnent en rouleaux sages.

Oui, dans le bestiaire d'Edmonde, il y a d'abord

Hélène. Son élégance gouailleuse. Son sourire immense qui joue à cache-cache avec le nuage de fumée en suspension au-dessus d'elle. Ses grosses lunettes juchées sur le haut de la tête, exactement comme Pierre les remonte sur son crâne chauve, d'un geste automatique, quand il interrompt sa lecture et vous regarde. Hélène, si petite. Un tanagra. Dimensions réduites, proportions parfaites. Hélène et son imprévisibilité que l'équipe attribue à ses origines slaves et qui, un jour, se révélera être le symptôme de la maladie qui l'emportera. Alzheimer.

C'est captivant d'observer ce concentré de vitalité inventer *Elle*. Il y a un peu de tout dans les premiers numéros. Un reste de *Marie Claire*, le modèle de référence, précurseur dans les années vingt et trente, désormais interdit de publication pour avoir continué sa parution pendant l'Occupation. Hélène lui pique sa périodicité – hebdomadaire – et l'idée des couvertures en couleurs. Elle n'hésite pas à chaparder aussi du côté de la presse américaine. Ses années d'exil à New York ont aiguisé son regard. Elle a vécu parmi des femmes épargnées par les rigueurs de la guerre. Et qui ont le droit de vote depuis 1920. Des femmes émancipées. Là-bas, on lui a demandé de diriger le supplément féminin du *New York Times* et de coordonner la rubrique mode de *Harper's Bazaar*. De retour à Paris, elle touille le tout. Exige la modernité. Exit, donc, les illustrations, remplacées par la photographie. La France est exsangue ? Prévoyante, Hélène a fait photographier des modèles américains habillés à la mode française et fait imprimer les couvertures outre-Atlantique. Grâce à quoi le magazine pourra tenir six mois.

On manque de tout. Papier, encre, essence, bois pour se chauffer… L'ère est à la débrouille. Faute de moyens, la rédactrice en chef, enceinte, partage la chaise de la directrice de la rédaction. C'est à qui s'assoira avant l'autre.

Françoise Giroud, Hélène Lazareff. Edmonde ne se rassasie pas d'étudier le tandem. À la première un esprit synthétique, une intelligence naturelle, à la seconde l'extravagance et une forme de poésie. À la première la cause des femmes, à la seconde celle de Dior[1].

De sa plume racée, Françoise Giroud exhorte les Françaises à se comporter en citoyennes de plein droit. Dès avril 1944, le Comité français de la Libération nationale, présidé par Charles de Gaulle, a reconnu les Françaises majeures comme étant électrices et éligibles dans les mêmes conditions que les hommes. « Alors, allez voter ! » écrit Giroud. Ce qu'Edmonde s'est abstenue de faire aux premières élections municipales ouvertes aux femmes, en avril 1945 : elle était prise ailleurs, elle occupait l'Allemagne. De toute façon, la politique ne l'intéresse pas, pas encore, qui a blessé sa famille et laisse à chacun des cicatrices brûlantes.

Il faudrait lui griller la plante des pieds pour qu'Edmonde l'avoue : Giroud l'impressionne. Quatre petites années les séparent, qui ont suffi à l'aînée pour tracer son chemin et décrasser l'avenir. Sans le savoir ni le vouloir. Première femme scripte du cinéma français, auprès de Marc Allégret, puis première femme assistante réalisatrice, auprès de Jean Renoir, en 1947, Françoise Giroud fait un exemple réconfortant pour

Edmonde. Entre elles, pourtant, la fluidité n'est pas de mise. Trop semblables. Charmeuses l'une comme l'autre, deux sourires à tomber et le revolver dans le sac à main. Ambitieuses. Curieuses de tout. Deux femmes de pouvoir, et de presse, là elles jouent dans des catégories différentes, avantage à Giroud.

Quand le gynécée lui pèse, Edmonde s'échappe vers le garage où stationne une armada de fourgonnettes et de triporteurs. On y tue le temps en jouant à la belote entre chauffeurs et vendeurs à la criée, entre deux fournées de *France-Soir*, qui imprime au rythme de sept éditions par jour. Les voilà, on s'interrompt, les paquets de journaux valsent dans les véhicules, les moteurs ronflent, ça crie dans tous les sens, pétarade, et d'un coup, plus personne, le vide, la fumée retombe, le silence aussi. Edmonde aime cette ambiance. Ça lui fait comme un refuge, comme des retrouvailles, ce peuple de la presse, mégot aux lèvres, qui belote. Il y a la mélodie des relances, les blagues, les rires, le parler parigot, les voix qui se taisent. Edmonde s'y sent hors du temps. Renvoyée aux tabors, aux ambulances, à l'entraide, aux différences abolies, à l'essentiel. Eux ? D'abord surpris que cette bouche à la diction impeccable soit capable d'expressions dignes d'un colonel de grenadiers, ils l'ont acceptée parmi eux, de plain-pied. Elle leur plaît cette fille, assez peu chichiteuse pour s'asseoir sur un paquet de journaux à l'encre parfois fraîche.

— La Scala va rouvrir. Le concert inaugural sera dirigé par Toscanini… Il s'était juré de ne pas rentrer en Italie tant que le pays serait dirigé par un dictateur.

Dans son va-et-vient coutumier entre les deux rédactions, Pierre Lazareff soumet une info à Hélène. Rien ne se perd, *Elle* ou *France-Soir* la publiera.

— Ça t'intéresse, ou je la prends ?

Toscanini ! Edmonde le connaît depuis l'enfance. Combien de fois, à Milan, a-t-elle assisté avec ses parents à un concert dans la loge personnelle du maestro ? Combien de déjeuners familiaux, lui et sa petite-fille et les Charles-Roux, sur la terrasse cernée de glycines du palais Taverna, l'ambassade de France auprès du Saint-Siège ?

Hélène et Pierre savent reconnaître le talent qui passe. Celui d'Edmonde est d'avoir fréquenté des gens inouïs. D'accord pour la Scala.

Elle en revient avec un article à fanfreluches, minutieusement documenté. Trop de mots. D'impressions. De digressions. L'article passe entre les mains de Pierre. Il barre. Remplace. « Ce n'est pas la peine de parler de toi. On te demande de parler de ce que tu vois… » Edmonde découvre l'école du regard. Ses dix feuillets ont fondu. Il en reste deux.

Mais Pierre l'a remarquée. Hélène l'envoie aux défilés de haute couture, lui apprend la mode. Touchée par cette fille qui semble avoir peu d'amis de son âge, qui s'applique à tout bien faire, à paraître maîtriser les choses. Elle devine une solitude. Pierre lui enseigne tout le reste. La bonne histoire. L'angle. Le souffle. L'exactitude survérifiée. Sans compter qu'il est un recordman absolu de la rapidité de lecture. Un ogre. Dévorant les articles de *France-Soir* et de *Elle* avant qu'ils paraissent, tout en imaginant les sujets à venir. Edmonde est sous le choc du grand patron.

Elle va bientôt grossir la horde de pigistes affectés à la rubrique « Accidents de la rue » de *France-Soir*. Les fameux chiens écrasés. On la voit courir avec entrain derrière le fait divers. Les Lazareff inventent la « presse people » ? Elle file avenue Junot pister les amours d'Édith Piaf et Yves Montand à l'hôtel Alsina, oreille collée à la porte de leur chambre. L'exercice l'éloigne de la prose façon Tolstoï qu'elle place au-dessus de tout, mais, indubitablement, il lui permet d'approcher le Graal : la rédaction masculine du quotidien et son ambiance mess des officiers.

Au 55 rue de Varenne, on manigance. L'appartement familial, un peu lugubre avec ses couloirs étroits et sa vue sur cour, se prête aux putschs.

François et Sabine ont fait mine d'approuver la nouvelle lubie d'Edmonde. Un travail, pourquoi pas, si on le considère comme un hobby qui permet d'étirer le temps jusqu'au mariage. Mais la presse ! Si encore Edmonde avait sonné à la porte du *Monde*, ce quotidien que Beuve-Méry a créé dans le sillage de la Libération ! Hubert a été son répétiteur à Prague, à l'époque où François dirigeait la légation de France, la petite avait quoi… huit, dix ans… Ainsi Beuve aurait-il gardé un œil sur elle le temps qu'elle se lasse, ou que François lui passe un coup de fil pour siffler la fin de la récréation.

Ce magazine de frivolité qui absorbe leur cadette jouxte les bureaux d'un quotidien populaire dédié au sensationnel, de quoi chiffonner des parents longtemps abonnés au *Temps* et au *Journal officiel*. Les Lazareff ne sont pas de leur monde, lequel, d'ailleurs, mosaïque de rois déchus, de princes en exil, de chefs d'État renversés et de nostalgiques de l'empire colonial, s'effondre par pans entiers, si bien que d'ici peu on les retrouvera, lui et Sabine, juchés sur les débris de vestiges décomposés. François ne parvient pas à imaginer la société d'après la fin du monde. Il soupçonne quelque chose de répréhensible derrière cette histoire de magazine. Il pressent un relâchement des mœurs. Et sa fille préférée serait mêlée à ça ?

Le chaos est derrière eux, pourtant. Chez les Charles-Roux, les derniers mois de l'Occupation ont nourri des idées de fuite, et d'autres, plus noires, qui préfiguraient la prison, ou la mort, mais François s'est vu épargné par l'épuration à tout-va, il a échappé à une inculpation de trahison par la Haute Cour de justice pour avoir participé au gouvernement de Pétain comme secrétaire général des Affaires étrangères, entre mai et octobre 1940. Pourtant, dès la poignée de main de Montoire entre Pétain et Hitler, qui scellait la politique de collaboration de la France, François avait donné sa démission[2]. Définitivement mis hors de cause par l'instruction menée sur ordre du gouvernement provisoire, c'est en simple témoin qu'il a comparu au procès du maréchal. Il sait de nombreux secrets d'État, a assisté à tant de drames à l'intérieur des gouvernements que sa déposition a été jugée capitale. Il s'en est bien tiré : son art de l'esquive, le mélange savant de demi-mensonges et de vérités propre aux diplomates, lui a épargné de trop compromettre le vieil homme qu'il a tant respecté.

Leur tribu est à l'abri, soudée à nouveau, la confiance s'est réinstallée entre eux tous, c'est à croire que jamais ils n'ont été des parents dépassés par leur progéniture, fous d'angoisse, que jamais leurs enfants élevés dans l'idée de l'excellence ne se sont ligués pour envoyer valser les ambitions qu'ils avaient nourries pour eux.

Tout rentre dans l'ordre.

Jean apporte sa contribution à la paix familiale en renonçant à sa décision ridicule d'entrer dans les ordres, alléluia ! Il vient d'accepter un poste d'attaché d'ambassade à Athènes. Bons princes, François et Sabine acceptent de gommer leurs sept années à guerroyer contre sa vocation. On oublie les colères et les menaces. Du même coup, on escamote ses tourments. À quoi bon savoir. Jean, l'aîné, le plus brillant d'eux tous, Jean le poète. François et Sabine se disent qu'avec le temps il finira par fonder une famille, qu'il perpétuera le nom des Charles-Roux.

Apaisement du côté Del Drago, également. On a eu chaud. Redouté qu'ils ne sortent pas vivants du camp pour réfugiés civils de Montreux où ils croupissaient. Là-bas, Cyprienne, leur libellule, a attrapé le typhus et donné naissance à un enfant qui n'a pas survécu. À peine les Del Drago ont-ils sauvé leur peau qu'ils s'empressent de renouer avec la vie romaine, avec la vie tout court.

François se dit qu'ils ont vécu assez de drames ces dernières années pour s'en suffire. Ils pourraient même dormir l'esprit en repos, s'il n'y avait le cas épineux d'Edmonde.

Une confrontation directe serait catastrophique. Leur fille aime l'odeur de la poudre, ils l'ont appris à leurs dépens.

François a une idée. Faut-il qu'il juge Edmonde coriace pour choisir comme médiateur l'homme qui a été en charge des relations diplomatiques françaises à Berlin, puis à Rome, qui a présenté ses lettres de créance à Hitler, puis à Mussolini.

Elle est donc conviée à une entrevue chez l'ambassadeur André François-Poncet. Elle s'y rend. On ne pose pas un lapin à une éminence. Les premiers mots de l'ambassadeur confirment ses appréhensions. Cet homme qu'elle connaît à peine, ce collègue de son père, entrevu à Rome quand elle était une toute jeune fille, cet étranger en somme, se permet de lui dicter son avenir. « Être journaliste, ce n'est pas un métier… Il est temps de vous trouver un mari… un époux que vous soutiendrez, comme votre mère a épaulé l'ambassadeur Charles-Roux dans sa carrière… Quelle plus belle mission pour une femme ? » Edmonde écoute, son regard fixé sur la fine moustache posée tel un accent circonflexe au-dessus des lèvres, qui lui laissera une aversion définitive pour ce type de bacchantes. Tout à son rôle d'agent de la propagande, François-Poncet ne remarque pas l'irritation d'Edmonde, piégée dans son fauteuil, peut-être s'en fiche-t-il, lancé qu'il est dans son panégyrique du monde archaïque. Stoïque, elle songe à ses consœurs de *Elle*, aux rubriques glissées entre les plis soyeux des pages glamour qui invitent les femmes à l'émancipation, au « Courrier du cœur » où Marcelle Ségal ne se contente pas d'éponger les pleurs, mais encourage ses lectrices à décider de leur vie quoi qu'il leur en coûte.

De retour à la maison, elle s'abstient de tout commentaire. Ce sera son *niet*.

Le plus empressé à caser sa sœur se révèle être Jean. Dans ses lettres à Sabine, écrites depuis Athènes où il enchaîne les mondanités, il passe en revue les détenteurs de particule disponibles sur l'échiquier nuptial. Geoffroy de Courcel, Étienne Burin des Roziers, Emmanuel d'Harcourt. Ses copains diplomates. « Elle serait parfaite dans cette carrière. » Lâcheur. Edmonde, elle, l'a soutenu dans ses pires moments de détresse. Une certaine Mado R., amie de la famille, s'est mis en tête d'organiser les noces d'Edmonde avec un héritier Beauvau-Craon. Jean, l'esthète, s'insurge : « Quelle idée ! Ce jeune garçon est si laid[3] ! »

Edmonde est majeure, largement. Vingt-cinq ans. Mais majeure, ça ne veut rien dire pour une fille de son milieu. Après les privilèges et les bals vient la vie au foyer. Des besoins d'activité ? Elle s'épanouira en se dévouant aux « œuvres ». Il y a de quoi faire, la France après guerre est aussi sinistrée que l'a été la France occupée. L'arrivée des réfugiés tchécoslovaques, la misère, pas de logements... Trouver à se loger devient le fléau de l'époque, comme si les bombes avaient soufflé les toits au-dessus de millions de têtes.

Edmonde est bien décidée à faire exploser le carcan. Mais sans blesser quiconque. Elle va, le veut... encore lui faut-il trouver la bonne méthode.

Les parents lui reprochent d'avoir laissé filer l'un des plus beaux partis de Paris, Henri de Vilmorin. Le frère de Louise était vraiment mordu, un type formidable, drôle, mais elle lui a préféré la guerre et ses fracas, et l'action qui évite de ressasser le passé calciné. Elle n'était pas prête, tout simplement. Pas prête à remplacer Camillo. Et encore moins prête à dire oui à Montfort, le nom de guerre du prince Louis

Napoléon, rencontré à la Libération, sur les bords du lac de Constance. Des parents consternés, mais un Jean soulagé : « Mieux vaut ainsi. Un prétendant au trône doit être assez embarrassant dans une famille ! »

Il lui faudrait expliquer qu'en dépit de leurs titres et de leur courage ces hommes n'étaient pas de taille. Leur dire à quel point elle rêve d'aimer à nouveau, de s'engager, d'y croire, de se perdre.

Elle n'est pas de force.

Ses parents sont radicalement endogames, Sabine, tout particulièrement. Elle a l'œil héraldique. Des années plus tard, Sabine écrira à propos de la toute récente princesse de Monaco qu'elle a rencontrée à l'occasion d'une soirée donnée à l'Élysée en l'honneur du jeune couple monégasque : « Grace est ravissante de tournure, d'éclat, de cheveux, de carnation, elle marche comme une déesse, elle est parfaite de manières, bref, tout ce qu'il faut pour être royale… et elle ne l'est pas ! Elle manque totalement de race. Expliquez ça comme vous voudrez[4]. » Edmonde n'a donc aucune illusion quant à la bienveillance de sa mère pour le pedigree d'un prétendant, à supposer qu'il se présente un jour.

Sabine, Jean… Ils l'entourent, la cernent, plus étroitement chaque jour. L'admiration éperdue qu'elle éprouve pour son père la pousserait à capituler. Certaines fois, on y est presque. En mars 1946, Edmonde part faire du ski à Saint-Anton. Est-ce l'effet de l'altitude ? Elle écrit à sa mère de « tâter » la famille de Claude Lebel, un collègue de son frère. La mère de Claude apprécie beaucoup Edmonde, elle a aussi une grande influence sur son fils. Mais si l'idée leur en était venue, ils l'auraient fait savoir, non ? « Il faudrait surtout que je n'aie pas l'air dans le coup[5]. » Elle ne peut s'empêcher de boucler sa lettre sur une pirouette ironique : « Je te quitte en laissant ces graves problèmes entre tes mains et t'embrasse. »

Voilà à quoi ils la réduisent, arc-boutés qu'ils sont sur leurs satanées convenances.

Edmonde est une femme d'un grand courage, une amie loyale, mais, il faut que tu le saches, c'est une arrangeuse avec un grand A. Surtout, ne prends pas pour argent comptant ce qu'elle te dira…

Pierre Combescot,
conversation avec l'auteure, 1er janvier 2016

1948

La rédaction s'est vidée, seul le bureau de Pierre reste allumé. Edmonde l'aperçoit, penché sur un article, concentré sur le halo jaune que la lampe dessine sur le papier. Puis il s'interrompt, semble vouloir profiter de ce moment de calme pour décrocher son téléphone. Elle attend qu'il ait terminé sa conversation et se faufile dans le bureau. Elle doit lui parler. C'est urgent. Lazareff lui fait signe de s'asseoir. Il relève ses lunettes pour mieux l'écouter.

Voilà.

Elle a été invitée à déjeuner aujourd'hui par Paul Éluard, Christian Bérard et Pierre Colle[6].

Lazareff s'y connaît en célébrités et, franchement, un aréopage pareil autour d'une débutante, c'est pas mal du tout ! Et que lui voulaient-elles, ces trois grandes figures de la vie culturelle parisienne ? Le poète surréaliste, le peintre et décorateur que le théâtre s'arrache, et le galeriste et exécuteur testamentaire de Max Jacob…

Edmonde minimise, elle-même a été étonnée. On

l'invite très peu, elle n'est pas quelqu'un qu'on prie à déjeuner. En vérité, elle n'a pas l'intention de se lancer dans un long récit et de raconter qu'elle a connu tout ce beau monde à Marseille, chez la comtesse Lily Pastré, où se retrouvaient les artistes qui fuyaient l'Occupation et les nazis. Ensuite, il lui serait difficile d'expliquer la présence d'Éluard, qu'elle ne fréquentait pas jusqu'à ce jour. Et dont on peut s'interroger sur la présence à ce déjeuner d'« affaires ». Dans d'autres souvenirs radiophoniques, Éluard cède sa place à Jean Cocteau et Boris Kochno, une combinaison plus vraisemblable puisque avec Bérard ils sont inséparables, et qu'Edmonde les connaît tous de longue date.

Bébé Bérard a cassé le morceau, dit-elle : Michel de Brunhoff souhaite la recruter pour *Vogue*.

Vogue ? Un univers suranné, un décor d'abat-jour à fanfreluches, de femmes à l'élégance figée...

— Je suis désolée, Christian, ça ne m'intéresse pas...

— Comment ça ?

Il est soufflé.

Bérard est un proche de Brunhoff. C'est à lui que le directeur de *Vogue Paris* a demandé d'illustrer le tout premier numéro, un hors-série, paru à la Libération. Sa couverture montre un galion qui bat pavillon français et fend l'océan. Le titre, *Vogue*, dont les lettres chatoient en tricolore, le soleil éclatant étaient sans équivoque : la République française rentrait au port.

Mais Edmonde ne veut pas se spécialiser dans la presse féminine. Il y a *France-Soir*, l'actualité, le monde qui pulse...

— Fais attention, parce que le train ne passe jamais deux fois, dit Pierre Colle.

— Tu feras de *Vogue* ce que tu voudras en faire, renchérit Bérard.

Edmonde a dressé l'oreille. Comment ça, ce qu'elle voudrait en faire ?

Michel de Brunhoff a été le bon génie de *Vogue Paris* qu'il a hissé au plus haut, infiniment plus haut que la version américaine, il a innové, il se sent des responsabilités à l'égard du magazine, mais s'il souhaite le relancer, il n'a plus l'énergie de s'imaginer aller au-delà. Son fils, Pascal, qui militait dans un mouvement lycéen, a été arrêté sur dénonciation le 10 juin 1944, puis fusillé avec cinquante-cinq autres jeunes résistants parisiens. À vingt ans. Allez trouver une raison de vivre, après ça… Un jour, il passera la main.

Maintenant, elle scrute Pierre Lazareff. Elle aurait pu choisir les conseils d'Hélène, mais elle s'est précipitée vers Pierre. Bien entendu, il va lui dire : « Tu restes. »

— Que feriez-vous à ma place ?

— Tu n'as pas à te poser cette question. Vas-y.

Elle accuse le coup. Lazareff la flatte à l'encolure :

— Ce n'est pas une chance que l'on offre à tout le monde. Je te garde ton fauteuil au chaud. Si tu ne t'y fais pas, si tu détestes ça, eh bien au bout d'un an tu reprendras ta liberté et tu reviendras. Je te garantis qu'on t'attendra.

Surtout, ne prends pas pour argent comptant ce qu'elle te dira…

En effet. Un jour de 1995, Edmonde glissera une petite remarque dans une interview diffusée sur France Culture[7] : c'est Christian Dior lui-même qui aurait soufflé son nom au directeur de *Vogue*, son ami Michel de Brunhoff.

Dior.

Celui-là même qui vient de créer le new-look et les robes corolles, obligeant les femmes à tirer sur leurs jupes devenues trop courtes et trop étroites. Comment a-t-il repéré la jeune journaliste dans le buisson de rédactrices en herbe qui se précipitent à ses collections ? Pourquoi elle ?

Éluard, Christian Dior, vérités ou semi-mensonges… L'Arrangeuse nous sème.

L'éclair brutal du magnésium ne l'a pas fait ciller. Le bruit mat de l'ampoule qui implose s'est perdu dans le brouhaha. Certainement il y a bal, ou fête, sinon à quoi bon cette cascade de lumières floues qui ruissellent des lustres et scintillent dans l'infini des glaces.

C'est un plan américain. Le modèle, une jeune femme, rit aux éclats, son regard dit au photographe : « Tu es fou ! Pourquoi moi ? »

Parce qu'elle est belle.

Femme-fleur épinglée dans la lumière. Son épaisse chevelure sombre est remontée, deux aigrettes de plumes blanches encadrent délicatement son visage inondé d'un grand rire. Du bustier blanc émergent ses épaules nues, rondes et dorées. Bien qu'il s'agisse d'un cliché en noir et blanc, on n'a aucun doute : la peau est dorée. Un collier tressé enserre son cou. Est-elle une ballerine ? Une jeune héritière à blason ?

Robert Doisneau vient de capturer ce qu'il aime le mieux, un éclat de joie, deux secondes d'éternité dans le regard d'une jolie femme.

Une autre photo. On comprend alors que la première

n'est qu'un détail, agrandi et si subtilement cadré qu'il permet toutes les interprétations, un détail de cette scène où l'on découvre une farandole de femmes en robe du soir et d'hommes en smoking. Chacun tient la taille de celui ou celle qui le précède, tous sont écroulés de rire. La jeune fille aux aigrettes attrape le majestueux comte Étienne de Beaumont comme elle le peut, sous les bras dirait-on, lui s'agrippe aux hanches de son épouse, laquelle rit tant qu'elle peine à garder son équilibre… Les regards convergent vers l'objectif, sans doute le photographe a-t-il donné pour consigne : « Continuez à faire la chenille tout en me regardant. » Maurice, l'assistant aux deux musettes bourrées d'ampoules flashes, a brandi le projecteur pour immortaliser la scène.

Qu'a-t-il en tête, Robert Doisneau, en ce soir de juin 1950, tandis qu'il photographie le grand bal des Beaumont en leur hôtel particulier de la rue Masseran ? Prouver que les gens huppés sont des gamins comme les autres.

Voilà à quoi Edmonde passe le temps depuis qu'elle est journaliste à *Vogue*. La jeune femme aux aigrettes c'est elle, journaliste en mission mais aussi invitée personnelle des Beaumont, amis de ses parents. Multicarte, déjà.

Deux ans plus tôt, elle pensait que le courant de la vie la renvoyait à son univers d'origine comme un chemin tracé. *Vogue*. Les bureaux sur les Champs-Élysées, à deux pas du palais de l'Élysée, siège du pouvoir. L'équipe rédactionnelle, mosaïque d'héritières à particule et de filles de banquier. Elle allait périr d'ennui, étouffer sous les conventions, c'était sûr, vite faites-moi sortir de là !

Elle s'est trompée, le comprend dès sa rencontre avec Michel de Brunhoff.

Il s'avère aussi affable que Pierre Lazareff est en ébullition, voire sujet à des accès de colère. Le bureau directorial du magazine de luxe le plus luxueux du monde ne paye pas de mine. Son capharnaüm ressemble à celui de Lazareff, mais là où, rue Réaumur, s'entassent les dépêches et les journaux froissés, c'est ici une myriade de croquis de mode, d'illustrations, d'aquarelles, de travaux d'artistes qui encombrent la vaste table de travail.

Quant à l'allure de l'un et de l'autre, c'est le jour et la nuit. Celle de Lazareff, force vitale sous pression, incarnation du journalisme de transpiration, l'a impressionnée d'emblée ; l'apparence de Brunhoff la transporte vers l'enfance et les univers du merveilleux. Tout en rondeurs et en bienveillance, rouflaquettes argentées qui lui mangent le haut des joues, sourcils broussailleux, « l'arbitre suprême des élégances[8] », ainsi que l'a baptisé affectueusement le monde de la couture, ressemble comme deux gouttes d'eau à Mister Pickwick. Ce Pickwick-là ne procédant à aucun engagement pour *Vogue* sans l'aval de son beau-frère, Lucien Vogel, qui a dirigé le titre avant guerre, Edmonde découvre un autre membre de la troupe Dickens : Vogel porte un col cassé qui monte jusqu'à ses oreilles et des gilets de couleurs raffinées taillés dans des tissus soyeux.

Elle vient de poser le pied chez la famille de Babar. Jean de Brunhoff, peintre et dessinateur, frère de

Michel, est en effet le père de l'éléphanteau préféré des enfants. Elle s'aperçoit vite qu'en dépit des drames, la mort récente de Pascal, celle de Jean en 1937, la famille reste marquée du sceau d'une fantaisie créative qui a fait d'elle une pionnière de la presse.

Si Vogel a fait beaucoup pour le prestige de *Vogue* dans les années vingt et trente, il a aussi mis son imagination au service de l'actualité politique, sa véritable passion.

Cultivé et curieux de tout, Vogel souffre d'un handicap : il ne parle que le français. Frustré de ne pouvoir lire les nouvelles internationales dans leur jus, il a créé *Lu*, à son usage personnel. Un magazine exclusivement constitué de traductions des articles les plus intéressants de la presse étrangère. L'ancêtre de *Reader's Digest*, puis de *Courrier international*. Doué de l'œil photographique, il a aussi inventé *Vu*, qui recrée sur le papier le rythme précipité de la vie moderne. *Vu* est l'acte de naissance du photojournalisme où s'engouffreront *Life Magazine* puis *Paris Match*. Sa devise est simple : « Le texte explique, la photo prouve. » En 1931, *Vu* a publié « Enquête au pays des Soviets », alors que le régime communiste vit portes closes et bâtit son mythe. En 1932, avec sa fille Marie-Claude, bientôt madame Vaillant-Couturier, Vogel a couvert la terrifiante élection présidentielle en Allemagne, qui a porté Hitler au pouvoir. Un an plus tard, Marie-Claude, de retour en Allemagne, photographie par effraction ce qui sera le premier témoignage au monde de l'existence d'un camp de concentration : Dachau[9]. En 1936, au cœur de la guerre d'Espagne, le magazine de Vogel est le premier à publier les photographies de Robert Capa. C'est en le feuilletant que, pour la première fois, les lecteurs ont pu s'arrêter, saisis, sur celle d'un soldat républicain cueilli en plein vol par une balle franquiste.

Tels sont les hommes qui donnent quitus à Edmonde. Elle est la perle rare. Ils l'ont passée au gril. Son pedigree semble vierge d'embrouilles. Ses engagements militaires que rien n'obligeait, sa croix de guerre, ses accointances avec la Résistance pèsent de tout leur poids dans un curriculum vitæ encore léger. Les Brunhoff comptent dans leurs rangs leur lot de résistants et d'antinazis, c'est donc pour eux un point cardinal. Par ailleurs, des jeunes filles du monde aptes à trousser des articles ou à poser en photo, *Vogue* les ramasse à la pelle. Mais une très jeune femme capable de mettre au pas un bataillon et son général cinq étoiles, cela frise la rareté.

— Je vous propose le poste de courriériste théâtrale…

Elle n'hésite plus. Chroniqueuse. Ça lui plaît infiniment.

— Il faut sortir tous les soirs, je veux que vous couriez les théâtres, les bals, les soirées mondaines… Je veux vous savoir partout sauf au bureau ! Amenez-moi l'avant-garde et les têtes d'affiche, moi je me charge du reste.

Avant guerre, Brunhoff dirigeait *Le Jardin des modes*, créé par Vogel. Changement d'époque, le groupe Condé Nast lui demande de redonner vie à *Vogue Paris*, qui a cessé de paraître pendant l'Occupation. Ce père dévasté par l'assassinat de son fils n'a plus goût à rien, mais il s'attelle à la tâche, poussé par un besoin missionnaire : remettre la haute couture française sur les rails. La révéler au monde aussi éclatante qu'elle l'était cinq ans plus tôt, avant que les Allemands ne posent sur ses ateliers leur poing vert-de-gris et ne l'étouffent en la privant des courants d'air vif du cosmopolitisme. Un bref moment, les couturiers ont pensé que la mode se reconstruirait à Bordeaux. Jeanne Lanvin, Patou, Molyneux, Lucien Lelong s'y retrouvèrent pendant l'exode. Puis dans la capitale girondine les convois militaires ennemis avaient fini par faire partie du paysage. Vogel avait fui en Amérique, son *Vu* le plaçant sur la liste noire des nazis.

Resté à Paris, Brunhoff s'était trouvé dos au mur : les Allemands lui demandaient de créer une version allemande de *Vogue*. Depuis son balcon de la rue de Lille, la famille vit Michel partir à la Kommandantur pour refuser la proposition, Marcelle avait dit aux enfants : « Papa ne va pas revenir[10]. » Il était revenu – l'officier s'était montré compréhensif –, mais chômeur. La débrouille pour vivoter. Il avait créé un petit service de commissions estampillé Jardin des modes. Le magazine de la femme au foyer avait cessé de paraître, ses lectrices lui demeuraient fidèles en passant prendre les broderies, les patrons de tricot, les provisions de laine dont elles avaient besoin.

— Parlons de l'avenir, soupire Brunhoff.

Donc, à lui la renaissance de la haute couture. À Edmonde la responsabilité de nourrir la rubrique « Sortir à Paris ». Là encore, l'ambition de Michel de Brunhoff est de hisser le Paris de la culture tout en haut du podium dont il a chuté.

Il flanque Edmonde d'un jeune photographe prometteur. Robert Doisneau n'est pas encore le chef de file de la photographie humaniste, il n'est même pas connu du tout. Il émerge de cinq années passées entre les murs de l'usine Renault de Billancourt. Photographe industriel, il avait l'habitude d'embaucher aux matines pour photographier les ouvriers penchés sur les chaînes de montage, à la peinture, aux forges. Obéissant à une logique qui reste mystérieuse, Brunhoff va lui demander d'embaucher à la tombée du soir pour photographier des gens qui s'amusent. Impressionné par son livre de photographies sur Gentilly et son petit peuple – *La Banlieue de Paris* –, soutenues par des textes de Blaise Cendrars emballé lui aussi, Brunhoff prend Robert Doisneau sous contrat exclusif.

Il vient d'engager Edmonde. Son flair lui intime d'apparier l'amoureux de la banlieue et l'émanation des ambassades.

Depuis, Edmonde et Robert courent les fêtes, en connivence parfaite. Elle fait la journaliste, il illustre.

Doisneau chez les aristos constitue un mets de choix pour Edmonde. Ce soir-là, celui de la farandole et des aigrettes chez les Beaumont, il est arrivé accompagné de son assistant Maurice, tous les deux vêtus de smokings de location trop grands, hérissés d'épingles. Le comte, qui fait et défait les réputations du Tout-Paris, les attend sur le perron. Un coup d'œil au duo et il lance : « Messieurs, vous serez les rois de la soirée ! » Edmonde, elle, est en robe du soir, à la fois sujet sur la photo et observatrice hors champ, qui décortique et, plus encore, célèbre les fêtes de l'immédiat après-guerre où les grands de ce monde jettent l'argent par les fenêtres pour plus vite oublier le passé, la défaite, les morts. Edmonde en raffole. Elles exaspèrent Doisneau. « Qu'est-ce que je fous là ? », il se le demande à tout bout de champ. Et puis il finit par comprendre que les gens qui ne fichent rien sont beaux à voir. « Ils prennent des bains, s'astiquent, se poncent… Ils sont magnifiques. Ceux qui travaillent sont moches… » Robert glousse, sans ressentiment, un peu bluffé. Si les gars de Billancourt voyaient ça ! N'empêche, il préférera, et de loin, extraire la beauté de la banalité.

Un jour, Edmonde l'embarque pour le Nord. Reportage chez les Masurel, incarnations de cinq siècles de l'histoire textile. Il râle :

— Ces gens sont d'un paternalisme épouvantable ! Dis-moi ce que je fiche là…

— Chut ! Regarde, ils ont des tableaux ex-tra-or-di-naires !

Aux cimaises, des toiles de Lanskoy, Léger, Buffet.

— Je m'en fiche !

Il ne les loupe pas, les Masurel. Sur la photo : quatre bambins parfaits, si sages, si bien mis, si minuscules dans l'immensité écrasante du salon d'apparat, quatre enfants déjà prisonniers des attributs de leur caste. Quatre petits condamnés effleurés par la douceur d'un regard empli de compassion.

Parfois, la lutte des classes s'invite entre eux, parfois Doisneau n'en peut plus de jouer le fils du jardinier invité au château. Un soir de bal à l'hôtel Lambert, il refuse d'endosser l'habit de rigueur. Edmonde l'observe, il va et vient en complet-veston parmi la fine fleur de l'aristocratie mondaine – sir Cecil Beaton, le baron de Redé, madame Lopez-Willshaw et tant d'autres –, un peu acrobate pour filmer intelligemment la foule, un peu pickpocket pour chiper sur un visage l'expression qui fait basculer une scène. Tout va bien, Edmonde le laisse travailler tandis qu'elle champagnise. Au moment du souper, on prie Doisneau d'aller dîner en cuisine. Edmonde s'insurge. Elle et sa robe de bal lui tiendront compagnie au milieu des mitrons. Doisneau lui murmure :

— Tu vois… ton beau monde…

Elle l'aime d'amitié, ce Doisneau, léger et profond, drôle, tant d'espièglerie et de compréhension à la fois dans son regard noir grand ouvert. La poésie qui se dégage de ses images éblouissantes la laisse stupéfaite. Ont-ils assisté au même événement ? Sous son objectif, les soirées tape-à-l'œil deviennent irréelles et les gens du château, des personnages de Watteau. Il le sait bien, le lui dit que « ça n'existe pas, la réalité ».

Elle aussi l'épate, qui s'avère complice tout-terrain. Elle peut valser dans les bras du Tout-Paris, elle ne renâcle jamais à remplacer Maurice, lequel, dans le civil, est laveur de carreaux. Les soirs de grand lessivage, elle prend sa place, porte les musettes d'ampoules, suit Doisneau, se faufile avec lui, respecte une immobilité parfaite debout sur la pointe des pieds, brandissant le flash à bout de bras.

Après la nuit, quand se flétrit l'écume de la fête, Doisneau l'entraîne vers son monde de cœur. Celui, grouillant, des Halles, du Paris interlope. Déambulations semblables à celles qui la menaient dans les bas-fonds de Marseille au bras de Samson François, pendant l'Occupation. Robert connaît comme personne le dédale de ces bars où, dit-il, « on voit entrer tordus des gens qui en ressortent tout droits ».

Ils finissent à l'aube du côté du Châtelet, chez la mère Vignard. Casse-croûte au jambon d'Auvergne et verre de vin. Ils guettent l'inévitable moment où d'un coup d'éponge le serveur récupère le surplus de vinasse répandu sur les tables avant de le presser au goulot d'une bouteille. « Circuit court ! Recyclage… », lance Doisneau. C'est le signal. On lève le camp.

Cendrillon en robe de bal et houppelande de satin, Edmonde rentre chez ses parents. Doisneau la regarde s'éclipser en songeant au joli mot de son ami Prévert à propos des « femmes qui courent dans les rues en manteau de fous rires ». Lui, il retourne à Gentilly développer ses photos.

Elle rejoint la rive gauche à pied, par le pont Royal. François et Sabine ont quitté le 55, rue de Varenne, triste et froid, pour un hôtel particulier du XVIIe siècle, l'hôtel de Falcony. Cinq étages au 7 bis de la rue des Saints-Pères, sur un terrain jadis immense acquis par Marguerite de Valois.

Les jours sombres derrière eux, François préside désormais la Compagnie universelle du canal maritime de Suez, un poste prestigieux et sûr qui leur autorise l'extravagance Falcony. N'ont-ils pas toujours vécu dans des palais, par privilège de la République ? C'est un bel achat, un fabuleux investissement. Double porche, façade gravée par Marot, cinq étages, donc, précédés d'une cour pavée, adossés à un parc avec pelouse, fontaines et des arbres centenaires dont les frondaisons prolongent celles du parc de l'hôtel de

Chimay, si bien que l'on peut croire à un petit sous-bois, à seulement une volée de cloches de l'église Saint-Germain. En ce petit matin d'été, elles saluent mademoiselle Charles-Roux qui rentre dormir chez la reine Margot.

Ont-ils… ou n'ont-ils pas ? Derain était un séducteur et un coureur invétéré. Edmonde était belle, intelligente, il a dû éprouver un sentiment amoureux pour elle. Quoi qu'il en soit, elle était jalouse des autres conquêtes de Derain. Au fond, ce qu'elle aurait voulu, c'est être la seule égérie d'importance.

Geneviève Taillade,
petite-nièce d'André Derain,
entretien avec l'auteure, 17 octobre 2019

1950

Il faudrait s'interroger. L'intérêt des peintres pour son visage soulève des questions. Combien de fois, entre ses dix-huit et ses vingt-cinq ans, s'est-elle trouvée ainsi clouée à un tabouret par la volonté d'un artiste ?

Lelia Caetani fut la première, à Rome. Une élève de Bonnard. Puis vint Leonor Fini, à Monte-Carlo, en janvier 1941. Projet mort-né. Le jour même que « l'étrange peintresse » lui exprimait son souhait, Edmonde apprenait que le corps de Camillo, son amour, son désir, son évidence, venait d'être retrouvé dans la neige d'Albanie, troué de balles. Un soldat de moins et le soleil s'éteint. À Marseille, chez Lily Pastré, qui accueillait les artistes menacés par la Gestapo, Christian Bérard, invité permanent de la comtesse, avait pris son fusain et croqué une Edmonde parcourue d'un frisson électrique, celui d'une fille de vingt ans encore capable de rêver, en dépit de tout. C'est Rudolf Kundera, le « Tchèque de Marseille », qui a fait le portrait qu'elle préfère. Un pastel envoûtant.

Edmonde devenue femme, cheveux enturbannés, façon Beauvoir, yeux cernés d'une ombre bistre. Les bombardements laissent peu de temps au sommeil. Ses doigts, désinvoltes, jouent avec un bracelet. Visage énigmatique à l'ovale parfait, dont le regard semble dire à qui souhaiterait le sonder : « Stop ! Personne ne passe ! »

Qu'ont-ils vu, ces artistes un peu sorciers, dans la structure de ce visage, dans ses angles et ses méplats, pour vouloir l'isoler et l'empêcher de se confondre avec le reste du monde ?

Hasardons une hypothèse. Demandons à Edmonde de coucher son visage à l'horizontale, cheveux tirés, sans fioritures, sans maquillage, sans rien qui brouille, puis laissons-la s'abandonner au songe. Alors, elle clôt les paupières sur son mystère, se fait épure. Elle est la *Muse endormie* de Brancusi.

Ce samedi de 1950, Derain la peint. Il s'est emparé d'elle, pleinement. André Derain. Le plus grand peintre vivant, avec Picasso.

Immobile dans un fauteuil qui le contient à peine, le colosse peint, il pose son œil bleu sur la main dont la paume est retournée. Offerte. Il peut voir le sang battre dans les fines veines du poignet. Aujourd'hui il veut la main. À d'autres moments, c'est la figure, ou les épaules, quand il ne prend pas le tout. Les cheveux fous d'Edmonde. Derain choisit des modèles dont les boucles flottent en liberté. La mode des coupes courtes l'a désolé : les hanches devenues trop volumineuses, les épaules soudain trop étroites, un gâchis. Le chic de la ville, dit-il, nuit à la femme nue.

Il ne l'a pas prise en traître. Dès leur première séance de pose, Derain a sorti d'un carton une série d'études anciennes. Elles sont autant de tâtonnements qui l'ont mené à la forme parfaite : une femme reproduite à l'envi dans les positions les plus difficiles, « raccourcis que l'alcôve seule procure[11] ». Edmonde a relevé le défi, sans crainte.

Un détail ne cesse de la fasciner tandis qu'il brosse la toile : ses mains. Des mains de pianiste, agiles sur la toile. Ces mains-là voient.

Une pluie légère tombe et floute le vaste parc qui les entoure. L'atelier aux murs vert pâle se referme sur eux, les protège du monde extérieur duquel leur parviennent les effluves d'une blanquette. Madame Derain est aux fourneaux.

L'antre sacré. Edmonde aime fureter dans l'invraisemblable bric-à-brac de l'atelier. Masques nègres, la réplique d'un admirable bronze antique de l'empereur Hadrien, des éléments miniatures d'un décor de théâtre épars sur une table, chaque objet exprime les univers et le génie du peintre. Et, inimaginable pour elle qui a grandi dans des décors où chaque tableau est encadré et mis en valeur, les toiles du maître sont posées sans manières contre le mur. Un jour, le chien de la maison lève la patte sur une toile encore fraîche, ne suscitant chez le peintre rien d'autre qu'un « Ça ne craint pas la pluie »…

Derain lui a dit avoir peint plus de cinq cents toiles depuis la Libération. Toiles austères, d'une sobriété saisissante. Où sont passées ses couleurs « bâtons de dynamite » des années de jeunesse, ses orgies de tons purs ? Où, les Westminster rouges, les Big Ben bleus ?

Où, le feu et les montagnes orange ? Éclaboussements de lumières brutalement éteints par la guerre, la première, dissous dans le calvaire des tranchées qui ont métamorphosé à la fois l'homme et le peintre[12]. Cet indicible, un autre artiste-soldat, Fernand Léger, l'exprimera comme seuls les peintres savent dessiner à l'aide de mots : « Il n'y a pas plus cubiste qu'une guerre comme celle-là, qui te divise plus ou moins proprement un bonhomme en plusieurs morceaux et qui l'envoie aux quatre points cardinaux. » Mais Derain n'est pas intéressé par ses premières toiles. Ce qu'il fait aujourd'hui le captive autrement.

C'est un vieil homme à présent. Toujours l'œil bleu, le front très pur, la pipe, la cigarette roulée, mais soixante-dix ans bientôt. Cela explique les genoux, les épaules arthritiques, tyranniques, qu'il emmitoufle dans des peaux de chat pour éloigner la douleur et travailler. Mais quelle force de la nature. Un titan dont l'âge ne vient pas à bout. Un amant dévorateur, insatiable cavaleur. Tout en lui évoque le gigantisme : sa culture, ses dons innombrables, sa connaissance des êtres, sa générosité. Oui, pense-t-elle, le plus grand peintre vivant, sans doute, avec Picasso qui fut son ami. Le nom de Derain éclaterait au fronton des galeries, des musées, et les revues d'art célébreraient ses œuvres s'il n'y avait cette ombre qui s'étend sur son nom, sur ses toiles, sa réputation. André Derain, le mauvais garçon de la peinture française. Infréquentable. Quelle idée, aussi, d'avoir fait ce voyage à Berlin !

C'est d'ailleurs à lui qu'ils doivent de se connaître.

Quelques mois plus tôt, Pierre Colle, le galeriste,

est apparu dans le bureau d'Edmonde. Un minuscule bureau qui a été une salle de bains – à en juger par les carreaux de marbre noir qui tapissent les murs – et qu'elle partage avec deux dactylos. *Vogue* a quitté les Champs-Élysées pour un bel hôtel particulier place du Palais-Bourbon. Colle semblait embarrassé.

— Je te pose la question parce qu'il le faut, mais je sais d'avance ce que sera ta réponse…

Moue d'Edmonde. Drôle d'entrée en matière… S'il avait voulu la contrarier, Colle ne s'y serait pas pris autrement.

— André Derain t'a vue en photo et il souhaiterait beaucoup que nous montions un dimanche le voir à Chambourcy, pour faire quelques dessins de toi.

— Et d'après toi, quelle est ma réponse ?

— Bien sûr tu ne voudras pas, puisqu'il a fait le voyage en Allemagne.

Colle est malin. Parier sur son esprit de contradiction, faire semblant d'ignorer que jamais Edmonde n'accepte de hurler avec la meute. Au contraire, le hors-piste exerce sur elle un attrait irrésistible.

Le dimanche suivant, la 2CV Citroën d'Edmonde prenait la route de Chambourcy, village sis près d'une boucle de la Seine, où se dresse la Roseraie, maison et atelier du peintre et de sa famille.

Maintenant, elle le regarde avec affection, ce gros couillon. Oui, couillon, à la marseillaise. Jamais Derain n'aurait dû se fourvoyer dans cette tournée calamiteuse d'une quinzaine d'artistes français, brillants, célèbres, incontestables, à l'invitation des autorités allemandes. Derain, la plus belle prise du Reich, est admiré et célébré en Allemagne plus qu'aucun autre peintre vivant. Derain fondateur du fauvisme, un moment tenté par l'aventure du cubisme, l'inspirateur du réalisme magique. Où n'est-il pas Derain, qui maîtrise toutes les techniques – il brosse la toile, sculpte la pierre, fixe sur la pellicule – et qui transcende toutes les écoles ?

— Enfin, André, qu'est-ce qui vous a pris ? Aller là-bas quand l'Allemagne occupait notre pays !

— Que veux-tu, je me suis fait couillonner.

Elle l'interroge, en profite pour l'enregistrer « sur film magnétique », cela pourrait faire un livre de Mémoires, s'il se décidait.

Il raconte. D'abord sa mauvaise manière à Ribbentrop, en 1937, ministre des Affaires étrangères du IIIe Reich, dont il avait sèchement repoussé la demande d'exécuter le portrait de ses enfants. Ça n'avait guère plu. Cette fois, chars allemands solidement implantés dans le nord et l'est de l'Hexagone, Goebbels, ministre du Reich chargé de la propagande nazie, le conviait à un voyage d'études. Berlin, Munich, Vienne, Nuremberg, Düsseldorf, en compagnie d'une quinzaine de pointures françaises... L'ambassadeur envoyé par Goebbels n'était autre qu'Arno Breker, qui avait connu son épisode Montparno, sculpteur favori de Hitler, lequel raffolait de ses colosses virils aux splendides attributs. Les deux artistes se connaissaient, plutôt bien puisque Derain avait tenu Demetra sur ses genoux, peignant d'une main, et de l'autre caressant la taille de son modèle, comme il avait coutume de faire dans les années vingt. Depuis, Demetra Messala était devenue madame Breker et tirait fréquemment les cartes au Führer. Elle s'était entremise auprès de Derain. Il avait fait le sourd. Ensuite, la Propagandastaffel s'était présentée à la Roseraie, avec le même résultat. Elle avait multiplié ses visites. Sourd, toujours ? La propriété fut réquisitionnée par la Kommandantur, puis saccagée, toiles crevées à la baïonnette, œuvres d'art pillées. Un bruit commençait à courir : Derain était juif. Il dut prouver qu'il ne l'était pas. Alice, sa femme, essuya des coups de revolver, tirés par un soldat éméché qui occupait la Roseraie.

Il avait fini par grommeler un oui. La libération d'une soixantaine d'étudiants en beaux-arts emprisonnés outre-Rhin lui avait été promise. Il embarqua. L'image fit la une de *Paris-Soir* le 31 octobre 1941. Sur un quai de la gare de l'Est, entourée des Sonderführer Ehmsen et Schnurr, une troupe de célébrités – André Dunoyer de Segonzac, Paul Belmondo, Maurice de Vlaminck et Kees Van Dongen, tous deux anciens fauves et amis de Derain. De celui-ci on aperçoit la mine renfrognée sous le feutre, planqué derrière les autres. Il a eu beau traîner la jambe tout au long, rongé de honte, bouder la plupart des raouts officiels, se conduire en rustre avec la femme d'Otto Aber, échapper aux flashes des photographes dans l'atelier de Breker en se réfugiant sous les couilles monumentales d'un taureau qui ne l'était pas moins, le mal était fait. En 1946, un Comité national des artistes surgi des brumes de l'épuration l'avait condamné à une interdiction professionnelle d'une année. Il avait rugi. « M'empêcher d'exposer dans les salons ? Je m'y refuse depuis 1908 ! Il y a trente-huit ans que je me suis épuré moi-même[13]. »

C'est ce géant poursuivi par l'opprobre de ses contemporains dont Edmonde s'éprend. L'école de l'armée n'a pas été une école de vertu. Il la veut, elle cède. *Ont-ils ? N'ont-ils pas ?* Sans doute se sont-ils aimés peau contre peau. Le frisson qui parcourt les lettres qu'elle lui écrit, fébrile, jalouse, boudeuse, ne trompe pas. « D.D. bien-aimé » ; « D.D., le fort, le grand, le valeureux, le beau D.D. chevalier de mes pensés n'est qu'inconstance et trahison. Je n'en mangeais plus… » ; que de « M'aimez-vous encore[14] ? », de flatteries, de suppliques.

L'a-t-on prévenue qu'il n'a jamais dérogé à son mantra favori, « Tout pour l'art et la volupté », qui explique sa vie encombrée : une épouse, Alice, à laquelle il faut ajouter un ancien modèle devenue sa maîtresse en titre et qu'il a mise dans ses meubles à Paris, Raymonde, ainsi qu'un enfant naturel, Bobby, adopté par l'épouse ; Edmonde, enfin, par intermittence. Parmi les multiples conquêtes – oui, il plaît aux femmes, ce vieux géant perclus – surgit une magnifique très jeune amante, sculptrice, trapéziste, ardente, Nicole Algan. Une tornade les emporte l'un et l'autre. Le génie d'André cherche-t-il dans la passion vertigineuse pour une très jeune femme le combustible qui redonnera au monde sa lumière éblouissante ?

Edmonde n'a aucune envie d'être maltraitée par l'amour. On ne trouverait pas une once de masochisme en elle. Elle préfère renoncer à son rêve d'égérie suprême. Muse incontestée, c'était flatteur, comme se hisser à hauteur de Dina Vierny, de Dora Maar, d'Annette, la muse de Giacometti. C'était devenir éternelle.

Ils s'aimeront bien mieux en amis.

Elle grimace. Son bras a remué imperceptiblement.

— Tu es fatiguée ? Veux-tu que je te dise une histoire ?

Peintre encyclopédique, il lui raconte la France, son histoire, son peuple et les courants nouveaux de l'art qui l'ont traversée. Il raconte comme nul autre, avec un parler imagé, des expressions populaires, qui contrastent drôlement avec son savoir d'homme de la Renaissance. Edmonde fait l'éponge, écoute, écoute. Derain lui ouvre un monde immense.

Cette fois, elle fait non de la tête, une question sur le bord des lèvres. Elle hésite. Prononcer le nom, c'est risquer le retour de la sueur froide et du chagrin. C'est fiche par terre ce petit mausolée de silence qu'elle a construit pour s'y retrancher dans la solitude. Personne ne peut se vanter de l'avoir entendue prononcer les trois syllabes depuis le drame. Ni Jean, ni Sabine, ni son père. Mais le visage d'André est là, qui la rassure, avec son regard ami, qui la protège.

— Caetani... Vous avez connu les Caetani, je crois ?

Il recule dans son siège, surpris, il sourit, comme rajeuni sous l'effet d'un souvenir inattendu mais plaisant, le rire amical gronde.

— Les Caetani ! Et toi, comment les connais-tu ?

Elle l'aime tendrement, elle pourrait se risquer à le lui dire. Trop abrupt. Alors, elle raconte son adolescence à Rome, les dédales mystérieux du palais Caetani, et les jardins de Ninfa, cette oasis de poésie au cœur de l'étrange campagne pontine. Autant de lieux que Derain connaît, il y a séjourné lors de ses voyages en Italie. Jamais rassasié de connaissance, soucieux de perfection, il va scruter la peinture des grands maîtres dans les musées et les églises du pays.

— Ma toute première séance de pose a été pour leur fille, Lelia, mon amie, explique Edmonde.

— Lelia ! L'adolescente silencieuse. Je l'ai connue gamine. Balthus a fait d'elle un portrait assez réussi dans le genre grande perche[15]...

Derain aime la peinture excentrique de Balthus.

André pose son pinceau et saisit sa pipe, il s'installe dans le temps, lui livre le début d'une histoire dont elle ne connaît que la fin. Il donne chair aux bribes qui sont parvenues à Edmonde de la bouche même de Lelia et de son frère. Elle ne pouvait attendre de deux jeunes gens entièrement curieux de l'avenir qu'ils racontent leur enfance si proche. Ils avaient mieux à faire. Ensuite, il fut trop tard.

Entre deux bouffées, André lui dresse le portrait des Caetani dans les années vingt, à Versailles, dans leur villa romaine. Quelle ménagerie ! Les enfants, les chiens, des écrivains et des peintres en pagaille. Pas n'importe lesquels : Picasso, Vuillard, Bonnard, Balthus et lui-même. Les déjeuners du dimanche, un Tout-Paris disparate à la table du prince et de la princesse de Bassiano, une trentaine d'artistes. Marguerite et Roffredo. Colette et André Gide causant avec Edith Wharton accompagnée de Walter Berry. Cocteau festoyant aux côtés de Rilke ou de Joyce ou d'Erik Satie, Paul Valéry qui discutait avec Léon-Paul Fargue. Marguerite avait un projet de revue littéraire. *Commerce*. « Ce sera un lieu de conciliation entre ennemis contemporains », disait-elle, magnifique d'aplomb. On pouvait compter sur son énergie de pionnière yankee et sa fortune pour que le projet devienne une revue très lancée. Et lui, le prince, silhouette longiligne, compositeur dont les œuvres étaient jouées à la Scala, issu d'une lignée d'intellectuels artistes politiciens tout à la fois, faisait un hôte superbe, attentif à chacun.

À travers les mots du peintre, Edmonde retrouve ceux qu'elle a connus, mais combien plus légers, voltigeurs, éclaboussés de gaieté et de projets. Car le fascisme se levait en Italie sans qu'à Paris ils y prissent garde. La famille Caetani possédait des propriétés partout, en France, à Londres, Genève, Rome. Des terres et des châteaux à n'en plus finir en Italie. C'est ce qu'il paraît, à Edmonde, aujourd'hui. Et qu'en reste-t-il ? Des ruïnes.

— Au milieu de cette effervescence d'adultes plutôt turbulents, les deux mômes se baladaient, écoutaient.

Un petit garçon et une fillette, se rappelle André. Soudés l'un à l'autre, bouches cousues, ils n'en perdaient pas une miette. Et puis le couple avait dû retourner vivre en Italie, parmi les chemises brunes. Il fallait gérer le patrimoine d'un peu plus près. Les temps changeaient. Il fallait aussi que le garçon reçoive l'éducation qui lui permettrait, plus tard, d'être digne de son héritage.

— Il avait l'intensité du soleil, ce môme… Camillo… c'est ça ? La grâce. Tout ça pour mourir salement à la guerre. Marguerite a failli devenir folle. Elle n'en démordait pas, son fils était tombé dans un piège tendu par Mussolini : décapiter la prestigieuse lignée Caetani en tuant le dernier héritier mâle... Parce que je peux te jurer qu'ils étaient antifascistes et ne s'en cachaient pas !

Bien sûr, elle savait.

Un soleil.

L'uppercut l'a frappée au cœur. Sans doute a-t-elle pâli, s'est-elle crispée, car Derain se penche, intrigué. Derain, le vieux sage qui a connu Camillo enfant et le lui restitue avec ses mots de peintre. Alors, elle s'autorise ce qu'elle refuse à tous : penser au jeune homme à haute voix. À mi-mot, elle dit leur passion d'adolescents, l'engagement qu'ils se sont promis. Et le scandale que lui fut sa mort.

Derain, qui aime la vie au point de trembler pour elle, entrevoit la déchirure. De sa main il recouvre celle d'Edmonde. Le secret sera gardé.

Il arrive qu'à la Roseraie, la vie amoureuse d'André provoque des remous. Les jours de « problème ménager » à Chambourcy, on migre vers les bords de Seine, le dimanche, à Poissy. La bande qui s'agrège autour de Derain adopte L'Esturgeon, dont la terrasse donne l'impression de marcher sur l'eau.

Derain arrive au volant de sa dernière acquisition, une énième Bugatti, série limitée à dix-sept exemplaires, luxueusement carrossée « Atalante ». Edmonde le rejoint dans sa brouette Citroën. Avant de quitter Paris, elle a coutume de passer prendre Balthus à son atelier, cour de Rohan. Balthus est déprimé. « Sors de là, viens avec moi, André nous attend à Poissy. » Le « tu » pour Balthus, le « vous » à Derain.

Balthus se traîne. Maladie sentimentale. Quant à la santé, elle ne va pas fort. Edmonde le secoue, le fait rire, si bien qu'à leur arrivée à L'Esturgeon on peut sans exagérer parler de la résurrection de Balthasar Kłossowski.

Giacometti les rejoint avec Annette, son épouse. Comme les deux autres, le Suisse admire profondément l'œuvre de Derain. Il vénère l'homme. D'un commun accord, ils ont décidé de passer l'éponge sur la virée allemande. « Ce n'est pas ce qu'il a fait de mieux, mais il s'est fait avoir. » L'amitié d'abord. Ils boivent sec, mangent pareil et rient énormément. Il arrive que Georges Braque ou Adrien Maeght s'invitent.

Dans le bleu de l'été 1950, la bande s'élargit à Reverdy. Un industriel vient étoffer leur classe dissipée, Pierre Levy, grand collectionneur qui va devenir le marchand occasionnel d'André Derain. Son ami, surtout, ainsi que celui d'Edmonde. Personne dans ces moments bénis ne songe à théoriser sur l'art. Derain est le premier à dire que « l'artiste s'observant en train de sentir ne sent plus rien ». L'art ? Mais c'est le vin qui coule dans les gorges, le soleil qui joue à la surface de l'eau, c'est la sensualité et chaque seconde de la vie. C'est maintenant.

Le besoin d'exprimer la joie après cinq années de couvre-feu, de peur, la joie de se retrouver à l'air libre, le besoin de se serrer dans les bras, de s'embrasser, heureux d'être ensemble, peut-on l'imaginer mieux qu'à travers cette bande d'artistes qui chassent les moustiques bourdonnant autour de leur tablée, qui discutent *ad libitum* ? Moments suspendus, accordés au message apaisant de l'air et de l'eau. Tout va pour le mieux, la rivière est d'accord avec eux, et le soir qui tombe, et leurs voix qui rompent le silence de la nuit. Cette plénitude ne reviendra pas. Edmonde, elle, se love dans la main de l'ange. Elle y restera longuement, et puis un jour, pffft ! Une trace en demeure, son portrait par Derain. Jeune femme élégante et petit démon, une étincelle de joie au fond des yeux, sourire au « charme de virgule », écrira bientôt Matthieu Galey.

On a oublié – mais l'a-t-on jamais su ? – comme elle était gaie, espiègle, comme on riait avec elle, bernés que nous sommes par la dame convenable. Seuls ses amis s'en souviennent.

Été 1952

— Tu vas en Amérique ? lui dit Doisneau, le regard agrandi où se confondent bâbord et tribord, côte Ouest et côte Est. Tu peux pas t'imaginer les maisons ! Des piscines dans le salon, des jardins en plastique et de faux Utrillo dans les cabinets…

La vie de journaliste est une succession de chocs thermiques.

Hier, Edmonde était à Marseille pour les besoins d'un reportage, avec Doisneau. Elle l'entraînait vers son monde secret, dans les ruelles des Accoules et les entrelacs de la vieille ville. Pour une fois, les pages glacées de *Vogue* se passeront des habituels rendez-vous avec les dynasties locales, familles d'huiliers, de savonniers ou d'armateurs, aucun hommage à l'opulence. C'est sa manière d'acter son divorce avec son milieu d'origine. Elle a voulu célébrer la ville italienne, métissée, et ses femmes vêtues de noir, elle a voulu la modestie, les gestes ordinaires, la beauté des gens humbles, leurs rêves troués. Marseille selon son cœur. Doisneau s'est régalé. Il musardait. Marchandes de poisson sur le port, barques de pêche au repos dans le vallon des Auffres, légionnaires en goguette, képi blanc d'aplomb sur le crâne, avant l'assaut des bouges.

Et puis ça s'est gâté. Éternel caravansérail, la Vieille Charité abritait entre ses murs lépreux les rescapés du grand dynamitage de la vieille ville en 43.

On va voir ? Et comment !

Une désolation. De la boue, de la suie, du salpêtre, un camping de fortune. Les deux fouineurs ont dû fuir sous les cailloux et les quolibets. On ne photographie pas la misère *in vivo*, on n'attire pas l'attention sur elle. La misère est partout, l'Europe est en ruine. Si à cause de leurs photos on les chassait de là, où iraient-ils se réfugier ? Il y avait de la haine dans cette petite foule en haillons. Edmonde en tremblait.

Aujourd'hui New York.

Pour la première fois depuis la guerre, elle pose le pied sur un sol qui n'a pas connu les bombardements. Le Graybar Building au 420 Lexington Avenue, prouesse architecturale des années vingt, fait exploser à la figure de celui qui l'ignorerait la puissance et le pouvoir du groupe Condé Nast, qui occupe le dix-neuvième étage dont la surface équivaut à celle de plusieurs blocs d'immeubles.

Tout là-haut, Edmonde apprend à se plier au credo entonné par le chœur des rédactrices : « *Ready-to-wear.* » Trois mots qu'Edna Woolman Chase martèle à Edmonde venue jouer la bonne élève pour un mois. Un stage dont le siège américain honore ses sujets prometteurs. La redoutable directrice du *Vogue* US, autant dire le vaisseau amiral du groupe Condé Nast, essaie de faire entrer dans la tête d'Edmonde une notion que Michel de Brunhoff s'ingénie à ignorer. Prêt-à-porter. « Vous les Français, si vous continuez vos manières à l'ancienne, vous allez couler ! » Ce *ready-to-wear* serait donc le bouton atomique de tout magazine de mode ? Brunhoff ne jure que par le savoir-faire des grands couturiers, Edmonde est sur la même ligne. D'ailleurs, à en juger par ce qui déambule à petits pas secs sous ses yeux, ni Edna Chase ni son équipe de rédactrices ne s'habillent en boutique. Quant aux lectrices françaises, elles ont recours aux patrons de *Vogue* et à leur couturière de quartier, sinon à leur propre machine à coudre.

C'est un choc, choc que cette immense rédaction en open space, les rédactrices qui mâchent du chewing-gum, croquent des biscuits vitaminés alors qu'à Paris on se contente de pain à la farine de pommes de terre… Dans cette rédaction, les relations fonctionnent selon un système de castes d'un autre âge : les rédactrices portent chapeau et gants, leurs assistantes non. Les supérieures ont droit à un « mademoiselle » ou « madame », on évite la familiarité du prénom. Choc aussi, que le climat entretenu par certaines chefs de service. Les débutantes qui entrent dans le bureau d'Allene Talmey ressortent en morceaux, amour-propre explosé. Talmey écrit en diva, corrige en coupeuse de têtes. Joan Didion, qui vient de remporter un concours d'écriture dont la récompense est un stage à *Vogue*, se souviendra longtemps de la main baguée qui rayait rageusement des passages entiers, de Talmey marmonnant : « Verbes d'action, verbes d'action… » C'était avant que Didion ne devienne l'une des plumes les plus captivantes de la presse américaine.

Ça n'a rien à voir avec l'atmosphère de *Elle*, ou avec l'équipe de Brunhoff. De la bonne franquette.

Edmonde approuve la rigueur, l'efficacité professionnelle des Américains. Elle admire la modernité tranchante qui, sans doute, oui, manque à la version française. Elle entend dire que l'ambiance n'est pas plus tendre ailleurs. Le grand rival, *Harper's Bazaar*, est dirigé par une garce de compétition, Diana Vreeland. La référence suprême dans l'univers de la mode, excentrique, géniale, visionnaire. Mrs Vreeland ne croit en rien qui date d'avant l'invention de la pénicilline. Elle est capable de virer une employée pourtant brillante à cause du claquement de ses talons. « Je ne peux plus supporter le bruit de vos pas. C'est au-delà de mes forces[16] ! » Ouste ! En voilà une qui fait avancer la presse féminine haut de gamme en plantant dans l'esprit des lectrices des recettes d'hurluberlu avec la rubrique « *Why don't you…* » : rincer les cheveux de vos petites têtes blondes avec du champagne pour les faire briller ? Transformer votre vieux manteau d'hermine en robe de chambre ?

Oui, pourquoi pas…

En même temps qu'on la forme, on lance Edmonde dans le monde. Le monde ! Elle fait le tour des penthouses et des hôtels particuliers de l'Upper West Side. Joue son rôle, déjeune au Colony parmi les célébrités. Y croise des aristocrates de confection, de faux seigneurs, traverse des galeries entières de visages faufilés de frais, s'en lasse. La jouvence éternelle qui engage ses consœurs dans un marathon perdu d'avance, ça l'intrigue, l'inquiète, cette dureté métallique, comme l'oppresse le sentiment qu'ici on peut céder une valeur précieuse du passé contre de l'argent, que derrière la vie tangible l'invisible n'existe pas.

De quoi se plaint-elle ? Sa chambre d'hôtel est d'un confort indécent pour qui vient de France. Serviettes tièdes dans la salle de bains, bains chauds à volonté, des bûches joliment entassées, le feu de cheminée, un minifrigo bourré de mignonnettes et la bible posée près du lit king size aux draps fins. De quoi se plaint-elle ? De quoi souffre-t-elle ?

Elle sort dans les rues à la recherche de vieillards, de figures ridées. Où sont-ils ? On lui répond : « Ici, les hommes meurent jeunes. » Elle cherche la vie ordinaire, les quartiers populaires, parcourt le Bowery des traîne-savates. Elle discute avec les chauffeurs de taxi, explore les *women's clubs*, y découvre un moutonnement de dames aux boucles roses ou bleues. Elle s'échappe, marche dans le monde vertical, minéral, des rues de New York, c'est désespérant, la ville échappe au domaine de l'humain. Elle s'enfonce vers le sud, atteint le Village. Un café, elle veut un café, bien serré. On lui désigne un bar. Il est sombre, sa fraîcheur la tranquillise. Le vieil homme derrière le comptoir lui demande ce qu'elle veut. Elle reconnaît l'accent. Se dit qu'elle est arrivée au royaume des vivants. L'homme est de Naples. « Mon nom est Esposito. » Les rides, la nonchalance, les mots d'abord méfiants, la voilà au pays. Sans même s'en rendre compte, elle a parlé le napolitain. Maintenant ils discutent dans le dialecte de là-bas. Esposito lui dit qu'il a quitté l'Italie du Sud depuis plus de quarante ans.

— Mon fils est américain, lui, il est né ici. Il ne parle que l'anglais. Un parfait Américain.

Ça le navre. À quoi bon avoir des racines aussi puissantes et profondes si c'est pour les condamner à l'abandon ? En les oubliant, à quoi se condamne-t-on soi-même ? Lui, Esposito, possède un « là-bas » qu'il chérit. Bientôt, il laissera l'Amérique derrière lui, il retournera à Naples, même si tous ceux qu'il y a connus sont morts, et il regardera le temps passer, assis sur une chaise qu'il aura tirée sur le trottoir, devant sa maison. Il cultivera le vide, ce vide empli de mille choses invisibles qui ont à voir avec Dieu. Dieu, qui n'a pas cours ici.

Edmonde rapporte un reportage de dix pages, que Brunhoff illustre des photographies d'Irving Penn, de Hans Namuth, de Henry Clarke. Leur vision géométrique de Manhattan répond au malaise d'Edmonde. On n'y sent aucune présence charnelle sinon celle, baignée de flou, de joueurs de hockey.

La douceur de retrouver Paris !

Brunhoff, dit-on outre-Atlantique, montre plus d'intérêt pour le pot-au-feu de son épouse qu'il n'en a pour les pages de *Vogue*. Erreur de diagnostic. Il reste toujours aussi gourmand de découvertes. Chaque jeudi après-midi son bureau est ouvert aux illustrateurs, aux photographes, inconnus ou non, qui savent pouvoir le rencontrer sans rendez-vous ni recommandation. Il remarque une jeune Suissesse, qui lui semble faite pour photographier la rue : Sabine Weiss. Edmonde l'envoie faire le portrait de Karen Blixen à

Copenhague. L'aventurière qui a connu l'Afrique des grands chasseurs blancs fascine Edmonde, la femme qui lutte contre la syphilis, contre les préjugés et qui n'en a jamais fait qu'à sa tête aussi, de même que la renverse l'écriture de cette magicienne dont les contes ne ressemblent à nul autre. Blixen vient de publier *Sept contes gothiques* en France. Sabine Weiss, le regard frais de ses vingt ans, pas particulièrement impressionnée par la vieille sorcière, immortalise la Danoise dans son lit de nonne, sourire de traviole comme toujours, qui purge une énième convalescence. Ce n'est pas l'usage, non, de photographier un écrivain nobélisable dans ses draps ?

Autre recrue, Irving Penn. Il signe sa première collaboration avec *Vogue Paris* par une photo de Jean Gabin à l'occasion de *La Minute de vérité*, de Delannoy. Les pages « Sortir à Paris » sont devenues un must, écrivains, acteurs, peintres, musiciens s'y bousculent. Grand format, photos de qualité, articles documentés… Le cadrage de Penn est pour le moins novateur. Loin de son personnage de *Pépé le Moko*, Gabin semble sorti d'un film de Jean-Pierre Melville, voire prêt à sortir entièrement de la photo. Il fume. Une partie de son visage est à contre-jour. Irving Penn ne shoote que la moitié gauche du visage. L'autre est absorbée par l'ombre. Il fait le point sur l'œil interloqué de Gabin, le reste n'est qu'atmosphère. Gabin, qui connaît le métier, s'inquiète. Quoi, moi, la plus grande star d'avant-guerre, le parrain du cinéma français, ce poussin d'Amerloque me louperait… Faudrait voir que je ne sois pas sur la photo !

Quelle mouche pique Brunhoff ? Il met Doisneau aux séries mode. La mode ? Robert tombe des nues.

— S'il y a bien deux choses qui m'ennuient à mourir, c'est le pesage d'automne à Longchamp et les défilés de mannequins… Vous êtes sûr, Michel ? Je suis infichu de différencier une collection d'une autre…

— Imagine ça comme un rôle de composition, le console Edmonde.

— Bon, Robert, demain allez chez Dior et dites-moi quelles robes vous inspirent.

Il y va. Se mêle à la cohue des rédactrices, les observe, écoute, s'assoit sur une marche. Au passage du quatrième mannequin, son esprit est parti vadrouiller ailleurs.

— Alors ? demande Brunhoff.

L'air pénétré, Doisneau parie à l'aveugle, comme au tiercé :

— Le 13, le 17, le 23 et le 34.

Une fois les modèles livrés au studio, le mutisme des robes signées Balenciaga, Schiaparelli, Grès, accable l'amoureux du mouvement des rues. La haute couture lui reste muette. Mais il a bien aimé photographier les coulisses de la mode, et prévient Edmonde :

— Il ne faut pas prendre au sérieux ce milieu de fées Carabosse, de mères fouettardes, qui décident qu'une collection est nulle ou sublime. Avec elles, le juste milieu n'existe pas. Des teignes ! C'est un monde d'une cruauté, d'une inélégance justement, d'une impudeur… Alors, je choisis le moment où elles sont laides, et là… clac[17] !

Elle lui sourit, sans se compromettre. On vient

de la nommer rédactrice en chef, il serait idiot de se mettre en délicatesse avec ses consœurs américaines.

Selon Brunhoff, le monde déraille.

Son *Vogue Paris* célèbre un style de vie immuable. Doisneau continue de photographier les grands bals, bientôt perdus. Le somptueux « bal à Venise » donné par Charles de Beistegui en 1951 au palais Labia en a sonné le glas. En décidant de « tenir tête au temps », en repoussant les limites de l'extravagance et du luxe, en invitant le nec plus ultra de la société européenne, avec ses entrées spectaculaires de Nègres, de Chinois, de Turcs, de Polonais, de lévriers, d'arlequins avec chien habillé en arlequin, et cet invité déguisé en lion de Saint-Marc avec pigeons, et son trio de Pompadour masquées, ses fakirs, ses esclaves d'Arabie, avec les lumières qui scintillaient sur les eaux du canal et ses guirlandes lumineuses courant sur les gondoles et la foule, dehors, qui applaudissait comme le font les enfants devant un feu d'artifice, le bal à Venise est la quintessence de toutes les fêtes jamais données, il est inégalable, il est le fossoyeur de toutes celles qui n'adviendront plus. On l'appelle « le Bal ». En septembre 1952, Doisneau immortalise un dernier lampion qui chatoie dans un jardin de l'Ouest parisien, *Un bal à Neuilly*, somptuosité mise en scène dans l'hôtel particulier du collectionneur Arturo Lopez. Ce « *Un* » laisse croire que, cette fête finie, d'autres suivront, or sa singularité est qu'il la clôture à jamais.

Ce même septembre 1952, le *Elle* d'Hélène Lazareff publie « Miracle à Neuilly-Plaisance », un reportage de quatre pages sur l'abbé Pierre. L'abbé au blouson de cuir édifie un village pour les sans-abri, sous l'objectif d'un certain « Bouba ». Qui deviendra Édouard Boubat.

À chacune son Neuilly, donc. Le partage des eaux est désormais clair entre les deux magazines, les deux foyers d'Edmonde. Les aspérités du réel n'ont pas leurs entrées dans les pages de *Vogue*. Et s'il arrive que l'on y titre « Le noir triomphe », il ne s'agit en rien d'une reconnaissance du malheur mais de la tendance spontanément lancée par Nina Ricci, Lanvin-Castillo ou Madeleine Vramant qui imaginent les femmes en veuves. Joyeuses, cela va de soi.

C'est le monde d'hier tout entier qui bat de l'aile.

« La plus belle histoire d'amour du siècle » elle-même porte des cornes. Car ça va très mal chez les Windsor, selon Sabine qui dispose de son propre service de renseignement. La duchesse affiche sa liaison adultère avec un play-boy de dix-neuf ans son cadet, un homosexuel notoire. La fameuse « affaire Donahue » prend des proportions gênantes ; la haute société, qui a raffolé des Windsor malgré leurs sympathies pour le régime nazi, les évite désormais. « *Will you condescend to come to our new house when we are back in Paris*[18] *?* » lâche, pincée, la duchesse à un infidèle. Les ingrats ! Ils tournent leurs regards vers la future reine Elizabeth II, si jeune et inexpérimentée, si amoureuse de son Édimbourg. Ils tremblent pour elle. Redoutent que les infidélités du prince Philip ne « *put off* » ce tendron aux fines épaules.

Vogue se veut le reflet de ce renouveau du grand monde. À la rédaction en chef, Edmonde est flanquée d'Odette Corsaint-Lee, directrice de la mode, de Françoise de Langlade, rédactrice mode ; le service artistique est entre les mains de Charlotte de Peillon et de Marion de Brunhoff, fille de.

Le quintet donne un sacré coup de fouet à la vieille bible. Les fenêtres grandes ouvertes laissent passer l'air du temps. Une nouvelle rubrique mode, déployée sur huit pages, secoue la presse féminine française. « Tout fait, tout prêt à porter. » Edna Chase a remporté le match. Du coup, les autres magazines sont à la traîne. On parlait de haute couture, désormais il faudra compter avec la mode. Les griffes côtoient les marques. Des noms apparaissent : Rodier, Salmon, Tiktiner, Simone Robin… Enfin, l'inimaginable : *Vogue* ose les prix. « Chez Claude Saint-Cyr, pour 5 000 francs, un béret réversible. » Elsa Schiaparelli, la prêtresse du rose shocking, crée un concept pour sa collection automne/hiver 1953 : elle la divise en « budgets ». Quant aux modèles achetés ensemble, ils coûteront moins cher que séparément[19].

Naissance de la version haut de gamme du prix de gros. Preuve, aussi, que les femmes du monde n'échappent pas aux soucis d'argent.

Mais le véritable terrain de jeux d'Edmonde s'étend aux autres pages. Celles de la culture, des spectacles, des interviews de ceux et celles qui font évoluer la société. Reportages, portraits, rencontres. Ça swingue. « Dufy au musée d'Art moderne », maquette éclatante. Le grand format de *Vogue* autorise les audaces, le souffle, les typographies géantes. Bernard Buffet en pleines pages. Derain dit apprécier ses débuts misérabilistes. Edmonde se lie d'amitié avec le jeune peintre, ainsi qu'avec son compagnon, Pierre Bergé.

Ensemble, ils partent en virées dans la maison d'été du couple, en Provence. Paul Guth, le savoureux spécialiste de la naïveté, apporte sa fraîcheur et son humour à la rubrique littéraire dont il a la charge. Sa « Leçon d'argot en quinze leçons » avec Albert Simonin se taille un joli succès auprès des lectrices qui, au fond, adorent être bousculées. Elles se gondolent, pendant leurs déjeuners de dames, en s'imaginant hurler à leur coiffeuse : « Poupée ! Poupée ! Votre essoreuse m'incendie la tronche », dessous leur casque en surchauffe.

Depuis son belvédère, rien n'échappe à Edmonde de ce que Paris trame. Elle se trouve exactement là où elle se rêvait. Femme d'action. Femme de plume, aussi. Elle engage à tour de bras et, suivant la pente qui lui est naturelle, surtout des hommes. Parmi ces contributeurs occasionnels souvent plus célèbres que le sujet qu'ils passent au gril, le Prix Goncourt Maurice Druon.

On est en 1953.

Françoise Giroud vient de rencontrer Jean-Jacques Servan-Schreiber. Ensemble, ils fondent *L'Express*.

Quel couple Edmonde formait-elle avec Maurice Druon ?

— Ils s'épataient mutuellement… Maurice était communiste à l'époque. Il était allé en Rolls-Royce à Moscou… Si, si… moi je vous le dis ! Edmonde était une grande amoureuse. Elle était très belle. Des pommettes admirââbles, un sourire extraordinaire… J'ai connu ses amants, moi. J'ai connu Maurice, avec qui elle venait passer Noël à la maison en Provence. J'ai connu Régis Bastide. J'ai connu Clavé, très bien même…

» Oufkir ? Je suis pas sûr que ce soit Oufkir… plutôt Moulay Ali…

Pierre Bergé,
entretien avec l'auteure, 12 octobre 2016

1953

Où et quand se sont-ils rencontrés ? On l'ignore. Les témoins ont disparu. Pourtant, la collision entre deux astres du Système solaire, fût-il circonscrit à la rive gauche de la Seine, cela devrait laisser une trace.

Et puis, dans ce couple étincelant, qui Jupiter ? Qui le Soleil ?

Dans le vaste champ de manœuvres que furent la guerre et son après, Edmonde et Maurice n'ont cessé de multiplier les occasions de se rater. Aucune brèche dans le mur aveugle qui les séparait.

Démobilisés après le fiasco de la « drôle de guerre », ils auraient pu se croiser à Marseille. Maurice y rejoignait son épouse, Geneviève Gregh, journaliste à la Radiodiffusion nationale, laquelle s'était repliée dans la cité phocéenne. Edmonde, elle, vivait sur les hauteurs, au Cabot, où ses parents l'avaient envoyée jouer les chaperons auprès d'une grand-mère que l'on ne souhaite à personne : marrante mais épouvantablement irascible. En compagnie de son oncle, l'écrivain Joseph Kessel, Maurice approchait les hommes de l'ombre au bar du Cintra, ou dans les salons cossus de l'hôtel Noailles : Emmanuel d'Astier de La Vigerie et Henri Frenay, piliers de la Résistance avec leurs jeunes mouvements Libération et Combat. Edmonde, jeune fille convenable, escortait Granny dans les thés et concerts que donnait une bourgeoisie provençale pas spontanément acquise à de Gaulle.

Quand elle s'était engagée dans un réseau de renseignement, Druon s'était déjà envolé pour Londres.

Autre lapin du destin en 1945. Tandis qu'Edmonde franchissait monts et forêts d'Alsace avec les troupes du général de Lattre, l'officier d'information Maurice Druon bivouaquait quelques kilomètres plus bas avec la division française libre, du côté de Molsheim, sans que jamais le brassage des troupes, le ballet des relèves et des cérémonies d'adieu qui s'achevaient dans la promiscuité de tavernes enfumées les rapprochent.

Ils auraient pu se remarquer l'un l'autre à la rédaction de *France-Soir* où Maurice venait plus qu'à son tour chercher son oncle. Le grand Kessel, l'aviateur des deux guerres, rentrait de reportages aux confins du monde et bouclait ses papiers rue Réaumur. Edmonde, elle, s'infiltrait aux chiens écrasés. Mais non, rien.

Un jour de 1953 c'est enfin arrivé, on se fiche bien de savoir où.

Maurice lui apparaît descendu de l'Olympe. Une allure folle. Haute silhouette, la crinière des mâles Kessel, profil d'empereur romain. Un festin pour l'œil. Edmonde a et aura toujours un faible pour la beauté des hommes. Druon, c'est aussi des origines dispersées aux quatre coins du monde, de la Russie des steppes à l'équateur brésilien, du sang teinté de Kalmouk et de samba, une vie de drames et de dangers, il est romanesque, donc taillé pour Edmonde. D'ailleurs, elle chavire. Et cette voix ! Une basse harmonieuse, une voix d'acteur pour le deuxième balcon, dont le phrasé flirte avec l'alexandrin, et qui l'enveloppe dans ses plis de soie. C'est une voix qui lui dit quelque chose. Elle l'a entendue, à Marseille, quand la radio crachotait ses messages codés, ses « Ici Londres », ses « Les Français parlent aux Français ». Cette voix franchissait nuitamment la Manche et les brouillages ennemis, elle dispensait des conseils pour fabriquer un cocktail Molotov ou vouer Charles Maurras à la peine capitale. Druon, Claude Dauphin, André Gillois, ces voix-là n'existent plus que dans la mémoire de ceux qui les ont écoutées et disparaissent à leur tour, nul enregistrement pour en attester, s'en nourrir, se rappeler, elles sont passées, souffles d'espoir dans un cauchemar. Sans doute se seraient-elles tues à jamais si la mythologie ne s'en était emparée. Films, cinéma, romans, acteurs… On jurerait les avoir entendues, et peu importe qu'on ne fût pas encore né !

Enfin, tel un grelot qui manquerait à l'ensemble, il y a l'Hymne. Devenu refrain mondial.

Imaginez un après-midi de mai 1943 dans le Surrey, ajoutez-y un salon défraîchi de l'hôtel Ashdown Park, où les *Free French* en uniforme passent le week-end loin des ruines de Londres, ainsi que la demande pressante du chef Astier d'un chant pour la Résistance, parce que « rien n'unit les hommes au combat comme une chanson ». Maurice et Jef Kessel s'isolent dans une pièce. Ils travaillent sur la musique préexistante, entêtante, d'une réfugiée russe, Anna Marly, dont les trois premières notes sifflées dans les replis du maquis permettent aux compagnons de se reconnaître.

Jef et Maurice tissent le chant mot après mot, à parts égales, œuvre à quatre mains complices : « Ami entends-tu le vol noir des corbeaux sur nos plaines ? »

Ça leur est venu tout seul, comme du fond de leur être.

Le nom de Druon reste si bien attaché au *Chant des partisans* – combien de fois a-t-il raconté cet épisode sur les ondes, dans les journaux ? – qu'il en éclipserait celui de Kessel, plus discret.

Formidable Maurice. Le succès s'entête à le poursuivre. Il n'a pas trente ans quand l'académie Goncourt le couronne de son prix. En 1948, ses *Grandes Familles*, premier volet d'une trilogie qui dénonce la bourgeoisie parisienne régnant sur la France, coiffent au poteau du Goncourt le *Vipère au poing* de son ami Hervé Bazin. Pour la génération qui advient, grandie pendant la guerre, Druon-le-magnifique incarne alors une forme de désordre. Ses positions sont proches de celles de l'extrême gauche, il fréquente Louis Aragon, Elsa Triolet, ce qui ne le dissuade pas de rouler en Rolls-Royce.

Jaune, paraît-il. Et pourquoi pas rose ? Druon n'a rien d'un m'as-tu-vu. Jaune, on veut bien, mais alors nuance paille, avec capote marron, semi-rabattable. Un coupé de ville bicolore. Druon aime le luxe, pas le toc. Edmonde également. Il a été élevé dans les livres, parmi les œuvres complètes de Chateaubriand, Victor Hugo, Dumas, Walter Scott... De quoi envisager la vie sous l'angle de l'ampleur. Il a été fauché, puis plein aux as, désargenté à nouveau, rayonnant toujours, voyageur aux malles cabine pleines de rêves de gloire et de chapeaux en taupe relevés à la mousquetaire. Cinq ans plus tard, on le taxe de suffisance, de prétention, de redondance. Il se défend : « Je ne suis pas mon principal sujet d'intérêt. Je ne suis pas atteint d'égopathie. » Voire. Avant tout, il est théâtral, généreux, amoureux de la vie, partageur.

Voilà pour le côté jardin. Le côté cour, lui, explique l'envers du décor, et particulièrement l'attachement de Jef pour son neveu. Car il y a eu un Lazare Kessel, frère cadet de Jef. Un acteur tourmenté et magnifique, une étoile filante au firmament des stars, dont le *Ruy Blas* qu'il joua chez Réjane laissa les critiques en extase. À la scène, il s'appelait Siber. Lazare avait dix-sept ans à la naissance de son fils, et vingt et un quand il se tira une balle dans le cœur. Ils ne se sont jamais vus. Bien avant la naissance de Maurice, Lazare avait quitté Léonilla, sa maîtresse, leur liaison fut brève. Cette mère comédienne, extravagante, mythomane, allait voler l'enfance de Maurice en lui taisant son père suicidé. Longtemps, le petit a cru être le fils de René Druon, qui l'a élevé comme son enfant.

Tel est l'homme qui entre dans la vie d'Edmonde pour la bouleverser. Elle ? Coupée en deux par l'inattendu. Contusion interne grave.

Cet amour-là l'ancre enfin dans la vie, dans la société parisienne, il leur donne une réalité, Edmonde se sent exister pleinement. Peut-être même a-t-elle rencontré le prétendant qui contentera Sabine et François. Sauf que Maurice ne prétend à rien, du moins dans ce domaine. Prétendre à quoi ? Il sort d'un divorce, laisse une maîtresse en souffrance à Londres, une actrice, ce qui lui permet de conseiller à ses jeunes confrères de plume : « Jamais d'actrices ! Elles vous font coucher trop tard » ; sans compter de menues liaisons en cours. Il ne souhaite pas de conjugalité entre eux. Edmonde s'en arrange, être la favorite lui suffit. Elle-même est sujette aux coups de sang sans lendemain. Une liberté d'être plutôt mal vue dans la France de Vincent Auriol qui s'apprête à devenir celle de René Coty, et particulièrement mal jugée dans son milieu. Mais elle connaît l'art de pratiquer la clandestinité amoureuse, sans éprouver la moindre culpabilité.

Il n'échappe à personne qu'à l'apparition de Maurice Edmonde quitte sa mine sévère, elle n'est plus que sourire, frémissement et séduction, comme sous l'effet d'un soleil intérieur.

Ils ne vivent pas sous le même toit, mais on les voit ensemble partout en ville, dans les cabarets tziganes que Maurice affectionne, une tradition Kessel, ou à la Grille royale, la maison de campagne des Lazareff à Louveciennes, qui y reçoivent le monde de la politique, des affaires et de la culture. De Sagan à Pierre Salinger, de Jeanne Moreau à Jacques Delors, tous ceux qui comptent s'y croisent. Maurice a son cercle littéraire, tenu par Philippe Baer, une bande de célibataires où Edmonde apparaît parfois.

Ils sont spectaculaires, talentueux, ils sont jeunes. Ensemble, ils ont Paris à leurs pieds.

Février 1954

Paris ? On y meurt de froid et de faim dans les rues, cette année-là. L'hiver 1954 est une déferlante de gelées assassines. Des familles entières dorment entassées dans des carcasses de camion ou dans la rue, à moitié nues. La nuit du 30 janvier, sur un trottoir du boulevard de Sébastopol, des passants butent contre le corps d'une femme morte de froid.

Le lendemain, un appel résonne sur les ondes de Radio Luxembourg, la radio de la famille Duraton, la plus écoutée de France, et cet appel transperce le pays de part en part, il force les oreilles, écarte les paupières sur la sale vérité : faute de logements, on crève à l'air libre. L'abbé Pierre lance ce que les journalistes appellent aussitôt « l'insurrection de la bonté ». La France populaire vibre et réagit.

Au même moment s'ouvre la semaine des collections de haute couture. Indifférentes à ce qui n'est pas leur monde, elles avancent tel un brise-glace parmi les craquements, chuchotements et feulements enthousiastes du microcosme de la mode.

Le 3 février, une assistance cosmopolite s'est transportée dans les salons du 30, avenue Montaigne, pour s'entasser sur les marches de l'escalier réservé à la presse. Madame de Sermont, journaliste au *Monde*, devise avec Emilio Terry, architecte, lequel joue de l'éventail. On crève de chaleur ! Un véritable hammam, non ? On est assis les uns sur les autres... Quel cirque ! Personne ne songe à s'en offusquer. Le magicien Christian Dior les ravit une fois encore, le public est à genoux.

Le 4, Pierre Cardin les subjugue avec ses robes bulles.

Le 5, au 5 de la rue Cambon, on couperait l'ambiance au couteau. Edmonde est accompagnée d'Odette Corsaint-Lee. Les salons-miroirs sont pleins à craquer, mais, curieusement, on parle peu et dans toutes les langues. Les Anglaises et les Américaines sont installées au premier rang. Il était hors de question de louper ça ! Les chroniqueuses ont posé leurs sacs ventrus au pied de leurs chaises dorées, ils débordent de carnets de notes qui n'en bougeront pas. Cigarette entre les doigts, elles affichent un calme inhabituel. Elles attendent, prêtes à dénigrer et haïr. Edmonde repère le goût du sang. La tension qui précède la mise à mort. De Nîmes à Arles, elle a assisté à tant de corridas qu'elle sait reconnaître cette fièvre prête à éclater en applaudissements ou en bronca rageuse. Le grand retour de mademoiselle Chanel après quinze années de silence va se faire dans le vent mauvais des règlements de comptes.

Edmonde n'aborde jamais un sujet sans l'avoir minutieusement étudié. Dans ces mêmes salons, en

1939, Chanel a clos son dernier défilé sur l'apparition d'une robe du soir tricolore, tel un adieu à la paix, à la légèreté, à la grâce. Puis, sans préavis, elle a licencié la totalité de son personnel, fermé les portes de sa maison de couture, avant de tourner le dos à la France en se perdant dans une liaison complexe avec un officier allemand, Hans Günther von Dincklage. Elle avait aggravé son cas en jouant les Mata Hari, se croyant moins dupe qu'elle ne l'était. Tout au long de l'année 1943, elle s'était trouvée au cœur d'un complot qui visait à sauver la France, où trempaient quelques Allemands, où flottait le fantasme d'un Winston Churchill y prêtant la main. Un projet abracadabrantesque. Chanel avait fini par se prendre les pieds dans l'opération Modellhut, en français « Chapeau de mode ». Incroyable. À la Libération, elle avait choisi de s'installer en Suisse, loin des épurateurs.

À soixante-dix ans, après quinze années d'exil, elle rentrait à la maison pour reprendre la couture.

Autant dire que les jurées qui composent le tribunal international réuni ce jour-là – la plupart d'entre elles ont passé la guerre au chaud, Edmonde s'en fait la remarque – ne sont pas enclines à la clémence. Elles se pensent rassemblées de leur propre chef. Naïveté. C'est Chanel elle-même qui a convoqué par bristol cette cour d'assises qui s'apprête à la condamner. En finir une fois pour toutes. Sans illusion.

Les mannequins défilent dans un silence polaire. Pas un murmure, pas un applaudissement, soit-il du bout des ongles. Rien. Edmonde ne peut s'empêcher de songer à cette femme, là-haut, tragiquement seule, à sa place favorite, hors des regards, sur une marche de l'unique escalier que les mannequins doivent emprunter pour descendre dans la fosse aux lionnes.

La curée, bien sûr. « Petites robes misérables », « en quinze ans, elle n'a rien appris »... Le mépris vole à voix haute vers la sortie, agrémenté de quelques grossièretés sur son âge, à portée d'oreille de Chanel. Doisneau a raison, « des teignes... fées Carabosse... d'une inélégance... », pour Edmonde elles ne valent pas mieux que les tricoteuses de l'Ancien Régime. Elle fonce à la rédaction. Michel de Brunhoff a refusé l'invitation au défilé. Le comportement peu estimable de Chanel pendant l'Occupation lui interdit de lui accorder le moindre entrefilet dans son magazine.

— Chanel, tout de même ! Un génie de la mode..., plaide Edmonde, que le défilé n'a pourtant guère ébouriffée.

À l'arraché, elle obtient une double page dans la partie actualité du mois de mars. Mademoiselle Chanel accepte de recevoir Robert Doisneau. Elle dispose de temps. Le carnet de commandes est vide, tout comme celui des rendez-vous.

Le temps a-t-il eu prise sur elle ? s'interroge Edmonde. Un jour, c'était en 1938, à Capri, elle l'avait aperçue de loin. Elle avait dix-huit ans.

— Regarde, Chanel, avec Misia..., lui avait-on dit. Misia Sert[20]. L'amie, l'amante.

Elle distinguait deux silhouettes de femmes vêtues de blanc, à l'évidence deux amies, qui prenaient un verre sur la plage de la Marina Piccola. Espadrilles, jupes longues, solaires, royales, d'une incroyable décontraction, et tellement élégantes. Mais âgées, non ?

Les photos que Doisneau dépose sur son bureau sont d'une cruauté involontaire, Doisneau n'est jamais impitoyable. Chapeau rond, tricot noir, jupe de lainage sec, il a photographié une dame de province, une femme victime du temps et de l'époque. « *Out* », comme sa mode. On peut compter sur lui pour débusquer la vérité de son sujet. Mains dans les poches, bouche pincée tel un clown amer, du haut de son escalier-miroir Gabrielle Chanel jauge on ne sait quel sinistre spectacle qui se joue en contrebas.

Elles discutent à voix basse, la mère et la fille, bercées par le roulis du train. Edmonde a laissé derrière elle la frénésie des collections, à peine le numéro bouclé elle a pris le train de nuit pour Rome, en compagnie de Sabine et François. Elle leur raconte Chanel. Sabine a sa petite idée sur le personnage pour s'y être frottée.

— C'est un monstre ! Une véritable furie, je te le jure, de mes propres yeux je l'ai vue trancher la tête de Vera ! Elle serait parfaite en dame de cœur !

Et Sabine de raconter comment, en 1943, au Ritz, son amie Vera Bate lui avait demandé de passer la voir à son hôtel. « Je fais un bref passage à Paris. » Vera à Paris, alors qu'on la disait emprisonnée à Rome pour espionnage ? Selon la rumeur, Vera était la fille illégitime d'un descendant du duc de Cambridge. Le gotha royal n'avait pas de secret pour elle, elle entretenait des liens de familiarité avec le prince de Galles, ils lui avaient été fort utiles pour introduire Bend'or[21] dans l'entourage de son amie Gabrielle, qui n'en avait rien à fiche de cet adorateur royal. Donc, Vera était à Paris en mission secrète, elle ignorait laquelle, mais elle accompagnait Chanel qui avait exigé des Allemands sa présence comme dame de compagnie, pour un périple aussi mystérieux que compliqué. La seule consigne que lui ait donnée Chanel : ne contacter personne, n'accepter aucun rendez-vous sans son accord. Elles étaient à Paris incognito, compris ? Vera s'était empressée d'appeler sa vieille amie Sabine. Elle n'allait pas rester cloîtrée, tout de même !

Les deux femmes discutaient et riaient aux éclats quand Chanel avait surgi dans la suite qu'occupait Vera. Sabine avait manqué choir.

— Chérie, si tu avais vu ce petit pruneau noir gonfler, gonfler et puis exploser : « Je te prie de ne plus jamais recommencer ! » Là-dessus, elle est repartie comme une furie. Pauvre Vera…

Évidemment, Sabine ignorait qu'elle figurait alors dans une scène de l'« opération Chapeau ». Vera de même.

Il y a longtemps qu'Edmonde n'a pas voyagé avec ses parents. Les malheureux affichent une mine d'enterrement, surtout Sabine qui a du mal à déguiser ses émotions. « Je n'aime pas du tout, du tout, la perspective de ce séjour romain… » Cette seule idée la met à plat.

Jean ordonné prêtre !

Le traître !

D'autant qu'il n'y est pas allé de main morte. Il a choisi d'entrer dans un ordre de peu de prestige, les pères rosminiens, fondé par Antonio Rosmini en 1828. Cerise sur le gâteau, l'ensemble des textes de Rosmini a été mis à l'index par le pape Léon XIII, et ses thèses interdites d'enseignement.

— Mais enfin, Jean, il n'a pas écrit que des textes interdits ! s'est étranglé François, du fond de son désespoir.

— Si, papa. Tous interdits !

Les dernières aspirations de François s'écroulent. Jean est fait pour glaner les succès et la fortune, il aurait pu moissonner les allées du Vatican, tant il est brillant, politique et érudit. Devenir cardinal. Voire plus. Mais cet ordre religieux lui ferme les portes de l'épiscopat, l'empêche de prétendre à une somptueuse carrière ecclésiastique. C'est une histoire de fous ! Son fils va passer son existence à convertir des protestants à la religion catholique, puisque telle est la mission des rosminiens !

Ce genre de catastrophisme glisse sur les plumes d'Edmonde. En douce, elle s'en amuse. Il n'y a que chez eux que des trucs pareils arrivent !

Quelques mois plus tôt, Jean leur a laissé un mot, d'une concision admirable. « Voici ma prochaine adresse », celle d'un couvent à Rome. Pas un mot d'explication, de justification. Il a démissionné de son poste de diplomate à Athènes tout aussi sèchement. Il en avait assez de jouer à être ce qu'il n'était plus.

Edmonde compatit : pauvres chers parents, ils se

sont fait une si haute idée de leurs enfants, d'eux-mêmes aussi, qu'ils ont rêvé pour eux des destins exceptionnels. Ils doivent apprendre à en faire leur deuil, une longue marche que Sabine commence par un : « Tout ce qu'on a fait ne vaut pas tripette[22] !! »

Ils chuchotent dans le couloir, un peu sonnés, hypnotisés par les lumières qui défilent de l'autre côté de la vitre, dans la nuit.

— Si j'ai bien compris, on aura juste le temps de déposer nos bagages et de filer à la basilique ? demande Edmonde.

Elle ne s'est occupée de rien.

— Tu veux une petite boule ?

Sabine lui tend une boîte remplie de pilules qui promettent le bonheur.

— Maman, vas-y doucement, tout se passera bien.

Elle échange un regard avec son père. François fume en silence. Il lève les yeux au ciel. Message muet. Tu connais ta mère, elle n'en fait qu'à sa tête, j'ai essayé, n'insiste pas, tu vas lui mettre les nerfs en pelote, j'aimerais bien passer une nuit tranquille.

Ils bavardent encore un moment, sur le mode un peu relâché propre à ceux qui vivent ensemble depuis toujours, puis chacun se retire dans sa cabine.

Elle se glisse entre les draps de sa couchette. Le bercement monotone du train va avoir raison de sa fatigue, l'entraîner au loin. Consciente de la caresse du tissu contre sa peau, elle se désagrège lentement dans les pensées gazeuses qui précèdent l'endormissement, elle dérive… quand ses yeux s'ouvrent. Les images se bousculent, rebelles, tracassières. Son Jean et, demain, les larmes rentrées de Sabine, les reproches ravalés de François, leur chagrin énorme… Edmonde se retourne, Derain s'invite dans ce ballet pour insomniaques. Il ne va pas fort. Sa passion pour Nicole lui fait perdre la boule, au point qu'Alice – la malheureuse a tout enduré pendant quarante ans – demande le divorce et a quitté la Roseraie avec Bobby. Alice qui claque la porte ! Les bras lui en sont tombés, à Derain. « Je comprends pas… la môme Alice, je l'ai trompée au moins deux mille fois ! Qu'est-ce qui lui prend, à présent ? » Son monde s'effondre. Mi-amusée, mi-inquiète, Edmonde a soupiré devant ce drôle de centaure : splendidement précurseur dans son art, résolument XIXe siècle à la maison. André a beau finasser avec ses soixante-quatorze ans, il multiplie les malaises. Une congestion cérébrale l'a laissé aveugle, un instant, au volant de sa Bugatti. C'est la guerre entre les époux. Alice a fait mettre les scellés aux portes de l'atelier. André est dans le besoin. Les Derain surenchérissent dans le misérabilisme. Alice va en ville vêtue de vieux habits, manière de clamer que son époux n'assure plus les frais du ménage. De son côté, André fait la manche dans les bistrots de Saint-Germain-des-Prés, tend sa main de géant en bêlant : « Ayez pitié d'un pauvre peintre dans le besoin. »

Les visages familiers, les noms finissent par se confondre, se brouiller dans la pénombre couleur d'acajou. Edmonde a sombré dans le sommeil.

Rome les salue d'un crachin printanier, au diapason de leur humeur. Cyprienne les rejoint au dîner, elle arrive de Stockholm où Marcello a décroché un poste inespéré à la légation d'Italie. Une Cyprienne diaphane. D'une nervosité affreuse. Au moins, la famille est-elle au complet pour assister à ce que chacun s'accorde à considérer comme un monumental gâchis.

La basilique Saint-Jean-de-Latran est pleine à craquer. Jean s'est activé pour que leur soient réservées quatre places aux bancs des premiers rangs. « Comme au théâtre », siffle Sabine. Elle manifeste sa désapprobation en s'habillant de sombre, une mantille tout aussi austère couvre son chignon blond. Elle s'assoit entre François et Cyprienne. Edmonde est à la droite de sa sœur.

— Combien de fois sommes-nous venues ici ? Tu te souviens comme ça durait…, chuchote-t-elle à son oreille.

— Justement, j'essaie de ne pas y penser ! s'amuse Cyprienne.

Edmonde se dit qu'elle pourrait contempler indéfiniment le profil de sa sœur sans jamais en percer le mystère. Volubile, pour éviter de parler des heures sombres de la guerre. Voletant ici et là comme un oiseau pour fuir l'immobilité et le vide, qu'il faudrait combler si le mouvement cessait. Il n'y a pas d'être dont Edmonde soit plus proche, mais se sont-elles jamais parlé vraiment ? Non, elles sont là, tout sourires, émotions bien verrouillées. Motus. Et ça ne changera jamais.

Elle aurait pu dessiner la basilique de mémoire. La voûte splendidement sculptée, l'autel surmonté du ciborium offert par Charles V le Sage, qui forme un spectaculaire baldaquin. Elle se rappelle sa frousse, petite fille, à l'idée qu'il contenait dans un reliquaire d'argent les têtes de Pierre et de Paul.

Saint-Jean-de-Latran ne lui a jamais paru plus lugubre. Son frère s'apprête à donner sa vie à Dieu, entièrement, sans quartier, ainsi qu'il aime faire les choses. Il quitte sa famille pour en rejoindre une autre.

Les murmures du public et les toussotements qui se répercutent le long des hauts murs cessent d'un coup. L'évêque vient de faire son entrée, mitre sur la tête, entouré des diacres. Les ordinants apparaissent, sage cortège de silhouettes blanches. Edmonde repère Jean, c'est facile, il a toujours été le plus grand. Son visage tout en longueur affiche une gravité qui ne lui est pas coutumière. Elle compte. Ils sont trente-deux candidats à la prêtrise. Ce sera long. Elle se penche pour voir son père. Il est impassible.

François n'en est pas à sa première cérémonie d'ordination. L'émotion, il le sait, ira crescendo, portée par les chœurs elle culminera aux signes de soumission des futurs prêtres. Il s'est préparé à l'épreuve, se défend même d'éprouver une seule once de la colère qui ne le quitte plus. Mais la raison n'a pas sa place en ce jour, en ce lieu, un raz-de-marée vient le faucher à l'appel des candidats quand, au nom de « Jean, Marie Charles-Roux », il voit son fils se détacher du groupe. La tristesse le submerge. Tant de déceptions. Dans un dernier sursaut d'autoritarisme, il a encore tenté de s'interposer entre Jean et sa vocation, si bien que Pie XII s'est vu obligé d'intervenir. Le vieil ami Pacelli lui a demandé de fiche la paix à son fils.

Un mouvement imperceptible fait bouger le banc. Sabine étrangle un sanglot. Prosterné, le front à terre, Jean signe son abandon à Dieu.

La cérémonie s'éternise. Edmonde peut entendre son père souffler à intervalles réguliers : « C'est vraiment sauvage ! » Elle observe Jean, là-bas. Ce n'est plus son frère qui revêt la chasuble, c'est un inconnu qui a décidé de s'isoler au milieu des hommes. Il n'en reste pas moins qu'elle fut sa seule confidente au moment de la déflagration intérieure qui l'a mené jusqu'à cette basilique, elle le connaît intimement. Aussi se pose-t-elle la seule question qui vaille : le dandy disparaîtra-t-il sous la soutane ?

Sept heures et quinze minutes plus tard, la famille se retrouve sur le parvis. Sabine a tenu le coup, bourrée de stabilisants.

— Je les recommande. On se sent en tremblement de terre, tempête océanique à l'intérieur, mais à l'extérieur, rien ne bouge, on est droit comme un bec de gaz[23]…

Le printemps les attend à Paris. Une explosion d'odeurs suaves. Cyprienne s'évanouit à peine arrivée chez les parents. Ça n'étonne pas Sabine : sa fille a beau assurer « *Va bene, va bene* », elle est épuisée, usée. Dans la clinique où on l'hospitalise, c'est une succession d'injections de sérum, de vitamines… Le médecin qui l'examine dit à Sabine : « Mais vous me ramenez cette jeune femme de Buchenwald[24] ! » Quarante-trois kilos, ne dormant plus, ne mangeant plus, parvenue au dernier degré du délabrement de tout l'organisme. Trois semaines plus tard, elle est un peu retapée, on la relâche. « Il ne faudra pas recommencer cette blague-là une deuxième fois », gronde le toubib.

À présent, c'est Derain qui fait des siennes. En juillet il prend sa voiture contre l'avis médical et verse dans le fossé. Depuis, il végète dans la salle commune de l'hôpital de Saint-Germain-en-Laye. Ses amis le veillent.

Edmonde est horrifiée : André dépérit. Il est devenu grabataire. Alors, elle tire toutes les sonnettes, en appelle à son réseau, le fait transporter dans une clinique de luxe, à Garches.

Chambre immaculée, capitonnée, barreaux aux fenêtres… Derain en perd la raison. S'affole. Le fondateur du fauvisme se noie dans cette mer de blanc.

— Qu'est-ce qui vous ferait plaisir, André ? demande Edmonde, qui profite d'un moment de lucidité de son vieil ami.

Elle se couperait en quatre pour exaucer son désir, pour qu'il se sente vivant à nouveau.

Il a du mal à parler. Il ne peut qu'articuler :

— Un morceau de ciel bleu et un vélo.

Elle dîne en ville ce soir du 8 septembre, un dîner mondain parmi tant d'autres. Le majordome s'approche de l'hôtesse.

— Monsieur Levy demande mademoiselle Charles-Roux au téléphone.

Pierre lui apprend la mort d'André, quelques minutes plus tôt.

Comme pour la rassurer, la consoler peut-être, les mots du peintre, des mots dits au temps de sa splendeur, lui viennent à l'esprit.

« Mourir, pour un artiste, c'est vivre absolument[25]. »

1956

Une question s'impose lorsqu'on pénètre pour la première fois chez Maurice : qui de la poule ou de l'œuf ?

Edmonde n'y a pas échappé. La décoration médiévale de l'appartement que Druon occupe dans les communs de l'hôtel de Broglie lui a-t-elle inspiré la saga des *Rois maudits* ? Est-ce l'inverse ?

L'antichambre est immensément vide, le salon tout aussi vaste est occupé par une longue table de bois sombre et par une cathèdre, présumée Renaissance, sur laquelle on pose une fesse respectueuse dès lors que Maurice a signalé : « C'était le siège de Pic de La Mirandole… » Ailleurs, c'est un agencement de fauteuils et de chaises tout aussi inconfortables, de coffres et de rapières de théâtre – « L'épée de François Ier à Pavie », selon Maurice qui adore faire ce coup de la désinvolture aux visiteurs éberlués. Tapisseries du XVe aux murs et valet en tenue à la porte. À elle seule, la chambre laisse les intrus rêveurs : un imposant lit à dais abrite les éblouissements du couple qu'il forme avec Edmonde, ses rideaux lourds refermés sur leurs nuits.

Dans le courant de 1954, Maurice a signé un contrat en or avec les Éditions Del Duca : la conception d'un feuilleton historique au cœur de la France médiévale du XIVe siècle. L'accord initial prévoit un prologue de cinq tomes suivis de treize volumes, à raison de trois volumes publiés par an. Titanesque. Druon se trouve à la tête d'une véritable usine à gaz. Il embauche. *Le Roi de fer* et *La Reine étranglée* sont parus l'année précédente. Les montures sont fourbues, il lui faut renouveler l'équipe qui mènera à son terme le tome 3 : *Les Poisons de la couronne*. Pour l'instant, l'attelage se compose de Jean de Lacretelle, habitué des lieux, historien incollable qui chuinte des digressions interminables à propos de fantômes hors d'âge, du scénariste Georges Kessel, oncle de Maurice et frère de Jef, ainsi que de Christiane Grémillon, productrice de films qui coordonne ce que Druon a baptisé « l'atelier ».

— Tu te joindrais à nous ? demande-t-il à Edmonde, dont il connaît la curiosité tous azimuts et l'envie d'en découdre avec l'écriture.

Elle n'est pas opposée à l'idée de voler au secours du succès. *Les Rois maudits* a enthousiasmé le public, qui attend avec impatience la suite de cette cascade de complots, de luttes pour le pouvoir, de vengeances recuites, de guerres, de sexe, de sorcellerie…

Le point de départ imaginé par Maurice, outre qu'il est efficace, assure un suivi d'au moins treize tomes : la malédiction lancée en 1314 par le grand maître de l'ordre du Temple, Jacques de Molay, alors qu'il grille sur son bûcher : « Pape Clément ! Roi Philippe !

Avant un an, je vous cite à paraître au tribunal de Dieu pour y recevoir votre juste châtiment ! Maudits ! Maudits ! Tous maudits jusqu'à la treizième génération de vos races ! »

Edmonde est pointilleuse. Les rédactrices de *Vogue* en savent quelque chose, qui la voient lunettes au nez, penchée sur un texte de leur cru. « Cette robe est-elle orange ou mandarine ? » La journaliste objecte que la photo est en noir et blanc. « Ça n'empêche pas l'exactitude ! » réplique Edmonde. Or, chez *Les Rois maudits*, l'exactitude passe des quarts d'heure chahutés.

— Dis-moi, Molay a réellement lancé cette malédiction sur les Capétiens ? s'étonne-t-elle.

Elle tient de son père, un érudit, méticuleux, qu'il s'agit d'une sornette inventée par le chroniqueur italien Paolo Emilio. Néanmoins, treize générations de Capétiens ont bel et bien été décimées l'une après l'autre. Druon lui sert alors sa théorie : « Tu prends parti dans l'hypothèse. » Aussi va-t-elle occire à tour de bras.

Edmonde commet son premier crime d'auteure, en faisant de Mahaut d'Artois l'assassin de Louis X, quatrième victime de la malédiction. Si dans la vie réelle la comtesse avait un joli nombre de crimes sur la conscience, au moins s'était-elle épargné celui-ci. Edmonde lui fait glisser une dragée empoisonnée dans la coupe à gourmandises du jeune roi, méthode typiquement féminine, paraît-il.

Femme, il ne fait pas bon l'être dans ce royaume de papier. Proies ou pions sur l'échiquier politique, monnaie d'échange, criminelles, intrigantes, rivales, quelle que soit leur position sociale elles sont vouées à l'enfermement, qu'il se nomme mariage, couvent ou prison. Les reines elles-mêmes meurent étouffées dans un cachot. Les hommes ne sont pas mieux lotis, prisonniers de leur soif de pouvoir. *Les Rois maudits* prospère sur le plus détestable de la nature humaine, selon la règle de tout bon feuilleton.

On devine le plaisir vif qu'Edmonde a pris à sculpter le personnage de Mahaut d'Artois. Comtesse, pair de France aux appétits divers et gloutons, Mahaut revêt l'armure et le camail d'acier pour galoper au combat, elle fomente des complots et affronte la ligue des barons d'Artois sans trembler. Une géante en tout. La bravoure mais aussi la boulimie de pouvoir faites femme. Edmonde l'écrivaine fut-elle soudainement dépassée par un autre moi, amoral et noir, jusqu'alors enfoui, prêt à tout ? Hypothèse plausible.

Tandis que sous le haut patronage de Saint Louis la petite équipe dirigée par Druon ravaude l'histoire médiévale, tandis qu'elle fourbit heaumes et cervelières, d'autres inventent le nouveau roman ou bâtissent le monde de demain.

Ils sont une poignée d'écrivains. Une dizaine, tous publiés aux Éditions de Minuit par Jérôme Lindon, qui se retrouvent dans la même critique du réalisme littéraire. Nathalie Sarraute a sauté le pas la première dès 1939, avec *Tropismes*, puis Claude Simon, Michel Butor, Alain Robbe-Grillet… Ils ne se fréquentent pas, ne forment pas une bande, mais chacun de son côté fait fi de l'intrigue, du héros, de la psychologie des personnages. Leur champ d'exploration n'a de limites que celles de la vie intérieure de l'individu.

Le nouveau roman éclôt, qui offre aux écrivains une liberté d'écriture centuplée, qui délie le rythme de la phrase, le déroulement du récit.

La parenthèse survoltée d'après-guerre est celle de l'époque du neuf. Tout est nouveauté, émergence. Le roman, le théâtre (de l'absurde), le cinéma (avec sa nouvelle vague). Une jeunesse point et s'affirme. Françoise Sagan vient de publier *Un certain sourire*, elle s'apprête à enrouler sa voiture autour d'un platane, confortant sa jeune légende de « charmant petit monstre ». Yves Saint Laurent, vingt et un ans à peine, est engagé chez Dior.

Le monde bouge. Demain est promesse. Dans *L'Express*, qu'elle dirige de main de maître, Françoise Giroud lance la première campagne contre la loi de 1920 qui réprime l'avortement. L'hebdomadaire appelle les députés au courage. Curieusement, au lieu de soutenir ce combat, le Parti communiste s'y oppose. « Le chemin de la libération de la femme passe par les réformes sociales, la révolution sociale, et non par les cliniques d'avortement », écrit Maurice Thorez dans *L'Humanité*. Tactique politique. Selon les propos de Jeannette Vermeersch, vice-présidente de l'Union des femmes françaises, « tant qu'on discutera règles et fausses couches, on laissera Staline tranquille[26] ».

En juin 1956, la vérité du régime soviétique éclate avec la publication du rapport Khrouchtchev sur les crimes staliniens, levant un vent d'espoir dans les pays satellites de l'Union soviétique. Élan aussitôt réprimé. Le 4 novembre, les chars russes entrent dans Budapest, l'ordre rouge règne à nouveau sur la Hongrie.

Au mois de mai, Edmonde a signé dans *Vogue* un grand reportage touristique sur la capitale tchécoslovaque. Un Prague en apesanteur. Le mot « communiste » n'est pas prononcé. Aucune allusion au régime qui dirige le pays depuis 1948, nulle trace des grandes purges qui ont décapité l'opposition et dont certaines victimes sont de vieux amis de ses parents. Ce n'est pas faute de savoir. Combien de réfugiés tchèques et slovaques sont-ils arrivés dans un sale état au 7 bis rue des Saints-Pères ? François préside le Comité d'aide aux réfugiés tchécoslovaques, Sabine en dirige la section féminine. Edmonde choisit d'écrire un article tout en sous-entendus et grâces sur les « trésors de goût » dont témoignent les monuments pragois, occultant une réalité qui détonnerait dans les pages glacées du magazine. À peine s'autorise-t-elle de discrètes allusions à « un peuple courageux et convaincu de sa personnalité nationale », ou à la situation : « Pour qui a connu Prague avant guerre, bien des choses demeurent surprenantes dans la Tchécoslovaquie d'aujourd'hui. L'installation d'un État ancien dans le nouvel âge du monde ne se fait pas sans heurts[27]. »

Ceux qui savent de quoi je parle comprendront ce que je veux dire…

Le cheminement de sa conscience politique attend la rencontre, le hasard qui la conduiront à devenir celle qui n'a pas peur des mots.

Maurice est cet agent de liaison.

Le 4 novembre 1956 tombe un dimanche. Ils sont attablés à la terrasse d'une brasserie du boulevard Saint-Germain, lisent les journaux, dans le soleil du matin. La lumière de Paris n'est jamais aussi belle qu'en automne, elle ne paraît jamais aussi lumineuse qu'en état amoureux.

Ils parcourent les pages, les froissent. La crise de Suez, la Pologne qui s'échauffe, la Hongrie agonisante… Maurice soupire. Les actualités s'entrechoquent, se combattent. Giroud et l'avortement, l'avortement et le PCF, le PCF et Budapest, Budapest et Suez. La crise de Suez permet aux pays occidentaux de détourner les yeux de ce qui se passe en Union soviétique, laquelle les menace d'une attaque de fusées à tête nucléaire s'il leur prenait l'idée de lancer une opération de reconquête coloniale en Égypte…

La température de la guerre froide a monté d'un cran.

— Ces malheureux pays de l'Est… Pour eux, l'Occupation aura duré bien plus de quatre ans…, remarque Maurice. Ils viennent de prendre la perpétuité.

Edmonde approuve, l'air soucieux. Il se dit qu'elle est ravissante. Son regard s'attarde. Tailleur, collier de perles, le sourire lumineux. Le genre de femme que l'on ne risque pas de surprendre en négligé. Ça ne doit pas être la joie pour elle, rue des Saints-Pères. La crise de Suez vient de mettre son père au chômage. Depuis près de huit ans, François présidait la Compagnie universelle du canal maritime de Suez, mais de Compagnie il n'y a plus, Nasser l'a nationalisée… Ce père lui apparaît comme le dernier spécimen d'un certain état du monde : il préside le mouvement ultra, Présence française, qui milite pour le maintien de l'Empire colonial français et du protectorat français au Maroc. Maurice doute d'être à ses yeux le compagnon idéal pour sa fille. Gaulliste, divorcé, un peu de sang juif par les Kessel… Il poursuit :

— Louis et Elsa… ça ne doit pas être facile pour eux en ce moment. Tu vas voir, bientôt on les tiendra pour responsables du coup de force en Hongrie !

La notoriété d'Aragon dépasse le monde des arts et des lettres, elle touche le grand public. Immense prosateur au temps du surréalisme, il est à présent statufié dans le rôle du grand poète communiste. Son image est indissociable de celle du PCF, dont il est membre du comité central depuis 1945. Or, non seulement la réalité de ce que fut le régime stalinien est soudain révélée au monde entier, mais aussi la volonté persistante de l'Union soviétique d'utiliser la violence pour sauvegarder ses intérêts. Aragon a-t-il construit sa vie sur un monumental mensonge[28] ? La presse et l'opinion se retournent contre le couple. Elsa et Louis, militants main dans la main, conspués ensemble. La haine, la colère et les injures contre l'URSS et le PCF les percutent de plein fouet.

Maurice les connaît l'un et l'autre, et assez bien. Edmonde s'en étonne.

En 1939, très exactement deux jours après la déclaration de guerre à l'Allemagne, Maurice avait écrit son tout premier article, pour Pierre Lazareff et *Paris-Soir*, « J'ai vingt ans et je pars ». Il précédait un ordre de mobilisation qui tardait alors même que l'armée allemande en Pologne avançait à une vitesse foudroyante. L'article avait eu un retentissement surprenant. Aragon, qu'il rencontra pour la première fois dix ans plus tard, l'expliquait ainsi : « Vos mots coïncidaient avec un moment de la conscience collective. »

Edmonde réprime un sourire. Elle aime Maurice. Profondément. Ses coquetteries l'émeuvent. Le moindre détail de sa vie semble significatif. Par exemple, Maurice est né sous un bombardement un 23 avril. Jour tellurique, jour remarquable pour la littérature à en croire les éphémérides :

1564 : Naissance de William Shakespeare.

1616 : Mort de William Shakespeare.

1616 : Mort de Miguel de Cervantès.

1918 : Naissance de Maurice Druon.

Ce voisinage autoriserait Maurice à jouer du menton. Sans compter qu'il descend en ligne zigzagante du dernier roi d'Araucanie et de Patagonie, une dynastie d'opérette fondée par un avoué de Périgueux un siècle plus tôt[29]. Le troisième, et dernier, roi régnant sur cette chimère de royaume n'étant autre qu'Antoine Cros, frère du poète Charles Cros et arrière-grand-père maternel de Maurice.

Elle le trouve invraisemblable.

— Les Aragon sont dans leur moulin de Saint-Arnoult…, continue Maurice. Ça m'étonnerait que les visiteurs s'y bousculent. Ils doivent se sentir terriblement seuls !

Leurs yeux se croisent, le premier il dit :

— Pourquoi ne pas y aller ?

— C'est le moment d'aller voir les gens quand ils sont dans le pétrin…, approuve Edmonde.

Ils arrivent au moulin dans l'après-midi. C'est une maison déserte, silencieuse, où le téléphone ne sonne pas. Elsa et Louis sont seuls, en tête à tête avec leurs sentiments personnels. Surpris, sans doute, de voir une Rolls pénétrer dans la cour. S'agit-il du fameux voyage à Moscou, en Rolls, dont Pierre Bergé crédite Maurice ? À quoi songent-ils en regardant les deux silhouettes élégantes avancer jusqu'à leur porte, à la vue de cette jeune femme aux airs stricts que ni Louis ni Elsa ne connaissent encore ? Sans doute, ce soir-là, n'y eut-il pas d'allusions à leurs « sentiments personnels » quant à l'invasion de Budapest. Pas la moindre. Le mot peut vite devenir piège. Mais la présence au moulin de ces deux-là, jeunes, beaux, courageux, une présence qui ne va pas de soi, leur dit qu'ils ne sont coupables de rien.

Ils parlent jusque tard dans la nuit. Enchantés les uns des autres. Ils discutent de la manière d'apprendre la langue russe, dont Edmonde possède des rudiments et qu'Aragon a apprise, très très vite, par amour pour Elsa. Plus exactement, lui confie-t-il, sous l'effet de la jalousie effroyable qui le saisissait quand il ne comprenait pas ce qu'Elsa et ses compatriotes se racontaient devant lui. Tandis que Budapest brûle et hurle, Aragon en vient à évoquer longuement un virtuose hongrois de la flûte de pan. Il est passionné de musique. La voix légère et railleuse d'Elsa, au merveilleux accent russe, s'élève à l'aplomb de celle de Louis : « Aragochka… », dit-elle pour l'interrompre un instant. Edmonde ne sait plus comment c'est arrivé dans la conversation, mais maintenant ils parlent de l'exil, un thème que chacun d'eux connaît dans sa chair. L'appartenance à une terre lointaine qui se dérobe, l'ancrage impossible dans le pays neuf. « Être étranger, dit Elsa, ce n'est pas une affaire de passeport… C'est se sentir malvenu[30]. »

Ils parlent, parlent, la roue à aube du moulin

tourne, on voit une petite cascade s'enrouler et jaillir autour d'elle, par une lucarne ménagée dans le mur du salon. Une parenthèse dans la tourmente. Leur amitié est en train de naître. On ne peut l'exonérer d'une pointe de snobisme. Edmonde est certainement flattée d'intriguer le grand écrivain, dont l'*Aurélien* qu'il vient de publier l'a empoignée et fascinée, ou d'être appréciée par Elsa, ce dont peu de femmes peuvent se vanter, Elsa qui est la première femme à avoir reçu le prix Goncourt[31]. Eux sont agréablement surpris par cette jeune personne dont l'art de la conversation hors des sentiers battus les surprend. Il semble qu'elle a vécu mille vies. Et puis, pareille liberté de pensée, pareil esprit d'aventure chez une journaliste de *Vogue*, vraiment, ils ne s'y attendaient pas. Les portes du magazine le plus sophistiqué de la terre viennent de s'ouvrir à eux, cela ne leur déplaît pas.

Les dernières années que mon père a passées à Vogue*, il était très fatigué mais venait quand même au bureau, Edmonde a été odieuse ! Odieuse ! Ça se traduisait par le fait qu'elle ne faisait plus attention à papa. Je me suis trouvée entre les deux, c'était affreux pour moi, j'adorais mon père et je ne comprenais pas du tout l'attitude d'Edmonde…*

Marion de Brunhoff,
entretien avec l'auteure, 10 octobre 2016

Michel aurait mieux fait de ne rien lui en dire. Parce que, depuis, elle est dans un bel état de nerfs. Attendre dix-huit mois ? Autant lui parler de l'éternité !

Il l'a invitée à déjeuner de l'autre côté de la Seine, chez l'un de ces grands chefs qu'il affectionne. Il a attendu qu'elle ait savouré sa première gorgée de bordeaux pour lui dire qu'il avait pris sa décision : à soixante-six ans, il arrêterait. Retraite. Pas un jour de plus. Il en avait déjà assez fait. Il avait l'intention de parler d'elle à Patcevitch pour lui succéder.

— Cela vous tente ?

Elle fait tourner son verre sur la nappe, émue, folle de joie, inquiète aussi. Tout à la fois. Parce que prendre la suite de l'homme qui a porté Yves Saint Laurent sur les fonts baptismaux de la haute couture, c'est un sacré défi… Elle se rappelle ce que lui a raconté Brunhoff. Le long jeune homme effrayé, terriblement intense, lui montrait ses tout premiers dessins. Décors de théâtre, costumes, robes… Saint Laurent était si jeune ! Sans le soutien de ses parents, qui le flanquaient de part et d'autre, on aurait pu croire qu'il allait s'affaisser. Il tremblait légèrement.

En même temps, c'était étrange, il émanait de lui une certitude inébranlable. Michel avait conseillé au jeune homme de retourner à Oran, d'où il arrivait, pour y passer son bac avant de revenir. Cinq mois plus tard, il était là à nouveau, seul cette fois, et avec d'autres dessins. Michel les étalait sur sa table de travail. Il l'a dit à Edmonde, plus tard : « De ma vie je n'ai rencontré quelqu'un de plus doué. Si un jour le petit devient grand, vous penserez à moi. » Il avait frémi d'une émotion oubliée. Puis il avait couru avenue Montaigne, chez son grand ami Dior, l'exhortant à engager la pépite. Et aujourd'hui, le jeune Yves Saint Laurent prend la succession de Dior, mort quelques mois plus tôt.

As time goes by…

Michel aurait pu la convoquer dans son bureau, mais il a préféré une atmosphère qui soit à la hauteur de la proposition. Maîtres d'hôtel, ballet de serveurs empressés, les cristaux, les plats raffinés… Promesses implicites d'une vie dorée sur tranche, consacrée au luxe et à la beauté, une merveilleuse illusion.

Elle l'observe, touchée par le genre d'émotion qui précède les adieux. Il porte les mêmes favoris qui l'ont fascinée le jour de son engagement. Ils ont blanchi, en revanche cet éternel amateur de bonne chère n'a pas perdu un gramme. Le regard bienveillant, clair, est bordé de fatigue ces derniers temps, Edmonde l'a remarqué, s'en soucie. Mister Pickwick vieillit à grande allure. Il lui a tout appris, elle lui en est immensément reconnaissante. C'est un bel héritage qu'il va lui laisser. Un vivier de photographes dont il est le découvreur.

— Il faut absolument soutenir Guy, lui dit-il.

Guy Bourdin. Un legs magnifique. Garçon de café chez Lipp un jour, photographe de mode sous contrat le lendemain grâce au flair de Brunhoff. Au cours d'un jeudi « portes ouvertes », le jeune homme avait apporté un paquet de photos en vrac. Des nus. Hommes, femmes, assis, de dos. Fesses offertes, telles des pêches veloutées. Pas exactement le genre du magazine. Mais éblouissant de technique. Bourdin habite une chambre de bonne, il y développe ses photos dans un petit lavabo. C'est un gamin. Un écolier à l'air buté.

Sa première séance en studio déboussole l'équipe, notamment la toute jeune rédactrice, Marie-José Lepicard, que l'on a propulsée dans les premiers pas de Bourdin. Elle est habituée à un certain tralala autour du mannequin, à ce que le modèle soit un peu dirigé, et tant pis si les poses sont stéréotypées : « Mets-toi de profil… lève ta main… souris… ne souris pas », aux râles d'extase des artistes : « Ouiiii ! Superbe ! » Rien de tout ça avec Bourdin. Il place le mannequin immobile dos à un mur blanc, face à une petite table en bois sur laquelle il dispose des épingles à cheveux. Puis, rien. Pas un mot, pas un son, sinon les claquements de l'obturateur. Entre deux prises, il lui arrive de déplacer une épingle. Marie-José se décompose mais la photo sera sensationnelle.

— Ne jamais le brider, continue Michel.

Edmonde n'y songe même pas. Elle vient de signer un bon de commande extravagant pour l'expédition depuis le Maroc d'un chameau et de son chamelier. Bourdin a imaginé de faire rimer « chapeaux » avec « chameau » dans une série « accessoires mode » en studio. L'animal et son guide restent bloqués en douane. La préfecture appelle Edmonde. On est en pleine guerre d'Algérie, le FLN pose des bombes, l'OAS aussi. On se méfie. Enfin libéré, le chameau passera la porte de *Vogue* tel un fil le chas d'une aiguille, non sans avoir écrasé les pieds d'une lectrice venue acheter son magazine, et boire la moitié de l'eau du grand bassin rempli de poissons rouges.

Alors, oui, elle veillera sur Guy, le soutiendra parce que, tous deux le pressentent, il va bouleverser la photographie de mode.

Une escouade commence à faire tanguer ce temple du bon goût : William Klein, Irving Penn, David Bailey, Tony Armstrong-Jones, Helmut Newton. Leur vision d'artiste prend le pas sur le vêtement lui-même. La robe devient prétexte à une mise en scène, elle perd son rang de vedette, son architecture, sa texture, ses détails qui ont exigé des heures de travail s'estompent. Ce sont des sorciers, la lectrice veut ressembler à cette femme moderne et dynamique qu'ils savent rendre hautement désirable, tenue comprise. La quadrichromie aussi s'invite à l'intérieur du magazine et bouleverse la donne.

Au moment du dessert, Edmonde s'est convaincue : elle saura fabriquer le *Vogue* qu'elle a en tête.

— Attendez-vous à être convoquée à New York d'ici peu, Edmonde.

Un grand jury l'y attend. Tandis qu'elle pénètre pour la première fois dans la salle de réunion du conseil tout en boiseries sombres, qu'elle sent sous ses pieds la douceur et l'épaisseur de la moquette, chaque élément de décoration lui envoie ce message clair : tu touches aux hautes sphères du pouvoir. Elle essaie de prendre un air dégagé. Après tout, elle joue son avenir. Un coup d'œil à l'assistance lui permet de mesurer le vide laissé par Edna Woolman Chase, incarnation de l'esprit *Vogue* selon Condé Montrose Nast. Edna a pris sa retraite un an plus tôt. Bientôt ce sera au tour de Brunhoff… Les figures historiques du titre, qui ont bâti son succès, viennent à peine de tirer leur révérence que de jeunes loups occupent déjà leurs fauteuils. Ils sont tous là. Iva Patcevitch, le président, fait signe à Edmonde de prendre place autour de la table. Elle reconnaît Alexander Liberman, longtemps proche de Lucien Vogel, Alex remarquable directeur artistique mais trop ambitieux pour le rester. Il est entouré de l'état-major des pages mode. Elle fait face au tribunal.

C'est Alex qui l'interroge sur sa vision de l'avenir pour l'édition française. Ils se connaissent, ce point est supposé la détendre. Alex est une véritable sentinelle de la mode. Il ne tolère pas l'amateurisme et vire sans préavis. Dieu qu'elle a bûché son projet ! En solitaire, elle n'a besoin de personne, bien qu'elle en ait touché un mot à Michel.

— Une femme riche qui lit des magazines féminins ne doit pas nécessairement être stupide, commence-t-elle dans un anglais parfait.

Une fraction de seconde, elle sent l'assistance se raidir. Maintenant, elle plaide que les lectrices de *Vogue* bénéficiant toutes d'un pouvoir d'achat important sont les premières à vouloir s'offrir des places de théâtre, d'opéra, acheter des livres. Donc, trente des soixante-dix pages du magazine seront consacrées à l'actualité culturelle et à ses vedettes, acteurs, réalisateurs, peintres, écrivains... Reportages à l'étranger, portraits. Picasso côtoyant Bernard Buffet, Buffet/Jean Patou, Patou/Cocteau, Cocteau/Gréco ou Jean Babilée... Un savant cocktail d'esprit et de génie. Elle a fait imprimer des numéros zéro qu'à présent ils feuillettent dans un froissement de pages. Disparition des dessinateurs et des illustrateurs, certes chers à Brunhoff. Le style sera donné par l'utilisation de la photographie contemporaine, audacieuse.

La moitié du magazine consacrée à la culture ? De nouveau, elle sent l'ambiance se tendre.

Coup de poker. Effet d'annonce surtout, car Michel de Brunhoff a toujours laissé une immense place aux spectacles et aux expositions, aux reportages culturels. Edmonde n'invente rien. Elle réinterprète.

Garder son sang-froid. À l'intérieur, tout tremble.

C'est un public dubitatif, voire hostile, qui la tient sous son regard. Il ne lui échappe pas que pour une grande partie de l'assistance la culture est ce truc qui clignote en lettres géantes aux façades des théâtres de Broadway. Qu'ici la mode a valeur de religion dont les tables de loi ont pour nom *Vogue* US et *Harper's Bazaar*. Alors, que connaît-elle vraiment à la mode, cette demoiselle Charles-Roux vêtue de pied en cap en Chanel et qui, dit-on, s'intéresse davantage aux arts majeurs ? A-t-elle jamais traîné dans les ateliers, ou assisté à l'inlassable recommencement du faire-défaire-refaire ? Sait-elle la hiérarchie des opérations qui conduisent au vêtement ? Et son flair ? Il faut un œil exercé pour débusquer le détail mortel, l'équilibre foireux, l'association possible, la silhouette qui précède de peu l'air du temps. Celui de Brunhoff a été exceptionnel avant de glisser dans l'académisme. Quoi qu'il en soit, l'Amérique a dix ans d'avance sur la France et son insupportable complexe de supériorité.

Voilà ce qu'ils pensent, les Américains.

Sans doute a-t-elle été convaincante et Alex Liberman, convaincu. Le verdict tombe quelques semaines plus tard : grand oral réussi. Néanmoins, la confiance n'étant que partielle, Edmonde travaillera sous la surveillance étroite de Liberman et de Patcevitch, la tutelle américaine. Pour la mode, Françoise de Langlade l'épaulera.

Ces dix-huit mois jusqu'au départ de Brunhoff lui paraissent interminables. Elle les comble en travaillant au tome 4 des *Rois maudits*, *La Loi des mâles*.

C'est alors que la voix autoritaire de Mahaut d'Artois lui chuchote, tentatrice : « Dix-huit mois… Pourquoi attendre ? »

Malédiction de l'emprise du personnage sur son auteur. Oublieuse des bonnes manières, de la gratitude, d'une sensibilité élémentaire, Edmonde agit comme si Michel de Brunhoff n'existait plus.

Le 14 mai 1958, lorsqu'il a la courtoisie de s'effacer à l'âge convenu de soixante-six ans, victime d'un cancer foudroyant, il y a longtemps qu'Edmonde a pris le pouvoir.

Cette fille qui paraît si décidée, si autoritaire, est en fait l'indécision même et l'hésitation perpétuelle. Elle met un temps fou à faire un choix et, aussitôt fait, change d'avis, défait, et recommence.

Lettre de Sabine Charles-Roux
au comte Kinsky à propos d'Edmonde,
datée du 13 mai 1957,
collection particulière Thamar Kinsky

1958

La seule personne qu'Edmonde ne sache tromper est sa mère. Une mère qui lui distribue son affection avec parcimonie et dont le regard débarrassé de toute complaisance fouille à l'aise dans le magma de pensées contradictoires qui l'agitent.

Car Sabine a raison. Elle tangue au bord du doute, une faiblesse congénitale qu'elle camoufle. Masquer. Paraître imperturbable. Sûre de soi. On ne dirige pas un magazine comme *Vogue* en distribuant des caresses dans le dos. D'ordinaire, elle sait faire. Mais la vacherie dont vient de l'assommer Jacques Chazot, célèbre pour ses pointes sur scène et ses saillies en ville, la blesse au plus profond. Elle va traîner ça toute sa vie, au moins ! Chazot clame que mademoiselle Charles-Roux lui a inspiré sa Marie-Chantal de Bois-Maudit, créature snobinarde et hors sol, d'abord apparue en chroniques dans *Elle*. Le livre qu'il en tire connaît un succès phénoménal. La France entière se gondole. Paris lui semble rétréci, tout à coup : Edmonde fréquente les mêmes cercles que Chazot, sa bande d'amis est la sienne, Bergé, Buffet, Chanel… Ils dînent aux mêmes tables, se croisent aux premières de spectacle, se sourient – elle n'est pas supposée être au courant –, bavardent. Un calvaire ! « Faire comme si de rien », disent les enfants. Alors, va pour Marie-Chantal, mais qu'on n'espère pas d'elle le moindre commentaire qui donnerait lieu à une bataille de chiffonniers. Néanmoins, elle trouve de l'ironie à ce que Chazot, fou du roi chez ces dames du gotha, se fiche d'elle sur ce ton.

Une indiscrétion lui apprend que les jeunes journalistes recrutées par Françoise Giroud à *L'Express*, et qui vénèrent leur patronne, l'ont affublée du surnom de « Mousseline ». Et pourquoi pas « Frou-frou » ? De là à y voir un coup de patte de Françoise…

Un troisième coup de poignard lui est porté par son amie Louise de Vilmorin. La complice des soirées chaleureuses dans le salon bleu de Verrières pendant l'Occupation lui colle un surnom qui fait aussitôt florès, « l'Edmondaine ». L'épisode lui apprend une leçon définitive : éviter de donner son affection à une créature spirituelle capable de tuer pour un bon mot. Certes, quelques années plus tôt Edmonde a vampé Orson Welles, que Louise tenait pour sa chasse gardée… Deux séductrices, deux dangers en mouvement… Pauvre Orson ! Ceci expliquerait-il cela ?

« L'Edmondaine » n'entame pas son attachement pour Louise, intermittente de la dèche, dépensière compulsive, qui clame en sortant d'une boutique d'antiquités d'où elle repart avec quelques belles pièces : « L'argent me ruinera ! », filant aussitôt chez *Vogue* pour se renflouer. Edmonde l'aidera avec élégance, l'air de ne pas y toucher, en lui commandant des articles grassement rémunérés.

L'Edmondaine ! Mousseline ! Marie-Chantal !

Bien sûr, tout cela dans son dos.

Elle fait une proie rêvée pour les portraitistes astringents. Il y a sa ribambelle d'amis huppés, sa diction particulière, son maintien de duchesse, les palais de son enfance, le majordome à domicile…

Surtout, il y a ses contrastes. « Mousseline » a été faite « vivandière d'honneur » de la Légion étrangère, par les officiers auprès de qui elle a combattu. Ce qui n'est pas donné à tous les snobs qu'elle croise dans les salons et qui n'ont pas risqué leur vie sur le terrain ni recousu à vif quelques-uns des soldats d'Afrique. Pour le flou, le gazeux, ces demoiselles de *L'Express* repasseront… Quant à la directrice de *Vogue*, il lui arrive de déjeuner du côté de la place du Colonel-Fabien avec divers encartés. L'époque est au conformisme, à la guerre froide, en Amérique le maccarthysme écrase tout. Edmonde, elle, est fascinée par ce qu'elle ne connaît pas encore, par ce qui lui est étranger. D'où une série de télescopages cocasses.

Son amitié avec Louis Aragon et Elsa Triolet scandalise. Edmonde est l'invitée permanente du moulin. Marie-Chantal chez les Soviets ? Paris jase, elle s'en fiche. Elle reçoit le couple à dîner, chez elle, un petit trois-pièces gagné sur les combles de l'hôtel Falcony, qu'elle vient d'aménager. Exaspérés, François et Sabine entendent Aragon et Elsa piétiner au-dessus de leurs têtes. Pour eux, c'est la fin des haricots.

« Contre toute attente » n'est pas une expression qui lui est familière. Au contraire, en général, elle s'attend à tout. Mais pas à ça.

Maurice la quitte.

L'histoire est banale à pleurer et bien sûr cesse de l'être dès qu'elle devient la vôtre. Maurice la quitte pour sa secrétaire. Madeleine.

Le succès des *Rois maudits*, son rythme soutenu de parution l'a obligé à étoffer l'équipe. D'autant qu'il a commandé au jeune Matthieu Galey un ouvrage sur Alexandre le Grand, dans le même esprit que celui des *Rois*. Deux secrétaires ont été recrutées. Dans son *Journal*[32], Galey assure que leur concentration pendant les prises de notes est la seule touche de sérieux apportée à cette aventure !

Madeleine est remarquable de beauté. Plus grande qu'Edmonde, qui l'est déjà par rapport aux femmes de l'époque, blonde et fine, élégante, la jeune femme a d'abord dactylographié les manuscrits de Maurice. Il l'a promue au rang de secrétaire. Puis elle a commencé à faire des recherches pour le tome 4, *La Loi des mâles*.

Aveuglée par ses sentiments, en amour total pour Maurice et un peu trop confiante en son pouvoir, Edmonde ne devine rien. Maurice s'est-il lassé de sa forte personnalité ? Parmi les conseils de méfiance à l'égard des femmes qu'il dispense à Matthieu Galey en 1958, époque de leur séparation, il y a celui-ci : « Outre les comédiennes, il faut se méfier des femmes "créatrices", celles qui exercent ce que Valéry appelait, dit-il, "les professions délirantes"[33]. » Edmonde se serait donc laissée aller à jouer les divas… Dans l'hypothèse, prenons parti.

Sous l'emprise de Madeleine qui se révèle être une femme de caractère, Maurice ne tergiverse pas. C'est la rupture.

Edmonde jaunit, maigrit, « petite mine », s'inquiète Sabine qui en ignore la cause.

Elle supplie Maurice, gronde, menace, dépossédée. Elle passe des heures devant sa porte, au vu et au su de tous, à attendre qu'il sorte, ou qu'il entre, espérant un signe de reconnaissance. On la voit figée en plein vent, offerte aux regards. Une connaissance d'Aix-en-Provence la surprend dans son guet. Émue de voir aussi pantelante cette jeune femme qui incarne la maîtrise de soi.

En réplique à cet abandon scandaleux, elle se lance dans l'écriture, le seul remède qu'elle connaisse. *La Vie de Don Juan d'Autriche*, qui deviendra à sa réédition en 1980 *Stèle pour un bâtard*[34], est une biographie caracolante et formidablement informée du fils illégitime de Charles Quint. La veine historique, le sens du récit doivent beaucoup aux *Rois maudits*, mais la langue n'appartient qu'à Edmonde. Elle vient de signer sa déclaration d'émancipation.

Aragon lit l'ouvrage. « Il y a quelque chose là-dedans..., dit-il. C'est beaucoup plus écrit que le genre ne le requiert généralement. »

Ce minuscule compliment lui ouvre la porte de la littérature.

Parallèlement, elle reprend son vagabondage amoureux.

Quatre années plus tard, en 1962, le théâtre Sarah-Bernhardt présente en première mondiale *Le Roi*

Lear, de Shakespeare, dans le cadre du Théâtre des Nations. Mise en scène de Peter Brook. Événement majeur, soirée de gala, Paris s'est mis sur son trente et un. Edmonde arrive au bras de son vieil ami Pierre Barillet. Robe longue haute couture pour elle, smoking pour lui. Ils montent le grand escalier sous la lumière de lustres gigantesques quand Maurice apparaît, blond, immense, magique, Madeleine resplendit à son côté. Elle est devenue sa femme. Edmonde se fige, Barillet la sent trembler contre lui, si faible soudain. Elle s'affaisse telle une poupée de son. « Elle a failli mourir[35]. » Douleur violente du manque. Implosion.

Cet effondrement public sans bruit ni cri a tant frappé les esprits que, soixante ans plus tard, ceux qui en ont été les témoins renouent avec la douleur d'Edmonde.

1960

Les regards acérés de la *fashion police* qui patrouille dans les couloirs du magazine sont sans équivoque : diriger le temple de la sophistication avec tout ce poil en liberté ? C'est impensable.

Edmonde affiche une tignasse frisée qu'elle tient de Sabine. Les experts du salon Carita eux-mêmes ont déclaré forfait devant ce cheveu in-coi-ffa-ble. Trop fin. En deux heures, leur boulot s'effondre.

Or la mode est au chignon à boucles. Visage et nuque dégagés, port de reine, la femme supporte d'invraisemblables échafaudages vitrifiés de laque.

Que faire ?

Le salon des sœurs Carita, le plus couru par les plus jolies femmes et les mannequins, le plus célébré par les magazines de mode, vient d'engager Laurent Gaudefroy, étoile montante au firmament du chignon. On le dit aussi talentueux qu'Alexandre, maître coiffeur qui dresse de superbes sculptures sur les têtes couronnées, dans la même rue du Faubourg-Saint-Honoré.

Edmonde a entendu parler de la nouvelle recrue.

« Je peux te dire que c'est lui qui fait les meilleurs chignons, essaie-le », lui conseille une amie. Elle appelle les sœurs Carita : « Je ne veux personne d'autre, je veux que ce soit monsieur Laurent Gaudefroy. Et dites-lui qu'il me prépare un dessin de chignon qui me conviendrait[36]... »

Laurent l'a vue en photo. Il s'est dit : « Si on n'attache pas, ça n'ira pas. » Il griffonne un modèle qu'il fait à d'autres clientes. Edmonde n'a pas droit à une exclusivité, pas encore.

Ce n'est pas une sinécure, songe Laurent, qui en a pourtant vu d'autres. Après le shampooing il faut tout reprendre au fer, gonfler les racines, y aller brièvement du bigoudi, détendre et, enfin, s'y mettre.

Il est parfait, ce chignon. Dans la glace qu'il lui tend s'inscrit son profil d'Arlésienne, tel un camée finement ciselé. Le chignon est sobre, charmant. Edmonde approuve et le dit. Encore faut-il savoir le garder !

Laurent lui révèle le secret.

Commencent alors une véritable guerre sur l'oreiller et d'innombrables nuits blanches à s'interdire de dormir sur le dos, à éviter l'écrasement au moment de faire demi-tour sur le côté. Le secret consiste à prendre appui sur un bras replié, tête légèrement relevée. Ce chignon exige une vie de nonne, qui n'est pas son genre. Certains matins l'obligent donc à rafistoler la chose. Laurent accourt, après quoi Edmonde rejoint son bureau, redevient « madame le proviseur », vertu boutonnée jusqu'au col.

Dans le hall du magazine, une jeune femme attend. Elle est recommandée par Hervé Mille, patron de

Paris Match, le meilleur sésame qui soit. Elle vient pour un poste de secrétaire.

Assise sur le canapé, Claudie, c'est son nom, observe le va-et-vient. La duchesse Solange d'Ayen, apparentée aux Noailles, descend l'escalier, suivie de Marie-Laure elle-même. Du très grand monde. Claudie se dit qu'elle ne veut pas de ce poste. Elle a envie de filer, elle n'ose pas, tout l'impressionne dans cet immeuble. Une fois dans le bureau du chargé du personnel, elle s'entend répondre oui à la question : « Avez-vous bon caractère ? » L'homme passe alors un bref coup de fil. « Mademoiselle Charles-Roux va vous recevoir… » Elle n'a pas la moindre idée de cette demoiselle Charles-Roux qui, apprendra-t-elle un peu tard, a un mal fou à garder ses secrétaires. Dans le couloir, elle croise une copine. Après coup, elle comprendra que la fille la guettait, qui n'a eu que le temps de l'intercepter pour lui glisser, dents serrées : « Je t'en supplie, prends le job parce que, moi, je veux m'en aller[37] ! »

Elle se dira aussi qu'Edmonde lui a fait le coup du charme.

Elle fume. Claudie la trouve très belle, frappée par l'intensité du regard émeraude et la luminosité du sourire. Charmante, aussi, bien qu'un peu snob. Ça se voit à l'œil nu, s'entend à la voix… Là encore, à la question « Vous accepteriez de prendre ce poste ? » elle répond oui sans hésitation. Edmonde souffle la fumée qui fait un joli nuage approbateur.

C'est un rite. Il existait avant Claudie, il survivra à son départ, douze mois plus tard : chaque matin, quand elle distribue leur courrier aux journalistes, celles-ci lui posent systématiquement la même question, comme à la campagne on s'inquiète de la météo du jour : « Elle est de quelle humeur ce matin ? »

À 10 heures pile, Edmonde arrive au volant de sa vieille Dauphine qu'Eugène, le chef des coursiers, s'empresse de garer ; l'ascenseur est pourri, elle monte à pied jusqu'à son bureau, au deuxième étage, et, là, ça commence. Très professionnelle. Bourreau de travail. Réunions, lecture des articles. Elle réécrit pratiquement tout, à la main, de son écriture ronde, un peu enfantine. Puis Claudie tape les textes à la machine. Tourisme, culture, mode, tout. Quand ça va de travers, Edmonde n'explose pas de colère, non, elle préfère la voix basse et sèche. Ça cingle un peu. Claudie a trouvé un truc pour y échapper si elle sent avoir fait une bourde. Un truc de môme. Elle pose de grosses lunettes de soleil sur son nez, et hop, elle disparaît.

Invisible, oui madame !

Edmonde n'a plus d'endroit où planter son regard agacé.

La fois où Claudie ne lui a pas dit que Moulay Ali, le cousin du prince héritier du Maroc – le futur Hassan II –, l'attendait depuis un bon moment dans le hall, elle avait, hélas, oublié sa tenue de camouflage.

Les filles se tiennent à distance respectueuse. Edmonde n'incite pas à la familiarité. Elle est courtoise, toujours, mais ses rapports avec le personnel n'ont pas de caractère privé. Pour tout le monde, elle apparaît comme la mère supérieure d'un couvent qu'elle fait marcher au pas.

Mère supérieure, sans doute, dans les couloirs,

cependant hors champ, Claudie a découvert plus d'un accroc au voile.

À trois reprises, elle a vu des choses dont elle, modeste secrétaire, n'aurait pas dû avoir connaissance et qui lui laissent entrevoir qu'Edmonde peut être deux femmes à la fois, que la créature posée, raisonnable, est une carte de visite distribuée au public. Claudie a découvert la femme secrète, par effraction, comme si elle l'avait épiée à travers les jalousies d'une persienne.

La toute première fois, Edmonde était partie à un rendez-vous en oubliant un dossier. Claudie lui avait couru après, jusqu'au garage où, pensait-elle, Edmonde récupérerait sa Dauphine. Trop tard. Elle enfourchait une Vespa conduite par un coursier. Les gars rigolaient, c'était fou, palpable, cette complicité entre eux et elle. Edmonde, dans une combinaison fuseau, arrimée au type, à son aise, heureuse, dix-huit ans d'âge. Et fouette cocher !

Cette vision l'avait interloquée.

Une autre fois, elle est entrée dans le bureau d'Edmonde sans frapper. Celle-ci se préparait pour un déjeuner, assise à contre-jour, cheveux défaits, ils flottaient sur ses épaules, somptueusement fournis. Peau mate. Regard émeraude. Elle retouchait son maquillage. La sensualité même.

Le dernier accroc à la cornette remonte à quelques jours. Tout le monde rentrait de vacances, beau et bronzé, du cap d'Antibes ou de Saint-Tropez, quand Edmonde – pour elle, c'était la Sicile –, à la recherche d'un document, a ouvert un tiroir de son bureau. Claudie, debout derrière elle, a juste le temps d'apercevoir une photo de vacances, en couleurs, avant qu'Edmonde ne la retourne et, clac !, referme le tiroir à toute vitesse. Claudie, confuse, s'en voulant presque, qui ne sait plus où poser les yeux, sur le chignon ou sur l'expression impénétrable, essayant d'effacer l'image de la femme libre en bikini, allongée sur le pont d'un voilier, très détendue, vraiment très, sexy aussi, ses cheveux bruns balayant son visage brûlant.

Autre tiroir, autre secret. Dans le bureau de Claudie, un tiroir ferme à clef. Il contient une rame de papier à lettres à l'en-tête de la maison de couture Chanel. De quoi intriguer la jeune secrétaire. Comment Edmonde s'est-elle débrouillée pour l'obtenir ? Et dans quel but ?

C'est précisément le genre de question qu'elle ne se risquera pas à lui poser.

Edmonde ? J'aurais tendance à vous en dire du mal…

Jacqueline Duhême,
entretien avec l'auteure, 29 septembre 2016

Il s'agit d'une histoire de draps, de sexe. D'une rivalité entre femmes. Pour un homme, sûrement. Sinon, comment expliquer ce sentiment qui éclipse tous les autres et surgit en premier, cinquante ans après les faits, alors qu'il s'agit d'évoquer la femme disparue huit mois plus tôt ?

À cette étape de la vie d'Edmonde Charles-Roux, il est temps que l'auteure de ce livre intervienne à découvert, avant qu'on ne lui reproche de raconter n'importe quoi, d'attenter à la réputation de son sujet. Une auteure effarée par la multiplicité des conquêtes amoureuses d'Edmonde. Nous y reviendrons.

Place au témoin.

Jacqueline Duhême n'est pas un être doué pour la rancœur. Elle est nonagénaire au moment de notre entretien. Sous ses cheveux blancs et courts, derrière son regard malicieux, affleure la jeune femme qu'elle a été : audacieuse, regardant les hommes droit dans les yeux, et la langue pas dans sa poche. Justement, des poches de sa salopette dépassaient des pinceaux, le jour où elle a rencontré Edmonde pour la première fois.

1949. Cimiez. Edmonde, journaliste à *Vogue*, est venue interviewer Henri Matisse qui travaille aux vitraux de la chapelle du Rosaire de Vence. Jacqueline est « d'atelier » chez le maître ; petite main, elle apprend à brasser les couleurs, à croiser les gouaches à l'aide de grandes brosses. À Cimiez, Matisse lui demande de poser. La Vierge de la chapelle, c'est elle. Marie-Madeleine au chemin de croix, aussi. Elle tend l'oreille aux propos du peintre et de la journaliste, et trouve Edmonde fichtrement intelligente. « Formidable ! Elle posait les très bonnes questions. »

Elles se lient. Edmonde lui commande des illustrations pour le magazine. Les années passent, leur notoriété grandit parallèlement, elles se fréquentent, se croisent dans le Tout-Paris artistique et littéraire, et celui du pouvoir. En 1957, quand Maurice Druon écrit un conte pour enfants, *Tistou les pouces verts*, il demande à Jacqueline de l'illustrer. « Bon, Edmonde a raconté que c'était elle qui l'avait écrit, je peux vous assurer que ça n'est pas vrai du tout ! Elle a fait pareil pour *Les Rois maudits* ! Que voulez-vous, elle aimait se mettre en avant. Druon en a eu marre, il est tombé amoureux de sa secrétaire. »

Mais ce ressentiment, d'où vient-il ?

« J'avais un banquier amoureux. Jean dirigeait la Banque de Paris et des Pays-Bas. Une liaison sérieuse. Et puis j'ai signé un contrat de trois ans aux États-Unis, où j'allais faire des dessins de mode pour enfants. Le jour de mon départ, Edmonde a insisté pour m'accompagner à l'aéroport, avec Jean. Je l'ai trouvée un poil collante, après tout Jean et moi nous quittions pour de longues semaines, nous aurions préféré rester en tête à tête. Ensuite… c'est lui qui me l'a raconté. Au retour, Edmonde lui a proposé de passer prendre un verre chez elle. "Vous n'allez pas rentrer comme ça ! Moi aussi, j'ai besoin de me détendre…" Une fois dans son appartement, elle s'est éclipsée pour réapparaître, frémissante, en déshabillé. Mon banquier a eu droit à la grande scène du 2 ! Vous voyez ? » Nous voyons. Comédie italienne des années cinquante. Ou scène tirée des *Rois maudits*, où ces dames portant hennin se révèlent coutumières du fait. « Edmonde avait un physique intéressant et s'en servait », soupire la vieille dame. On s'étonne. Un banquier ? Ce n'était pas son genre. « Oh ! Quoi qu'elle en ait dit, elle cherchait un mari fortuné… »

Temps pas si lointains qui paraissent remonter à l'Antiquité, tant ce lexique est en désuétude chez les femmes du XXIe siècle. « J'ai tombé un type riche », « j'avais un banquier amoureux », « elle cherchait un mari fortuné » ou « contrairement à Unetelle, elle n'a pas eu un Rothschild », autant d'expressions entendues chez les contemporaines d'Edmonde. Vestiges du monde d'hier, quand les filles s'avéraient expertes à manier les armes qu'on leur tendait, petites femelles dressées à chasser et à viser juste, existences programmées dont l'homme serait l'unique horizon. Vestiges, ils planent tel un nuage de traîne chez ces femmes pourtant intrépides qui ont su prendre leur vie en main.

Dès lors qu'il s'applique au domaine amoureux, le mot « scrupule » s'efface comme par magie du vocabulaire pourtant précis et subtil d'Edmonde. Ce que son amie Alix de Rothschild résumait ainsi : « Elle est très intelligente, très brillante, mais par endroits faut un peu s'en méfier ! »

Que de témoignages ! Une délicieuse marquise alors âgée de cent trois ans : « Edmonde ? Elle voulait absolument épouser mon mari… » Emmanuelle de Boysson, romancière[38] : « Elle a eu une liaison avec mon grand-père, Georges Izard. » Guillemette de Sairigné, écrivaine[39] : « Edmonde a été la dernière maîtresse de Pechkoff. » Jean-Claude Fasquelle, éditeur : « Après la guerre, Edmonde a eu une vraie histoire avec mon oncle, Francis Fabre, qui était un homme de pouvoir, un armateur puissant. Elle me disait que je lui ressemblais et je savais que c'était un très grand compliment de sa part. » Ajoutons à la liste déjà connue les noms de Roger de Vilmorin, du peintre Clavé… « Elle couchait avec tout le monde, c'était presque une manie », disait Françoise Giroud avec un sens aigu de la punchline.

Sans compter les anonymes, les sans-grade, dont les témoignages de proches me sont parvenus spontanément, au fil de salons du livre, de rencontres littéraires. Une accumulation irrésistible de drôlerie.

Edmonde, à l'évidence, est un phénomène amoureux. Elle ne s'interdit personne. Les femmes aussi l'intéressent. Son désir passe avant tout, il peut être sans lendemain et dépourvu de sentiment. Elle subjugue les hommes. Elle possède ce don d'instaurer avec eux une tension érotique, le défi jeté devient palpable, évident.

La femme entraperçue par Claudie, sensuelle, brûlante, existe donc sous l'armure. Secrets de la nuit, regards de l'amant, femme cachée, femme secrète. Désirée. Désirante. Souveraine. Elle existe.

Ce 29 janvier 1962, un événement de portée internationale se tient dans le salon exigu du 30 bis rue Spontini. Yves Saint Laurent présente sa première collection en son nom propre.

Aux premiers rangs on aperçoit Lee Radziwill et Zizi Jeanmaire au coude à coude. Un monde fou se presse sur les marches de l'escalier.

William Klein réalise un documentaire sur les liens commerciaux entre la France et l'Amérique en matière de mode, il en profite pour pervertir le sujet et filmer les chroniqueuses qui font la loi. Edmonde est de celles-ci, au même titre que Betty Blackwell de *Mademoiselle* (3 millions de lectrices), de Sally Kirkland de *Life Magazine* (25 millions de lecteurs), de Eugenia Sheppard du *Herald Tribune* (55 millions de lecteurs). À l'issue du défilé, un journaliste lui demande si les Américains peuvent copier Saint Laurent.

Edmonde, narquoise :

— Ils le disent…

Le journaliste poursuit :

— L'avenir de la mode, c'est le prêt-à-porter ?

Edmonde reste bouche bée, elle laisse s'installer un

silence puis fixe sans ciller son interlocuteur. Un peu outrée, tout de même :

— L'avenir de la mode ! Je ne pense pas, non. Ce sera toujours la création. La création de la haute couture[40].

C'est précisément là que le bât blesse.

Le studio photo, au premier étage du magazine, de l'autre côté de l'étroite passerelle qui relie les deux corps de bâtiment, n'est pas très grand et c'est un prodige d'y avoir fait pénétrer le chameau et son chamelier exigés par Bourdin. C'est dans cette crypte bourdonnante que sont photographiées les créations des grands couturiers, « des gens superbement instruits, avec un goût extraordinaire qui s'imposait au monde… C'était une époque assez rigoureuse quant à la place du costume… », dira-t-elle. Le mot d'ordre d'Edmonde directrice de rédaction est donc toujours le même : on ne malmène pas leurs merveilles par une mise en scène excessive. C'est le créateur lui-même qui ajoute un accessoire, sac, collier ou foulard, à son vêtement, et seulement s'il le juge nécessaire. La mode est un art. On n'ajoute pas un nez rouge à une toile de Chagall.

Certains maîtres ont leurs exigences. Cristobal Balenciaga refuse que ses créations soient portées par d'autres modèles que ses mannequins de cabine, jeunes femmes du monde dont, hélas, la photogénie s'avère défaillante et le sex-appeal parfois atone. Gabrielle Chanel, elle, veut que les séances soient réalisées dans sa maison de couture. Aussi des mannequins hors de prix sont-elles convoyées rue Cambon afin de poser dans l'escalier-miroir devant l'objectif de photographes également hors de prix obligés à d'invraisemblables contorsions.

Edmonde aime le luxe, respecte les mains qui le façonnent, parce que « la main ne ment jamais ». Elle admire, profite, regarde, apprécie, remercie. Elle peut passer des heures, dit-elle, à observer les rayons du soleil jouer sur l'eau d'un superbe rubis ou rester le nez collé à la vitrine d'un grand joaillier. « Je ne considère pas du tout que ce soit un acte d'imbécillité. Je n'ai jamais pu considérer le luxe comme une chose inutile. On peut vivre sans, mais on peut admirer, aussi[41]. »

Luxe, originalité, élitisme, tel est le *Vogue* qu'Edmonde propose, puisqu'elle est ainsi faite. Fascinée par la noblesse des arts majeurs. Elle s'amuse, beaucoup. S'envole. Mélange mode et littérature. Prend sous contrat Violette Leduc, auteure de *La Bâtarde*. Personnage difficile, douloureux, d'une extraordinaire laideur, Violette Leduc adore la mode. Ses tenues extravagantes, haute couture toujours, associent l'irréconciliable : un collet de fourrure en nylon, façon queue de rat mitée, sur un brocart luxueux tissé à la main. Le tout surmonté de ce visage si invraisemblablement ingrat. Violette Leduc écrit pour *Vogue* des textes exclusifs, magnifiques, qui élèvent la haute couture au rang de poésie.

Vogue Paris fait figure d'exception française. De planète à part. Terriblement classe. Trop ?

À Londres, la culture pop déferle sur les arts et la mode. Cinéma, musique, design, *Queen*, le magazine de mode anglais le plus vivant de l'époque, traduit à cœur joie l'esprit du *style power.* Sa rédactrice en chef, Beatrix Miller, va bientôt prendre la direction de l'édition anglaise de *Vogue.* Ce paquebot de croisière pour membres de la haute société, ou pour ceux qui rêvent d'en être, change de cap : direction la jeunesse ! Les Mods, les Rockers, les Cockneys, la rue prennent le pouvoir. Tandis que les créations de Mary Quant ou Foale & Tuffin bousculent les garde-robes féminines, un jeune couple perturbe l'esthétique de la photo de mode. Lui, David Bailey, apporte un dynamisme et une spontanéité inconnus jusque-là, elle, Jean Shrimpton, Bambi aux longues jambes de faon gainées de bottes en vinyle, incarne la vulnérabilité et l'innocence dont les mannequins manquaient cruellement. Les deux Brits se taillent un joli succès auprès des Américains.

Le *swinging London* flanque un coup de vieux à l'univers d'Edmonde. À New York, Diana Vreeland, la grande directrice de *Harper's Bazaar*, prend la direction de *Vogue*, avec les pleins pouvoirs.

Sûre de ses choix, Edmonde reste imperméable à ces courants de l'air du temps. Elle a la tête ailleurs, ou plutôt son cœur volcanique, qui s'est remis à battre. Un nouvel homme vient d'entrer dans sa vie.

Ils sont nombreux autour d'elle, ses hommes, « moi devant et eux derrière », une véritable mafia l'entoure, qu'elle a constituée, une mafia littéraire, amicale. Louis Aragon se place en tête qui, avec Elsa, prend une place grandissante dans sa vie. L'écrivain François Nourissier aussi, qu'elle a engagé pour écrire des portraits. Elle a aimé son roman *Le Corps de Diane*, publié aux Éditions René Julliard, et l'a invité à passer la voir place du Palais-Bourbon. Il s'y est rendu en tremblant tant la réputation d'Edmonde le pétrifie. Entre l'écrivain, teint rose, esprit léger, perspicace avec, tapi en lui, quelque chose d'un animal que l'on croit assoupi, mais gare au coup de griffe, et la journaliste, sombre mais poussée à rire et à séduire, ce fut le coup de foudre amical. Druon venait de la lâcher, Nourissier lui rendait sa joie de vivre, complice à jamais.

« Moravia, l'érotisme et l'ennui », « Elle a inventé la grâce ennuyée », appliqués à Françoise Hardy qu'il compare à une « gentille et touchante épagneule » : Nourissier peaufine ses vacheries dans son microbureau mitoyen avec un autre placard où de jeunes rédactrices célèbrent la naissance du panty, renommé « gaine miniature », « plus légère qu'un porte-jarretelles et formant culotte ».

Une joyeuse usine sous des airs de patronage.

Paul Guth, responsable des pages littéraires, publie l'intégrale du *Festin de Babette*, longue nouvelle de Karen Blixen. Michel Mohrt, lauréat du Grand Prix de l'Académie française pour *La Prison maritime*, vient apporter quinze feuillets de reportage sur le paquebot *France*. Elsa et Aragon prennent la pose pour William Klein.

Edmonde arpente en tsarine les aires de son pouvoir et, quand elle y ajoute un sourire, personne ne songe à lui résister. Or elle sourit énormément depuis l'apparition de l'homme nouveau ! Un ami de François Nourissier, qui le lui a présenté. Il écrit, divinement, affiche mille talents. Ce François-Régis Bastide possède toutes les qualités qu'Edmonde attend d'un homme.

Petit-fils de banquier, lauréat du prix Femina 1956 pour *Les Adieux*, il a créé *Le Masque et la Plume*, émission radiophonique qui célèbre ou étrille l'actualité littéraire, théâtrale et cinématographique, à la serpette parfois. On y rit beaucoup, on s'y empoigne, sans rancune.

François-Régis comble son irrémédiable faiblesse pour la beauté des hommes. Le visage est quasi voltairien, la bouche fine laisse filtrer des idées spirituelles, le nez aigu semble taillé pour humer l'air du temps et ses caprices. Quant à l'œil, il se fait mi-clos au moment de la réflexion et s'entrebâille d'un cran à l'approche d'une jolie femme. Bastide est formidablement ambitieux et plus jeune qu'elle. Six ans d'écart. Edmonde prend naturellement l'ascendant, cela n'empêche pas Bastide le désinvolte de lui donner du fil à retordre. Longue histoire agitée, chacun poursuivant des aventures parallèles. Mais leur connivence saute aux yeux. D'autant que l'un et l'autre écrivent, ce qui n'est pas anodin dans la séduction qu'ils exercent mutuellement. Il l'enchante ? Chaque mois il aura dans *Vogue* sa chronique sur les disques qu'il préfère.

Bastide se révèle aussi un remède apaisant au chagrin d'Edmonde. Son père a disparu brutalement, un an plus tôt. Il a laissé sa famille en état de sidération. Sabine est perdue. Edmonde se sent abandonnée par ce père idéalisé, ce serviteur de l'État dont jamais elle ne cessera de défendre la réputation. Elle continuera de vivre dans la maison où tout lui rappelle l'univers paternel : la collection de peintures orientalistes dont il est devenu l'un des meilleurs connaisseurs, les photographies – François en costume ottoman fumant le narguilé ; le cliché d'une infinie tristesse d'Alexandra Fedorovna, la tsarine assassinée, ceux de Ferdinand de Lesseps, d'Edmond Rostand, tous amis de la famille –, les livres reliés, et même la paire de fauteuils Bugatti qu'elle s'est offerte, qu'elle adore et qu'il détestait parce qu'ils semblaient tout droit sortis d'un décor – raté – d'*Aïda* !

Elle, l'itinérante, ne quittera jamais ce nid protecteur qu'elle s'est construit à l'intérieur même de sa famille.

« Un écrivain n'écrit que parce qu'il n'est pas bien dans sa peau, il cherche sa moitié d'orange, il n'est jamais complètement d'accord avec lui-même. Il y a un malaise au départ de l'écriture[42] », assurait l'éditeur Bernard Privat au micro d'une radio.

La perte de son père aimante les souvenirs enfouis qui s'empressent de remonter à la surface, entraînant avec eux des pans entiers du passé. Elle les avait remisés dans un coin en pensant bien faire, mais ils profitent de son chagrin pour venir lui dire que cette part d'elle-même est restée vivante, qu'elle se révolte contre l'absence.

Alors, Edmonde écrit. Comme on fait de la tapisserie. Point après point. Mais sans canevas, sans savoir où l'ouvrage la mènera, si elle sera jamais publiée. Elle écrit en secret. Cette affaire ne regarde qu'elle. Elle écrit à la main, comme une écolière, d'une écriture ronde. Certains jours il y a trop de mots et d'autres pas assez, ou pas assez justes. Moments de doute. Elle s'en veut, se descend en flammes, si seulement elle avait un dixième de la jugeote qu'on lui prête, jamais elle n'aurait tenté une pareille épreuve. Dire que certains écrivent sans une seule rature. L'image d'Aragon qui remonte de la plage et écrit plusieurs pages d'un seul jet – on le lui a raconté – ou ses manuscrits sans la moindre correction – elle les a vus, de ses yeux vus, ce n'est pas une légende – n'arrangent pas le procès en incompétence qu'elle s'inflige.

Renoncer ? Elle n'y pense même pas.

Les journées sont trop courtes. Il lui faut tirer un rideau de fer sur les agitations de la comédie parisienne, tailler dans l'enchevêtrement de rendez-vous, de réceptions, de générales, autant de moments sacrifiés qui ne lui manquent pas, c'est merveille que la découverte de cette solitude peuplée de créatures fictives.

Elle tenait enfin un sujet.

Un été, en Sicile – elle y revient souvent, l'île amie lui donne le sentiment de rentrer à la maison –, Edmonde a lu dans le journal local un fait divers d'une étrangeté romanesque. Un Américain d'origine italienne, candidat à la mairie de New York, revenu en touriste pour la première fois sur la terre de ses aïeux, a poignardé un marchand de fleurs de jasmin, par jalousie. Ça l'avait sidérée que ce type, né et élevé au grain à Manhattan, ait renoué avec la loi passionnelle des mâles siciliens aussitôt le pied posé à Palerme.

Cela lui rappelait…

De retour à Paris, elle a exhumé le texte de son premier reportage à New York en 1952. Il était là, qui l'attendait, à Greenwich Village, derrière le comptoir de sa trattoria napolitaine, le vieil Esposito espérant rentrer un jour au pays, « pour m'asseoir, madame, et ne rien faire que regarder ». Avait-il réussi à franchir les mers dans l'autre sens ?

Elle a tiré les persiennes sur la fenêtre de son petit bureau qui surplombe les toits de Saint-Germain-des-Prés. Enveloppée de pénombre, elle a tracé ces premiers mots sur la page blanche :

« À New York, cela étonnait un homme en noir assis sur le pas de sa porte[43]… »

Nourissier n'y croit pas, à ce livre mystérieux auquel personne, pas même lui ni Bastide, n'a le droit de jeter un regard. Il ne croit pas davantage à la cure d'austérité que s'impose Edmonde. Sans doute est-ce un alibi pour qu'on lui fiche la paix. Malgré toute son amitié, il n'y croit pas une seconde.

Figurez-vous que depuis le 1er de ce mois Edmonde n'est plus directrice de Vogue *et a quitté ce journal. Il y a longtemps que cela branlait au manche depuis qu'une société américaine avait remplacé à New York la direction des Chase après la mort de Marguerite* [sic] *Chase. À plusieurs reprises, Edmonde avait voulu s'en aller, mais je l'avais beaucoup poussée à n'en rien faire et attendre que les changements que voulaient opérer les nouveaux venus les mènent à lui demander sa démission, ce qui les obligeait à lui donner une très grosse indemnité de départ, vu qu'elle avait été employée dix-sept ans par eux. C'est ce qui s'est passé.*

Lettre de Sabine Charles-Roux
au comte Kinsky, datée du 7 juillet 1966,
collection particulière Thamar Kinsky

Juin 1966

Oui. Virée.

Le mercredi 29 juin, elle était la très redoutée directrice de *Vogue*. Il y avait du soleil par la fenêtre, du soleil sur les papiers qui couvraient son bureau et, dans la pièce mitoyenne, deux secrétaires en parfait état de marche.

Aujourd'hui elle n'est plus rien. Un télex dans la nuit et, à l'instant, le comptable qui lui tend son chèque de salaire, comme il l'a fait chaque semaine durant seize années qui ont passé à la vitesse de l'éclair.

« Je crains que ce ne soit votre dernier », lâche l'humoriste. Il ne va tout de même pas pleurer sur le sort d'une bourgeoise logée en hôtel particulier.

Elle redescend à son bureau en état de choc. Nourissier l'y attend. Il tombe bien, l'ami.

— Je suis virée.

Elle a réussi à le dire. Virée. Nourissier ne bronche pas, ou plutôt :

— Bouge pas. Tu as un crayon ? Une feuille de papier ? J'ai une chose urgente à régler.

Elle raconte. Il griffonne. Elle parle, il ne lève pas les yeux, écrit, l'écoute d'une oreille qui semble distraite. Il se fout complètement que je sois renvoyée, rage Edmonde. C'est quand même à moi qu'il doit son poste de conseiller éditorial ! C'est ça, l'amitié ? La voix colère, elle le lui dit.

— Tiens, lis, fait-il en lui tendant la feuille.

Sa lettre de démission. Sur-le-champ. Sans discussion[44].

Edmonde a besoin de l'avis d'un professionnel. Elle file rue Réaumur, à la rédaction de *France-Soir*. Lazareff a été son maître vingt ans plus tôt, il le reste. Pierre la reçoit comme toujours, en bras de chemise et bretelles à fleurs, lunettes sur le crâne.

— Qu'est-ce que je dois faire ?

— Tu poses la clause de conscience et tu quittes les locaux. Après, tu files chez maître Izard, il s'occupera de ton dossier.

Georges ! Ils ont été amants. Une liaison passagère. Grand avocat. Maître Izard la rassure : « Tu auras tes indemnités. » Au final, elle trouvera le chèque un peu mince.

Le renvoi d'Edmonde agite le milieu de la presse parisienne, lui attire des sympathies, d'autant qu'il met en cause un grand groupe américain.

Sabine a raison. « Ça branlait au manche » depuis un bout de temps, très précisément depuis le rachat des publications Condé Nast par Samuel Irving Newhouse en 1959. Son cadeau d'anniversaire à Mitzi, sa femme, qui fêtait ses cinquante-sept ans. Mitzi raffolait de *Vogue*. Un cadeau à cinq millions de dollars pour célébrer un âge qui n'est même pas tout rond, voilà qui fait de Sam Newhouse un mari attentionné.

Les premières années ont été idylliques. Alex Liberman a pris la direction éditoriale de toutes les éditions, l'américaine comprise, c'était parfait, Edmonde s'entendait avec lui, ils partageaient les mêmes enthousiasmes pour les artistes. Alex possède un œil peu commun pour la photographie, qu'il pratique avec talent. À l'époque de Brunhoff, elle lui a commandé pour les pages culturelles une série de portraits, Giacometti, Braque, Picasso. Il disait étudier ainsi « la personnalité créatrice de ces peintres à travers leur manière d'être et leur manière de vivre ». Du sommet de son gratte-ciel new-yorkais, il a aussi parachuté la jeune garde de la photographie anglo-saxonne sur la place du Palais-Bourbon, au grand bonheur de l'édition française. Cheveux plaqués gominés, longue moustache fine, sourcils épais et noirs… Sous ses airs d'hidalgo, Alexander Semeonovitch Liberman est un Russe pure souche.

Et puis, bien que ça ait été ténu, elle a senti les signes avant-coureurs de sa répudiation. Les propositions de sujets ou d'évolution du magazine qu'elle imaginait se heurtaient aux préjugés de l'état-major, c'était clair à leurs mines fermées, aux fins de non-recevoir. Un reportage sur la Chine, « vue et racontée par Cartier-Bresson » ? Hummm… Au moins celui-ci a-t-il été publié. La Chine communiste se situait politiquement au-delà du supportable pour un magazine de luxe américain, mais on ne refuse pas la signature de Cartier-Bresson. En revanche, lorsqu'elle a envoyé Sabine Weiss à Harlem, photographier l'élégance vestimentaire des Noirs américains, en lui disant « Alexander connaît la terre entière, il te donnera des contacts », Alex a fait le mort[45]. Enterrant *de facto* le reportage.

La Chine un peu trop rouge, Harlem un peu trop noir… Le fait est qu'Edmonde prend plaisir à appuyer sur les points sensibles. Fine tacticienne, elle se livre à ce que Nourissier appelle de la « contrebande ». Deux sujets glamour pour un sujet qui fâche.

À force…

La nature l'a dotée de capteurs hautement sensibles. À l'approche de l'année 1965, ils commencent à vibrer. Quels motifs de reproche ont-ils, ceux de Lexington Avenue ? Trop avant-gardiste ? Intellectuelle ? Trop à gauche ?

Il est vrai que les Américains voient d'un mauvais œil son amitié avec Aragon, l'intellectuel numéro un du Parti, et sa femme. Ils s'irritent que le couple soit invité dans les pages de *Vogue* au moindre de leur poème ou articulet publié. Un autre facteur envenime la situation. Elsa, ainsi que sa sœur Lili Brik, mais aussi Tatiana Iakovleva, devenue, depuis, madame Liberman, ont chacune dans leur jeunesse vécu une liaison passionnée avec le poète Maïakovski. Il en subsiste une sorte d'esprit de compétition, de rivalité rampante, l'évocation de l'une des sœurs devant Tatiana, ou l'inverse, provoque des étincelles. On peut imaginer qu'Alexander Liberman prend le parti de sa femme, contre Edmonde qui ne veut rien entendre.

La voilà donc à deux doigts de devenir suspecte de collusion avec l'URSS aux yeux de ses employeurs.

Il lui vient des bouffées d'indépendance. Son roman qui l'habite si entièrement depuis cinq longues années est bientôt terminé. Mais elle s'interdit de publier un texte dont une grande partie tourne en ridicule le monde américain de la mode alors même qu'elle travaille pour le puissant groupe Condé Nast. Sabine l'encourage à patienter, dans l'attente d'un faux pas de ses employeurs.

Il approche.

Le *Vogue* anglais du 1er mars 1966, consacré aux collections haute couture, a publié en couverture une photo magnifique, signée David Bailey. Dans l'histoire de *Vogue*, il s'agit de la toute première une présentant une mannequin noire. Une révolution pour la presse magazine. Donyale Luna est photographiée de trois quarts. Sa main fine cache une partie de son visage, l'écart entre son majeur et l'index révèle un œil de biche, souligné à l'excès d'eye-liner, ainsi que l'exige la mode des années soixante. On ne distingue rien d'autre, sinon le casque noir des cheveux courts et plaqués, sinon une lourde boucle d'oreille ethnique. Sa peau est légèrement dorée. À peine.

Edmonde veut Donyale Luna pour son numéro de septembre. La jeune métisse est au cœur du film de William Klein, *Qui êtes-vous, Polly Maggoo ?*, dont la sortie française est prévue à la rentrée. Le film tourne en dérision le monde capitaliste via l'univers de la mode. En bref, un film antiaméricain.

Selon ses dires, elle fait shooter une série avec la longiligne Afro-Américaine (188 cm) et choisit sa photo de une. « Un bijou d'élégance. » Une épaule nue et le ravissant profil aux traits fins, rien d'autre, dit-elle. Le photographe serait Guy Bourdin, dont la série de Luna en robes Paco Rabanne paraîtra quelques mois plus tard, mais en pages intérieures. Le conditionnel s'impose, personne n'ayant jamais vu le projet de cette couverture du mois de septembre 1966, que son invisibilité a rendue légendaire.

Edmonde n'imagine pas que Liberman lui refuse ce qu'il a accepté de Beatrix Miller à Londres. On pourrait lui rétorquer que Miss Miller n'a pas son passif, ou encore qu'elle a eu l'habileté de publier une *cover* avec Luna six mois avant la sortie du film polémique.

Edmonde a-t-elle poussé le bouchon trop loin en toute conscience ? Peu importe puisque son sort était joué.

Pierre Bergé, l'ami d'Edmonde et plus encore celui d'Alexander Liberman, connaissait la vérité. Alex la lui avait confiée : « Edmonde est trop chic, nous devons prendre un virage… D'ailleurs les couturiers parisiens devraient abandonner leur côté Bébé Bérard. La haute couture française existe parce qu'elle accompagne un art de vivre qui, tu vas le voir, disparaîtra bientôt et avec lui la haute couture[46]… »

Virée, parce que bourgeoise. Et sans ménagement.

La méthode est brutale, mais bien dans le style managérial du groupe Condé Nast d'alors, si l'on en croit le cas de Margaret Case quelques années plus tard.

Margaret Case. Quatre-vingts ans, certes, mais éminente collaboratrice du *Vogue* américain. Plus de cinquante années d'une vie dévolue à la puissance hautaine du groupe. Un demi-siècle à écumer les salons new-yorkais, à se prosterner aux pieds du bon goût, à s'en faire la vigie. Miss Case, dénicheuse de *people* depuis 1926. Formée par le grand Condé Montrose Nast lui-même et par Edna Woolman Chase.

Elle n'a pas vu le temps passer ni le monde se transformer.

Dans la matinée du 25 août 1971, quatre hommes entreront dans son bureau, au dix-neuvième étage du Graybar Building, qu'ils débarrasseront de ses meubles, sièges, dossiers, souvenirs. Elle protestera faiblement : « Mais ce sont mes affaires… » On lui rétorquera : « Instructions de la direction ! » Margaret Case est rayée du paysage.

Elle retournera chez elle, au seizième étage d'un bel immeuble de Park Avenue. Assise sur son lit, elle verra la nuit passer dans la fumée de cigarettes. Sans doute aura-t-elle considéré l'état des choses, compte en banque pathétique, promesse d'une vie aussi plate qu'une autoroute… Elle attendra l'aube, enfilera une tenue correcte, boutonnera son imperméable jusqu'au cou, chapeau, gants, mouchoir. Jamais rien ne doit être laissé au hasard. Puis elle enjambera la fenêtre de sa chambre.

Ironie du sort, c'est la bonne de Diana Vreeland qui trouvera le corps en venant prendre son travail. Notons que Mrs Vreeland sera elle-même renvoyée de *Vogue* US quelques mois plus tard, sans plus d'égards.

Edmonde n'est pas Miss Case. Elle n'a jamais vécu dans l'illusion que la fabrication d'un magazine de luxe emplirait sa vie entière. On ne l'humiliera pas. Sa réplique tient en deux dossiers rouges emplis de feuillets dactylographiés. Sa petite bombe à fragmentation.

Juillet-novembre 1966

Trois jours de réflexion lui ont suffi.

Le premier jour l'a trouvée cloîtrée chez elle, sous le choc. Le deuxième l'a vue récupérer sa combativité et passer plusieurs coups de fil.

Au troisième, Edmonde sonne à la porte de François Nourissier. Elle serre contre elle un gros paquet. Il est enfin temps de savoir ce que valent ses trois cent cinquante feuillets qu'elle a fait dactylographier. Certains ont été réécrits une quinzaine de fois. Une seule phrase n'a pas varié, sûre d'elle, proue d'un navire qui fend la mer et trace la route vers un pôle magnétique. La toute première, écrite à la main six ans plus tôt : « À New York, cela étonnait un homme en noir assis sur le pas de sa porte. » La suite, accidentée, est la victoire de la persévérance, des heures disputées au gagne-pain, à l'envie de flâner ou de bavarder, arrachées à la fatigue, la suite ce sont d'innombrables week-ends recluse dans une maison de Normandie, c'est aussi survivre à sa rupture avec Bastide. Il l'a quittée pour une autre, qu'il épousera. Edmonde en déduit qu'elle n'est décidément pas de celles à qui l'on passe la bague au doigt. Ce roman est la victoire sur la vie qui va de travers.

Elle pose le paquet sur la table, le défait, il contient deux dossiers rouges.

— Voilà cinq ans de travail. Il manque encore un chapitre, le dernier. Veux-tu me faire l'amitié de le lire ? De me dire si c'est une chance pour moi ou si c'est rien du tout…

Nourissier est soufflé, parce qu'il n'a pas cru à ce roman fantôme. Soufflé mais troublé. C'est terrible quelqu'un que l'on aime qui nous apporte cinq années de labeur d'un coup. Il croise ses doigts sous la table pour conjurer le mauvais sort. Il s'apprête à trembler à chaque page. Et si c'était mauvais ?

Le lendemain, il part dans le Midi avec sa femme, roman sous le bras. Il ne le lâche plus, le dévore. « C'est le coup de joie parfait, Edmonde a fait un beau roman », dit-il à Hélène, son épouse. Il y retrouve le meilleur d'Edmonde, lorsqu'elle se sent en confiance. L'art du conte, l'ironie, cette gourmandise qui leur a fait passer tant de bons moments quand, installée sur son canapé, l'œil brillant, elle lance l'histoire, la détaille, la fleurit jusqu'à la faire enfler en épopée.

Au téléphone, Edmonde entend les louanges. Nourissier est aussi lecteur aux Éditions Grasset : « Bien entendu nous le publions, nous le publierons le 10 octobre. Je peux te promettre que l'on parlera de ce livre. Je peux te promettre que ce sera un succès. Il faut juste le retravailler un peu… » Elle écrit le dernier chapitre, puis l'épilogue, reprend, coupe, lustre, Nourissier derrière son épaule. Bernard Privat, le neveu de Bernard Grasset, dirige les éditions de la rue des Saints-Pères. Lui aussi croit au succès. Ils trouvent le titre ensemble. *Oublier Palerme*. Palerme, le symbole de ce que tout être porte en lui de nostalgie pour son enfance. Palerme, le paradis perdu. Et la Sicile, noyau dur et brûlant du récit.

Edmonde signe le premier grand roman jamais écrit sur l'exil. Il a tardé, il vient de loin, de sa jeunesse italienne, de sa rencontre fortuite avec Esposito qui se lamentait sur l'indifférence de son fils né Yankee à ses racines siciliennes. Sacrifier Palerme, au prix de son âme, de son sang ? Le roman tout entier est bâti sur des cendres : faut-il revivre dans un monde nouveau au prix de la mémoire ? Ou faut-il rester fidèle, au risque d'en mourir ? Affrontement de deux mondes, celui de la presse de mode américaine où travaille la narratrice, Giana, une Sicilienne devenue américaine, et l'univers d'une île immuable, fière de son identité.

Ceux qui la déguisaient en Marie-Chantal, en Edmondaine ou en Mousseline auraient dû prendre son pouls, mesurer les battements de son cœur tandis qu'elle écrivait et menait à son terme la grande histoire d'amour qui est le centre palpitant du livre, celle de Giana avec Antonio, ce garçon tué en Grèce sous l'uniforme italien, dans des conditions abjectes. Il lui a fallu les persiennes rabattues, le silence d'église, le recueillement funèbre, pour revivre ce qu'elle a tenté d'oublier. Elle ignore l'accueil que rencontrera son roman, mais tout au long du processus d'écriture une chose s'est fait jour : l'acte d'écrire la délivre de la culpabilité qui l'a anéantie, à l'époque, un quart de siècle plus tôt, face à l'engrenage qu'elle n'a pas su empêcher et qui a conduit Camillo à la mort. Il répare le vieux sentiment d'impuissance. Par sa plume, elle rend à Camillo Caetani son honneur ; de sa voix forte, brûlante, elle proclame qu'un homme peut mourir au combat dans les troupes de Mussolini sans pour autant être un fasciste.

Elle peaufinerait encore si Aragon ne la pressait. Le roman doit paraître à l'automne pour avoir une chance d'être retenu dans la sélection des Goncourt.

La rumeur enfle. Aragon écrit un article élogieux à la une de *L'Humanité*. Elsa fait de même pour *Les Lettres françaises*. Le livre est lancé. D'autres critiques les rejoignent : « roman symphonique », « premier roman d'une femme de quarante ans qui avait quelque chose à dire sur l'amour, sur l'argent, sur la vie, sur l'ambition, sur la mort »...

La vaste mêlée des prix littéraires est bien avancée quand *Oublier Palerme* sort en librairie. L'académie Goncourt est alors présidée par Roland Dorgelès. Le mardi 4 octobre, les jurés réunis chez Drouant sont d'accord pour admettre que l'année littéraire est bien plate. Aucun des livres retenus n'a reçu plus de deux soutiens.

Lors de la séance du 8 novembre, André Billy lance le nom d'Edmonde Charles-Roux. *Oublier Palerme* vient de paraître, Billy est l'un des seuls à l'avoir lu, personne ne connaît mademoiselle Charles-Roux en tant qu'écrivain, mais puisqu'elle a collaboré aux *Rois maudits*, on ajoute son nom à la liste, en attendant que les jurés se mettent à jour.

Le 21 novembre, Edmonde est élue au deuxième tour, en moins d'un quart d'heure, à la surprise des jurés eux-mêmes. Elle n'a pas d'opposants déclarés, les autres auteurs retenus – parmi lesquels José Cabanis et Jean-Pierre Chabrol –, si[47].

Alerté par la rumeur, le camion de la télévision stationne dans la cour de l'hôtel Falcony. Il est branché sur le restaurant Drouant. Un journaliste monte chez Edmonde : « C'est vous ! » Ça la suffoque un peu. Elle appelle Bernard Privat, qui tombe des nues. Il a conseillé à Edmonde, dans le cas où elle recueillerait deux voix, de remercier les deux personnes qui auront voté pour elle, puis de partir bronzer en Sicile. Comment imaginer ? Grasset n'a pas eu le Goncourt depuis trente-deux ans, et il est rare que le prix couronne un premier roman.

Cette année-là, les Éditions Grasset raflent cinq des sept grands prix littéraires. Le Goncourt, le Grand Prix de l'Académie française qui va à François Nourissier pour *Une histoire française*, ainsi que l'Interallié, le Médicis, le Grand Prix national des Lettres…

Edmonde renoue avec l'insouciance. Elle passe d'un dîner à l'autre, telle une reine en visite. Elle ne s'appartient plus. Les micros se tendent. Elle reçoit le photographe de *Paris Match*, vêtue d'un caftan, assise dans son canapé Napoléon III qui, dit-elle, aurait appartenu aux frères Goncourt… Elle pose devant un épais tapis de télégrammes, parmi lesquels celui du maire de Marseille : « Chaleureuses félicitations – Stop – C'est la première fois, sauf erreur, qu'un écrivain marseillais obtient le prix Goncourt – Stop – Serais heureux de vous recevoir officiellement à la mairie pour vous complimenter au nom de la municipalité – Gaston Defferre. »

Le maire peut courir. Elle n'est pas pressée d'être fêtée là-bas. Marseille attendra.

Max-Pol Fouchet l'invite à *Lecture pour tous*, l'émission littéraire qui transforme en événement tout roman dont elle parle. Avant de quitter la maison, Edmonde, joyeuse, passe une tête chez sa mère, qui lit au salon. « Maman, je vais aux studios Cognacq-Jay, pour l'émission de télévision... » Sabine lui lance un regard glacial. « C'est ça, va faire ton intéressante[48]. » Pas un mot d'encouragement. Edmonde referme la porte sans bruit, élan de joie fauché. Sabine sera-t-elle jamais fière d'elle ? Sabine lui en veut d'avoir, entre les lignes, évoqué quelques-uns des drames qui les ont malmenés pendant la guerre, et d'ouvrir ainsi une voie à l'insatiable curiosité des journalistes. « De ce point de vue, Edmonde aurait peut-être mieux servi sa propre tranquillité en écrivant sur le Liban ou le Guatemala... Mais je suppose que la tranquillité c'est ce qu'elle hait ! » écrit l'ami tchèque Charles Schwarzenberg à Sabine. Il sous-estime la cuirasse de courtoisie, capable de résister à toutes les sollicitations, curiosités et indiscrétions qu'Edmonde sait opposer aux questions dérangeantes.

À son corps défendant, Alexander Liberman lui a offert une sortie triomphale. Edmonde le comprend au fil des interviews. La presse est fascinée par cette femme chômeuse un jour, reine de la piste le lendemain. Par la vie qui vire soudain du noir au rose. « Comment avez-vous vécu votre éviction de *Vogue* ? », la question lui sera posée jusqu'à la fin de sa vie. Fine mouche, Edmonde saisit le prétexte du racisme antinoir des Américains, à mi-mot, habilement, sans s'étendre ni polémiquer. En femme du monde. Il lui suffit de répondre : « On a refusé ma une avec une mannequin noire », et tout est dit. Elle sème le soupçon de l'anticommunisme en évoquant son amitié pour Aragon. Elle invente, sans vergogne, que la créativité de l'édition française ternissait par trop l'éclat du *Vogue* américain, et le tour est joué. La rédactrice en chef en voie d'obsolescence devient une championne de l'avant-garde et de l'anticonformisme.

Bravo, l'artiste !

DEUXIÈME PARTIE

Alouette, alouette,
L'amour et l'été,
Comme les cigarettes
s'en vont en fumée…

Paula Jacques : Edmonde Charles-Roux, « Alouette, alouette » par Gilles Dreu… C'est vous qui avez tenu à entendre ce morceau. Ça vous rappelle des souvenirs ?

Edmonde : J'ai un plaisir fou ! Des souvenirs merveilleux ! La première cohabitation clandestine avec Gaston Defferre, entre deux écoles qui avaient hissé le drapeau noir, l'école des Langues O et celle des Beaux-Arts. On essayait d'avoir des nouvelles, on mettait la radio et, hop, c'était « Alouette » !

Pentimento, France Inter, 18 juin 1995

Mai 1968

Depuis leur rencontre deux ans plus tôt, ils mènent une vie semi-clandestine. Gaston vit à Paris une partie de la semaine, pour accomplir son travail parlementaire. Il la rejoint dans son nid sous les toits, obligé d'emprunter l'escalier de service afin d'échapper au regard de Sabine. Edmonde le retrouve à Cassis, à Bandol, le week-end. Temps béni de l'insouciance. Seuls au monde. Heureux en douce. Personne ne sait. Pas même ceux qu'Edmonde appelle affectueusement « les loups ». Une meute littéraire. Matthieu Galey est écrivain et lecteur chez Grasset, plume étincelante et moqueuse. Jérôme Peignot et son côté « savant Cosinus toujours ahuri », ayant soit en route, soit sous le bras, un ouvrage érudit ou poétique sur la typographie dont il est friand. Et bien sûr François Nourissier, l'ami indéboulonnable.

Eh bien, écrit-elle à Gaston, « les loups », venus « festoyer » ce soir-là au 7 bis, lui ont trouvé l'air déraisonnablement resplendissant.

L'un d'eux s'en est inquiété : « Tes facultés de dissimulation et de silence deviennent effrayantes... On ne devine plus rien de ta vie... Du reste, ce dîner, ce soir, c'est comme si tu enterrais ta vie de garçon[1]... »

Intuition fulgurante des liens d'amitié.

Ce maire de Marseille qu'elle refusait de rencontrer est désormais au centre de sa vie. Il avait fallu toute la persuasion de son éditeur, Bernard Privat : « Enfin, Edmonde, Marseille est la deuxième ville de France ! Cet homme en est le maire, il insiste pour que tu sois intronisée citoyenne d'honneur... Tu ne peux pas refuser, ça devient grossier ! »

Elle avait fini par concéder la dernière date libre de son agenda, soit quelques jours avant Noël. Elle avait apprécié le discours du maire en son honneur, bourré de références à la littérature qu'il semblait bien connaître, notamment aux surréalistes, dont la prose était pourtant assez éloignée de la sienne. Le lendemain, Defferre la conviait à un déjeuner chez lui et son épouse, dans leur propriété du Roucas-Blanc. Il fut fatal à madame Defferre, Marie-Antoinette Swaters, dite Paly.

Reconstituons.

Gaston Defferre a une solide réputation de séducteur. Imaginons donc ces deux prédateurs de haut vol face à face et se découvrant. Edmonde, profil d'Arlésienne sur champ frémissant d'énergie parisienne, femme de lettres auréolée de succès, femelle implacable, déterminée au pire dès lors qu'une proie désirable s'approche. Gaston a dix ans de plus qu'elle, un physique banal, n'était le regard clair dans un visage de sénateur romain. Un charme fou dès qu'il délaisse son air compassé. Surtout, il émane de lui, Edmonde s'y montre particulièrement sensible, une forme d'insolence joyeuse devant le danger. À cinquante-six ans, Gaston Defferre règne sans partage sur Marseille, une ville dont il a pris la mairie armes à la main, le 22 août 1944, avant de la perdre l'année suivante puis de la regagner par les urnes en 1953. Il est à la tête d'un petit empire de presse, régies publicitaires et journaux. À la Libération, il a pris *Le Petit Provençal* comme l'exigeaient ces temps troublés, c'est-à-dire à la hussarde, pour en faire *Le Provençal*, « Journal des socialistes, patriotes et républicains », en réalité le quotidien sert avant tout la carrière politique de son propriétaire.

C'est un déjeuner fort agréable. Avec le temps, les souvenirs de la guerre ont perdu leur acuité, mais celui des compromissions passées et des règlements de comptes continue de flotter dans l'atmosphère de ces années soixante. Il y a ceux qui ont résisté et les autres. Ces trois-là, qui devisent autour de la table, ont fait les bons choix. Sous le nom de Danvers, Defferre est l'un des fondateurs du réseau de résistance Brutus. Quant à Paly, belge d'origine, elle était engagée chez les Anglais, dans le 21e groupe d'armée du maréchal Montgomery. On connaît le passé d'Edmonde.

Il se dit qu'à l'époque Gaston aurait croisé mademoiselle Charles-Roux à l'occasion d'une réunion clandestine. La jeune fille travaillait pour le réseau de renseignement Robert Guy. Impressionné par sa classe, Danvers aurait renoncé à l'aborder.

Énorme éclat de rire de Christian Poitevin, homme engagé, marginal de la politique, poète sous le nom de Julien Blaine. Il a bien connu le couple : « Impossible ! Même marié, même assagi, même septuagénaire, jamais il n'aurait été empêché… Gaston aimait les femmes[2] ! »

C'est dit.

En ce jour de l'hiver 66, leur conversation roule sur la culture. Edmonde a de Marseille le sentiment d'une ville à bien des égards médiévale. La cité phocéenne est lépreuse. Elle compte même un retard d'un demi-siècle par rapport aux villes européennes de même importance. Il n'y avait pas d'eau potable dans les foyers quand Defferre a regagné la mairie aux élections de 1953. Hors les beaux quartiers, le système d'égouts est inexistant, en revanche on compte trente bidonvilles où vivent, dans la misère, deux mille familles entassées. Les plages sont alors d'étroites bandes de terre jonchées de gravats, dépotoirs à ciel ouvert. « Il y a beaucoup de choses à faire », admet Gaston. Il veut un tunnel sous le Vieux-Port, il veut moderniser la corniche Kennedy, il veut reprendre des hectares à la mer, il veut construire des écoles, des hôpitaux, un métro, autant de chantiers qui commencent à sortir de terre. Il veut aussi insuffler du panache à la vie culturelle marseillaise. À nouveau les connaissances littéraires de ce politique surprennent Edmonde. Elle l'apprendra, il les doit à sa mère qui, dès son adolescence, lui a communiqué sa passion des surréalistes, flamme entretenue par sa première épouse, Andrée Aboulker, militante communiste, amie et véritable experte de la bande à Breton.

Edmonde a bien quelques idées pour la ville. Son réseau d'amitiés utiles est d'une exceptionnelle densité. Il faudrait en reparler, suggère-t-elle.

Une fois leur invitée partie, Paly dit à Gaston : « Tu viens de rencontrer le dernier grand amour de ta vie[3]. »

À peine de retour à Paris, Edmonde reçoit un pneumatique : « J'arrive – G.D. »

« La première nuit ? Exercice. Opération de reconnaissance. Découverte », écrira l'auteure d'*Elle, Adrienne*[4], puisant dans sa propre vie.

Depuis, la semi-clandestinité.

Revenons sur le terme « festoyer », qu'Edmonde a utilisé dans sa lettre à Gaston. Il enchante la réalité. Car Edmonde est pingre. « P » majuscule. Sous la plume de Matthieu Galey, le festin dont elle a coutume de régaler ses amis se révèle ce qu'il est : un summum de radinerie. « Un vieux domestique, des biftecks au rabais dans une argenterie superbe, du Nicolas dans des carafes en cristal[5]. » Les anecdotes abondent.

La troupe des loups, et Jean-Claude Fasquelle, et Bernard Privat, en qui elle met sa confiance entière, composent sa nouvelle famille. Le club Grasset & Fasquelle. On y bosse, on y rit, elle y règne. « La maison de commerce », dit-elle pour désigner le 61, rue des Saints-Pères. Des bureaux de six mètres carrés ouvrant sur des couloirs étroits qui débouchent sur des escaliers tortueux, demi-niveaux, vue sur cour... Le 61 s'affranchit des règles du feng shui, cela n'empêche pas qu'on y publie le meilleur. Il y eut Radiguet, Blaise Cendrars, Jean Giono du temps de Bernard Grasset, sous l'ère de Bernard Privat il y a désormais Hervé Bazin, Jacques Chessex, François Nourissier, Françoise Mallet-Joris.

Maison de commerce.

Edmonde n'y met rien de désobligeant puisque tel est le terme traditionnel pour désigner une maison d'édition – Proust lui-même en usait –, mais son vocabulaire résiste à la théorie de l'évolution. Un planton reste pour elle un « factotum », l'aéroport un « terrain d'aviation ». Par chance, la troupe Grasset a les pieds résolument plantés dans le contemporain. Le flamboyant Yves Berger, réputé faiseur de prix, explique sans fausse pudeur et avec l'accent chantant : « Un auteur attend de son éditeur qu'il le rende riche et célèbre. » Quarante-cinq ans plus tôt, Bernard Grasset ne signifiait rien d'autre en disant à propos de Radiguet : « Il ne faut pas dire qu'il a du génie, mais qu'il a quinze ans... » Il inventait le marketing littéraire. Edmonde n'a pas à s'en plaindre.

La femme de lettres est entre de bonnes mains. Quid de la femme ?

« Sauvez-moi de la roue morte des habitudes », implorait Edmonde, empruntant à Cocteau. De ce point de vue, le hasard vient de déposer sur sa route le compagnon providentiel. Turbulent et trompe-la-mort, Gaston Defferre a survécu à une chute de cinq mètres du haut d'un réservoir en Australie, aux jets de briques, de minium, et aux coups de feu des militants communistes pendant les grèves portuaires de 1949 à Port-de-Bouc et La Ciotat, ce qui ne l'avait pas empêché de foncer dans le tas et de tenir le meeting prévu. En 1969, la liste s'enrichira du plasticage de son domicile privé, avenue du Président-Wilson, après qu'il aura dénoncé les services de police parallèle mis en place par le gouvernement gaulliste, le SAC (Service d'action civique) et les CDR (Comités de défense de la République).

« Les gens me disent "Courage, monsieur le maire"… Or c'est la seule chose dont je n'ai pas besoin », s'amuse-t-il.

À peine tombe-t-il amoureux d'Edmonde qu'il lui offre une facétie du style Fanfan la Tulipe. Un duel.

En avril 1967, Gaston Defferre préside le groupe socialiste de l'Assemblée nationale. Séance agitée. À la tribune, il est sans cesse interrompu par le député gaulliste René Ribière. Excédé, Gaston tonne : « Taisez-vous, abruti ! » L'autre exige aussitôt réparation sur le pré. Duel à l'épée au premier sang. Voilà qui rappelle à Gaston sa jeunesse. En 1947, alors que la presse le disait compromis dans l'affaire des vins[6], il s'est battu au pistolet avec le radical-socialiste Paul Bastid, directeur politique de *L'Aurore*, le quotidien de droite qui menait la charge contre lui. Deux balles furent tirées par les duellistes depuis leurs parapluies. Il tombait des cordes. Aucun blessé. Fin du combat. Sainte-Beuve avait fait pareil, en 1830 : « Je veux bien être tué mais je ne veux pas m'enrhumer ! »

Cette fois, Gaston a cinquante-sept ans. Le fleuret

où il excellait jadis n'est plus son fort. Au matin de l'affrontement, il s'entraîne chez un maître d'armes et repart avec deux épées de combat, pointues comme des aiguilles. Les témoins de son adversaire – deux ministres du Général – lui présentent des épées émoussées, visiblement limées par leurs soins. « Vous vous foutez de moi ? » Il sort ses lames affûtées. « Quand on se bat, c'est pas pour se faire des compliments. » Son rival doit se marier le lendemain ? Gaston visera là où il faut. Mais Ribière est beaucoup plus grand que lui, ses bras sont si longs qu'au moment de l'estocade il risque d'y laisser un œil. Ce serait bête. Aussi le blesse-t-il au bras. Premier sang ? L'offensé saigne trois gouttes, Gaston demande à continuer, ce que l'autre accepte. La deuxième tentative sera la bonne. Au bras, toujours. Depuis, que pense-t-il de son opposant ? « Rien, c'est toujours un abruti[7]. »

Sur le coup, Edmonde a eu une frousse bleue. Ensuite, son ravissement ne fléchira jamais. L'enregistrement vidéo du duel lui permet de revivre l'épisode, parfois en compagnie d'un proche. Quatre minutes d'images qu'elle absorbe dans un état d'intense concentration. Puis, quand la neige envahit l'écran, que le silence revient, elle se tourne vers son visiteur, pouce levé, œil plissé de joie, au bord du rire : « Il est gonflé tout de même ! »

Soupe au lait, aussi. Impatient. Au *Provençal*, les employés en savent quelque chose. Il est capable de donner des coups de pied dans la porte d'un ascenseur qui se fait attendre. Si bien que le chauffeur a pris l'habitude de prévenir, « Nous approchons », et le personnel d'emprunter l'escalier.

« Sinon, Gaston était un personnage assez joyeux, beaucoup plus décontracté et spontané que François Mitterrand », explique un proche du couple, Michel Faure. Son père, René Faure, lui a raconté un dîner à la brasserie Chez Michel, en 1962, pendant la guerre d'Algérie. En sortant, une voiture mal garée bloque la voiture du maire. Ni une, ni deux, Gaston monte dans sa voiture, saisit un solide parapluie et retourne péter les vitres du gêneur. Louis Philibert, député, ancien résistant et vieil ami, se marre : « Tu ressembles à un joueur de golf. » Et Gaston d'éclater de rire.

En ce mois de mai 1968, la radio diffuse « Alouette, Alouette », tandis que dans son pigeonnier du 7 bis Edmonde fredonne la chanson auprès de son amant. Il leur suffit de se pencher à la fenêtre pour avoir une vision panoramique de la guérilla urbaine qui paralyse Paris et particulièrement le Quartier latin, où tout a commencé par l'embarquement de cinq cents étudiants qui occupaient la Sorbonne, dans des paniers à salade.

La nuit comme le jour, Defferre est pris à l'Assemblée nationale. Il vote la motion de censure au gouvernement, au côté de ses ennemis de toujours, les communistes. Il manquera onze voix pour la faire passer. Puis il rejoint Edmonde aux cimes de son hôtel particulier. Une Edmonde acquise à la cause.

Hôtel Falcony, l'accueil réservé à la révolution se

réchauffe à mesure que l'on monte le somptueux escalier XVIIIe. Aux étages nobles, Sabine regrette le bon vieux temps où les garçons portaient les cheveux courts, où la France régnait sur ses colonies, où chacun restait à la place qui lui avait été attribuée à la naissance. Sous les combles, les emballements gauchistes de sa fille ne cessent de la surprendre. Conviées à dîner chez Sabine, deux de ses très proches amies tchèques, la comtesse Genilde Kinsky et sa belle-sœur, Thamar Kinsky, elle-même aristocrate d'origine géorgienne, sont effarées d'entendre Edmonde proposer à la domestique qui leur sert l'apéritif : « Thaïs, vous prendrez bien un verre avec nous ? »

Cinquante ans plus tard, ces deux merveilleuses dames en riaient de bon cœur, se poussant du coude. « Tu te souviens ? C'était quand Edmonde voulait avoir l'air socialiste ! »

Sabine s'accoutume avec peine à l'idée que son passé rejoigne inexorablement le gouffre des paradis perdus quand, ce même soir, Thaïs l'estoque en troquant son traditionnel « Madame est servie » pour un joyeux : « À table[8] ! »

Nouveau gloussement des deux dames.

Elles forment un tableau apaisant, hors du temps, ces quatre femmes élégantes qui bavardent, réunies dans une même espièglerie, assises le dos bien droit, dans les fauteuils vénitiens du salon bleu, protégées par l'écrin des toiles d'Aubusson, des cristaux de Bohême, des faïences de Marseille, des boiseries romaines, des marbres antiques, des panneaux peints et des trumeaux qui composent un univers d'une harmonie exquise, pour tout dire une société, quand, au-dehors, une jeunesse impatiente s'active à tout fiche en l'air. Elles sont les incarnations d'une civilisation qui s'étiole.

Sabine en 1918 et Edmonde en 1945 ont été décorées de la croix de guerre pour leur courage. Genilde a connu la fuite précipitée de son pays, a traversé la forêt de Bohême à pied, de nuit, avec ses deux très jeunes enfants. Thamar est elle aussi le fruit de l'exil, donc de l'arrachement. Pourtant elles rient et bavardent comme si rien de tout cela n'était arrivé, dans ce délicieux mélange des langues, français, anglais, tchèque, italien, distinctif d'une aristocratie cosmopolite qui a posé ses valises un peu partout.

Il faudrait un coup de baguette magique qui fige à jamais leur fantaisie. La protège du fracas à venir, de la destruction systématique qui la menace. Il faudrait un puissant sortilège pour préserver ces derniers vestiges de l'esprit subtil et cruel de la Mitteleuropa.

Trois mois plus tard, le 21 août 1968, les troupes soviétiques envahissent Prague. Adieu Dubček, Hannah Beneš et ceux des amis qui n'ont pas pu, ou voulu, quitter leur pays et leur peuple. Fanée, bientôt, l'odeur des daims et des loups, muet le vent tumultueux des forêts de Bohême. La mémoire des Kinsky saura-t-elle sauver de l'ombre et du temps le souvenir des palominos aux robes claires, joyaux de leurs écuries de Chlumec et d'Obora ? Depuis l'Autriche, le prince Schwarzenberg rage d'impuissance : « Notre vieux pays, habité exclusivement par des espèces de singes, imaginez-vous ça[9] ? »

Prague pèse lourd dans la jeunesse d'Edmonde. Son imagination est bien trop vive pour ignorer le sort fait à leurs amis restés là-bas et au personnel qu'ils ont su s'attacher au fil des générations. Leur tragédie va nourrir le roman qu'elle a commencé à écrire.

Michel Droit : On dit que le prix Goncourt risque souvent de tuer un romancier…

Maurice Druon : Disons que ça ne tue que les malportants !

À propos, 1re chaîne de télévision,
13 décembre 1966

La vraie partie va se jouer maintenant, avec ce deuxième roman.

Son prix Goncourt devrait la paralyser. Il est l'un des plus populaires et des mieux vendus d'après-guerre, quatre cent mille exemplaires, et ses ventes ne cesseront d'enfler jusqu'à traverser le millénaire. Pourtant, *Oublier Palerme* aussitôt terminé, elle s'est remise au travail. Le sujet tourne dans sa tête depuis si longtemps, et tout de suite il a trouvé son titre : *Solitude et détresse de Gabrielle*[10]. Bernard Privat s'enthousiasme alors que, déjà, elle s'en détourne. Ce titre ne dit rien du destin si particulier de son héroïne entre 1883 et 1966.

Inspiré de la vie de Gabrielle Chanel, le roman s'ébauche dans le plus grand secret, quand le modèle malgré lui a soudain vent de l'affaire et se met à cracher des flammes.

Plusieurs années d'enquête partent au rebut.

Cavalière voltigeuse, Edmonde change de monture en pleine course. Ce sera *Elle, Adrienne*, né d'une double fécondation : ce qu'elle sait de Chanel pendant la Seconde Guerre mondiale, et ce que ses amis ont vécu en Tchécoslovaquie. L'âge d'or de Ra Kinsky et Charles Schwarzenberg, de Lori, de Genilde, ces exilés amputés de leurs racines.

Edmonde y ajoute sa géographie personnelle, puisqu'une grande partie du récit se déroule dans le Marseille qu'elle a connu occupé, affamé, insurgé. *Elle, Adrienne* contiendra son passé et son avenir.

« Il faut écrire à la campagne, parce qu'on s'y ennuie », soutient Jules Roy. Aussi loue-t-elle une maison à Morainville, en Normandie. Gaston la rejoint pour de rares week-ends, mais il reste absorbé par sa mairie, par son ménage aussi, puisqu'il faut sauver les apparences. Edmonde est livrée à elle-même. Cloîtrée la journée pour écrire, il lui arrive d'inviter des écrivains qui ont un manuscrit en cours.

Matthieu Galey fait partie de ces visiteurs. « Week-end studieux », écrit-il dans son journal. Il n'est pas sans relever l'esprit Paris-rive-gauche-dans-les-bocages de la maîtresse de maison. D'abord, il l'écoute comme un Bottin mondain vivant. Puis il ploie sous les superlatifs dont elle arrose le moindre bibelot qui devient aussitôt ou « divin » ou « grandiose ». Il finira par la couronner du titre de « plus mauvaise actrice de sa génération ». Néanmoins, « sous l'outrance, elle est bonne fille[11] ».

Ensuite ? Ensuite, au téléphone, elle s'annonce sur le ton de la blague. « C'est Edmonde Charles-Roux… l'écrivain ! » Galey, qui a entrepris de lui faire corriger son manuscrit non sans mal ni soubresauts, doute qu'elle plaisante.

Un temps, son Goncourt la désinhibe. Elle abuse

– au goût de ses amis – du « nous, les écrivains ». Quand il entend ça, Nourissier essuie un sourire. Bientôt, le doute reviendra. « Est-ce que la bonne littérature est dans tout ce que je ne fais pas ? »

Alors, écrivain ?

Jean-Claude Fasquelle était à même de répondre, lui qui a tant contribué à ce qu'Edmonde Charles-Roux le devienne. « La vérité, il faudrait réfléchir à cela : quand devient-on un écrivain ? Parce qu'on écrit un livre, ou quand on a publié quelques très bonnes lignes ? »

Interrogé à propos d'Edmonde, ce taiseux devenait disert, il vous entraînait dans ses réflexions ponctuées de points de suspension et de silences abyssaux dont on se demandait s'il en reviendrait jamais.

Au bout d'un long moment, il reprend : « Moi, je pense qu'on est écrivain dès qu'on écrit. Après ça, il y a des bons écrivains et des moins bons… J'ai toujours pensé qu'Edmonde était un écrivain tout à fait estimable, et par son écriture, et par ses sujets, et par le sérieux qu'elle mettait à ses recherches… C'est vrai, j'ai vu des gens citer des pages de Nourissier comme des merveilles d'écriture musicale, jamais d'Edmonde. Ni de Bazin… Mais même ce pauvre Zola, aujourd'hui, on entend dire que c'était un écrivain de merde[12] ! »

Isolée dans sa bulle normande, Edmonde réunit ses fantômes tandis qu'au-dehors la mort moissonne, une époque disparaît.

Le 16 juin 1970, à Saint-Arnoult, dans la tiédeur d'un après-midi de printemps qu'elle savoure sur un banc du parc, Elsa Triolet cesse de respirer. Elle souffrait du cœur. Son départ prive Edmonde d'une mère, d'une amie inconditionnelle. Elsa n'était pas connue pour sa générosité vis-à-vis des femmes. Edmonde fait figure d'exception. Elle ne trouvera jamais assez d'occasions posthumes pour lui exprimer sa gratitude. Rue des Saints-Pères, l'esprit d'Elsa loge dans une théière de rien du tout, un objet industriel produit à la chaîne, un truc à trois sous, mais virtuellement plaqué or dès l'instant où Edmonde, solennelle, annonce : « La théière que m'a offerte Elsa Triolet[13]. » Tous les visiteurs n'y ont pas droit.

À peine le temps de se convaincre de la perte d'Elsa que Samson François meurt tout aussi soudainement, le 22 octobre.

Il était jeune, presque un gamin, déjà fantasque et imprévisible quand ils se sont rencontrés[14]. Une fois de plus la guerre, la France occupée. Edmonde ferme les yeux. Lui reviennent leurs errances bras dessus dessous dans Marseille, la nuit, en quête d'un bar où quelques fous de jazz bravaient la censure vichyste. Le frêle Samson lui ouvrait le monde mystérieux de la marge.

Une émission télévisée permet d'approcher la singularité de leur amitié.

En 1968, *L'Invité du dimanche* s'était intéressé à l'auteure d'*Oublier Palerme*. Parmi les amis conviés, Edmonde a choisi Samson pour conclure l'émission. Il est devenu un immense pianiste, génie flou et libre, précurseur de Gainsbarre. Il lui arrive de jouer clope aux lèvres ou prise entre deux doigts avec désinvolture. Oiseau de nuit, alcool et excès en tous genres. Où qu'il soit dans le monde, Edmonde accourt pour ramasser les morceaux. Ce jour-là, la mèche indisciplinée est rejetée en arrière, l'attitude semble incertaine, on le dirait intimidé. Edmonde, chignon et perles d'oreilles, vêtue de Chanel, robe sombre en tricot ceinturée, un sac matelassé, le fameux 2.55 avec sa petite chaîne dorée. Sexy et moderne, comme on la voit rarement en public, mais diction de théâtreuse. Leur complicité tissée de délicatesse est aussitôt perceptible. C'est soyeux. Elle parle doux, ménage des silences, elle n'a qu'une crainte : qu'il se brise. Elle se lève du divan pour l'accueillir. Ils se serrent la main.

Elle : Bonjour, Samson…

Lui : Je me souviens que vous chantez et que vous avez une très très belle voix.

Elle : Il fut un temps lointain où vous-même étiez à Marseille, vous veniez juste de sortir de votre prix Long-Thibaud…

Lui : Je vous ai même accompagnée…

Elle : Est-ce que vous vous souvenez dans quoi ?

Lui : Du Haendel, je crois. *Le Messie*, non ?

Il veut parler d'elle, la mettre en valeur, elle veut l'inverse, se dérobe.

Samson est invité à rejoindre le piano. Chopin. Les *Nocturnes*. Son de cristal.

L'émission arrive à son terme.

— Avez-vous des regrets à l'issue de cette journée ? demande le journaliste à son invitée.

Edmonde chuchote, émue, consciente de troubler le charme du silence qui résonne encore de l'interprétation de Samson.

— Oh non, j'avais mes amis autour de moi, et cela se termine sur le plus cher et le plus ancien de tous ceux que nous avons réunis aujourd'hui… Samson avait seize ans quand je l'ai connu pour la première fois[15].

L'émission remonte à 1968, soit deux années plus tôt, elle le savait malade. Et voilà que Samson François meurt dans la fulgurance, entre deux concerts.

Mademoiselle Chanel s'échappe à son tour. L'oisiveté l'épuisait. Elle meurt donc un dimanche, dans son grand lit du Ritz. Cette fois, Edmonde n'est pas touchée au cœur, aucun chagrin personnel. Irait-on fourrager dans ses émotions, peut-être y trouverait-on une pointe de soulagement.

Elle est enfin libre d'écrire le livre empêché.

Son *Elle, Adrienne* est terminé. Aragon en lit les premiers chapitres. Edmonde appelle aussitôt Matthieu Galey, la voix exaltée.

— Il m'a fait des éloges inouïs ! « C'est cent coudées au-dessus du précédent », etc.

Galey sourit en coin. Il vient de recevoir un coup de fil de François-Marie Banier : Aragon lui a tiré le même feu d'artifice à propos de son *Passé composé*.

Edmonde se cabre :

— Pourtant ! Il faut voir comme il le traite… Il dit à sa bonne : « Pour monsieur Banier, je suis parti pendant six jours. »

Galey de conclure que le narcissisme et l'illusion sont les mamelles du bonheur[16].

Nourissier gère le succès de son prix Femina pour *La Crève*, il prend néanmoins le temps de se pencher sur le manuscrit d'Edmonde. Moins enthousiaste qu'Aragon, il juge la forme améliorable, il faut accélérer, parfois simplifier. Mais les scènes sont fortes, belles, longues. Quand même, il faut couper, encore couper.

Elle, Adrienne connaît un beau succès. Son auteure court les plateaux de télévision, les studios de radio, palpitante de charme. On aime inviter cette causeuse qui ne déçoit jamais.

Soutien indéfectible, Aragon s'enflamme dans *Les Lettres françaises* : « Voilà ce que j'appelle, moi, un roman. Un vrai, un grand, un magnifique roman, où rien n'est pleuré, ni l'étoffe ni le chant, un roman pour moi, qui a déjà sa place dans la grande littérature française, à côté de *La Chartreuse de Parme* et des *Misérables*[17]. »

Paul Morand, connaisseur éclairé de la vieille Europe, fait jazzer le compliment : « J'aime votre virilité ; vous n'avez pas le style clitoridien – si vous me permettez[18]. »

Elle permet.

Tant d'épisodes passionnants n'ont pas trouvé leur place dans son roman. Marseille sous l'Occupation continue de la hanter. Puisque le succès la fouette, elle se lance dans l'inconnu en écrivant un scénario. *Officiers seulement* semble tout droit sorti d'*Elle, Adrienne*. Il lui est inspiré par l'attentat, bien réel celui-là, en 1943, de la Maison Lhoste. Un groupe de résistants fomentent un attentat dans un bordel de la vieille ville. L'établissement est réservé à l'armée d'occupation, ce qui n'empêche pas qu'on y croise quelques bourgeois locaux. Il est prévu qu'une bombe à retardement explose dans la cave à l'heure de la fermeture, quand les filles sont remontées dans leurs chambres et que les officiers de la Kriegsmarine cuvent leur alcool au rez-de-chaussée. Mais tout s'enraye. Les soldats s'apprêtent à quitter le bordel avant que la bombe n'ait explosé. Alors, une réfugiée juive les retient en leur chantant une mélopée… en yiddish. Elle dévoile le numéro tatoué à son poignet au moment où la bombe explose[19].

Edmonde n'a pas de producteur mais elle tient son générique. Dans le rôle de la patronne du bordel, Simone Signoret. La sous-maîtresse serait incarnée par Annie Girardot. Régine jouerait la réfugiée juive. Le film doit « tenir tout entier dans le regard vaguement honteux d'un homme en quête de son plaisir », selon Edmonde. Et s'ouvrir sur cette phrase de Bataille : « L'érotisme envisagé gravement, tragiquement, représente un entier renversement. »

Ce n'est qu'une note d'intention, un peu naïve, mais on ne sait si l'on doit se réjouir que le projet n'ait jamais rencontré le producteur ou le réalisateur capable de le transcender.

Jacques Chancel : Féministe ?

Edmonde Charles-Roux : Féministe ? Mon Dieu, non ! Là vous tombez mal !

Chancel : Ce n'était pas une injure...

Edmonde : Non, mais je trouve ça tout à fait inutile ! On n'est pas en Arabie saoudite, ou dans un pays où les femmes sont tenues en tutelle. Il faut être femme d'abord et ça suffit largement. En tout cas, moi, ça me suffit.

Chancel : Lorsque vous voyez ces cortèges dans New York, ça vous étonne, ça vous agace ?

Edmonde : Ça ne m'agace pas du tout, je trouve que chacun doit faire ce qu'il a envie de faire, mais ça me fait tordre. Et puis, le geste de libération qui consiste à ôter son soutien-gorge, je trouve ça crevant ! (Rires dans la voix.)

Radioscopie, France Inter, 26 mai 1971

Elle voit clair dans son jeu.

Sourire du chat du Cheshire épinglé au micro, ce gros matou de Chancel s'évertue à l'asseoir dans le fauteuil de la féministe qu'elle n'est pas.

Elle n'a aucun compte à régler avec les hommes, dit-elle.

Mieux : la société des hommes lui convient.

Ce genre de pacifisme va à l'encontre de l'air du temps, elle en a parfaitement conscience, ça ne l'empêche pas de l'affirmer en direct. *Radioscopie* est l'une des émissions de radio les plus écoutées de France.

Les hommes ? Jamais eu à s'en plaindre. Ils sont plutôt de bons compagnons, loyaux et protecteurs, même si, à deux ou trois occasions, elle a dû leur arracher les droits qu'ils ne voulaient pas lui donner. Au final, ils font des partenaires très fair-play. Ils perdent, disent « C'est toi qui as gagné » et l'affaire est pliée.

Alors, à quoi bon jouer la suffragette qui brandit ses petits drapeaux ?

Elle poursuit :

— Tout cela est très passé. Nous avons le droit de vote, on ne nous conteste plus le droit de penser

Elsa, avalée par le génie de son mari. Réduite à son emploi de muse officielle. Edmonde s'en indignera à voix haute jusqu'à la fin de sa vie.

Il s'en faudrait d'un cheveu pour qu'elle emboîte le pas à la révolution en cours. Elle trouve de l'esprit à ces guerrières du féminisme, elles savent faire mouche. Leur banderole, « Il y a plus inconnu que le soldat inconnu : sa femme », sur une gerbe qu'une dizaine de militantes ont déposée au pied de l'Arc de triomphe, vise juste.

Mais il y a la manière. Edmonde ne se voit pas rejoindre les réunions agitées, saturées de fumée de cigarettes, improvisées dans des amphis ou des appartements exigus, où fusent les idées, les cris de révolte et les rires.

Le débraillé n'est pas son genre. Le collectif non plus. Moins encore les excès spectaculaires. Elle leur préfère la persuasion des conversations en catimini.

Un point la rassure, Chancel ne l'entraînera pas sur le thème brûlant du moment, l'avortement. Ce n'est pas le type de sujet dont on discute à l'heure du thé sur les ondes de l'ORTF.

En avril dernier, soit un mois plus tôt, *Le Nouvel Observateur* a publié le « Manifeste des 343 », dans lequel les signataires, des célébrités et plus nombreuses encore des inconnues qui risquent de tout perdre, disent publiquement s'être fait avorter, se plaçant *de facto* hors la loi. On n'y trouvera pas son nom parmi ceux de Catherine Deneuve, Simone de Beauvoir, Marguerite Duras, Jeanne Moreau, Françoise d'Eaubonne ou Lise Deharme qui, à l'âge respectable de soixante-quatorze ans, est prête à fiche en l'air sa bonne réputation. Certaines ont même signé alors qu'elles n'avaient jamais eu recours à une faiseuse d'anges.

Edmonde a-t-elle seulement été approchée ? Trop bourgeoise, sans doute. Élitiste. Classique. Son bon genre aurait pourtant opposé un démenti flagrant à l'image que l'opinion publique colle aux féministes : des « salopes », « hystériques », « mal baisées ».

Il nous reste les conjectures. Aucun document, aucun témoignage, aucune parole publique d'Edmonde n'indique son soutien ou son opposition à l'acte fondateur des « 343 ». Mais à moins d'être né de la dernière pluie, comment penser que son plaisir à disposer si librement de son corps ne l'ait pas un jour conduite, semblable en cela à tant de jeunes filles et de femmes anonymes, de mères de famille harassées par les maternités, chez une avorteuse, cette étape implacable de l'existence féminine. Une officine clandestine, une table recouverte de toile cirée – ou, pour les plus aisées, une clinique impeccable, sans garantie d'échapper au curetage à vif par un boucher décidé à leur faire payer l'indécente liberté qu'elles se sont octroyée –, puis l'humiliation mêlée à la douleur crue. Et, longtemps, la honte ravalée, la solitude.

Edmonde est une figure en vue du monde intellectuel et artistique, elle en impose naturellement, sa parole serait bienvenue en ces temps de combat des femmes pour leurs droits. C'est oublier que toute approbation de sa part éclabousserait le nom des Charles-Roux. Aux yeux de l'Église l'avortement est un infanticide, or François fut ambassadeur auprès du Saint-Siège. À Londres, Jean s'efforce de convertir les anglicans au catholicisme. On est assez bénitier, dans la famille. Il ne faut pas sous-estimer la cohésion de cette tribu, la force de ses diktats, de ses interdits. Il ne faut pas davantage sous-estimer la dévotion d'Edmonde pour ses parents, ni le caractère sacré qu'elle confère au nom qu'elle porte. Elle reste donc silencieuse, laissant ses romans, ses héroïnes, Adrienne, Gabrielle Chanel, Isabelle Eberhardt, parler pour elle.

Néanmoins, à quarante et un ans, son temps est venu de tenir un rôle dans le mouvement qui peu à peu transforme la société. Encore s'agit-il de savoir à quelle place.

Aragon et Genet, jamais en retard d'une manifestation, la prennent sous leur aile, ils vont même lui apprendre à voler. Pour son premier engagement public, Edmonde choisit une cause internationale sous l'égide du Parti communiste français. Il ne s'agit pas strictement du droit des femmes, mais de la lutte des Noirs pour leurs droits.

Angela Davis, jeune universitaire afro-américaine à UCLA[20] et membre du Parti communiste américain, est accusée d'avoir acheté des armes pour une prise d'otages afin de libérer de prison son amant, George Jackson, membre des Black Panthers. Quatre des otages ont été abattus. Malgré l'absence de preuve contre elle, Davis a été arrêtée, elle risque la peine de mort. La mobilisation pour sa libération est internationale. À Paris, Aragon et Edmonde défilent sous les banderoles « Libérez Angela ». Le PCF prépare un grand meeting à la Mutualité, qui se tiendra en octobre. Edmonde est désignée pour présider les discours à la tribune.

C'est fait. Elle a mué en personnalité de gauche. Mais de cela, Chancel ne dit mot.

— Que pensez-vous des femmes en short ? demande-t-il, accroché à sa marotte du moment.

Navrée, dit-elle, mais elle est plutôt pour le mystère, elle appartient à l'école Coco Chanel.

Rien ne le décourage, il triture encore, cherche, pense trouver la faille.

— Vous n'avez pas confiance en vous, mais vous êtes très contente de vous...

Edmonde sourit du bout des dents. Puis, de sa voix la plus douce :

— Contente de moi ? Alors là ! Jacques Chancel, vous mettez complètement à côté de la plaque... Excusez-moi mais vous manquez totalement de psychologie ! Je ne relèverai même pas cette inexactitude !

« Je voudrais demander à Yves de me faire un tailleur. Il me le faudrait pour le 30 octobre. Je serai très photographiée ce jour-là… Non, non, je ne peux pas t'en dire plus. Tu peux t'en occuper ? » Pierre Bergé n'a pas oublié l'appel que lui a passé Edmonde, en septembre 1973. Ni la voix conspiratrice[21].

Gaston et Edmonde. Leurs sept années de semi-clandestinité partagée font d'eux un vieux ménage. Il serait temps d'officialiser. Au fil des ans, la rumeur s'était faufilée. « Gaston en a une nouvelle », plaisantaient les parlementaires de la région qui prennent l'avion du jeudi soir pour Marseille et celui du lundi pour Paris. Sacré Gaston. Et puis un jour, à Orly, ils l'ont vu prendre Edmonde par les épaules. Ils ont compris.

Été 1973. Dans les locaux du *Provençal*, rue Francis-Davso, Lysiane ouvre des yeux innocents sur cette ruche bourdonnante. Elle a vingt ans, arrive tout droit de Nice, ne comprend rien aux lois qui régissent le petit théâtre du quotidien socialiste. Elle sait à peine qui est Gaston Defferre, le patron, sinon que tout le monde l'appelle « le patron ». Lysiane fait un stage dans le cadre de son BTS secrétariat de direction. Toute fraîche, donc, dans cette équipe pléthorique.

Le Provençal a pour principe non explicite d'engager son personnel en raison de ses liens avec le Parti socialiste ou la Résistance, ou encore parce que l'impétrant a un père, un oncle, un cousin dans la place. Tout électron libre qu'elle est, Lysiane occupe un poste stratégique au secrétariat général, chargé des affaires du président, Gaston Defferre, et du directeur général, André Poitevin.

Le 1er août, Gaston part en vacances sur son voilier, à Panarea, une île sans électricité ni eau douce, un paradis en flottaison sur la mer Tyrrhénienne. Edmonde l'accompagne à bord du *Palynodie*, cela toute l'équipe le sait, sauf Lysiane. En septembre il revient bronzé, détendu. Heureux, pour tout dire. En octobre, Michel Vareille, un marin de l'équipage de Gaston, installé dans le bureau de Lysiane faute de lui avoir trouvé une place ailleurs, chuchote à son oreille :

— Eh, petite, faut rien dire, mais il va falloir réserver une voiture, parce que Gaston se marie…

— Mais il est déjà marié !

Toujours pas dans le coup, Lysiane.

Car Gaston a fini par divorcer. À Marseille, on aimait Paly, la discrète, l'élégante, qui savait rester loin de la politique sauf les jours de vote pour déposer son bulletin dans l'urne. Beaucoup la regretteront.

Paly a résisté un peu et Gaston hésité longtemps, mais, comme l'expliquera Edmonde, plutôt froidement : « Gaston était un homme très organisé, marié à une femme charmante. Son ménage marchait bien…

il ne lui a pas donné une chance. Ça a été *ça* ! » (Elle tranche l'air de la main.)

Elle ajoute : « Pour une femme c'est très agréable. Pour une femme, mais pas pour les deux[22]. »

Cruauté des vainqueurs.

Sabine s'avoue satisfaite de son futur gendre. Voilà un homme qui ne craint pas de s'emparer du pouvoir, un résistant de la première heure. Sa poigne s'est refermée sur Marseille, une ville incontrôlable qu'il parvient à contrôler et mieux vaut ignorer de quelle manière. On parle du milieu, d'individus peu recommandables... On dit « les Guérini », Antoine et Barthélemy, ceux-là qui pendant la guerre ont choisi le bon camp, la Résistance. Les deux frères étaient socialistes par tradition, ça n'empêchait pas le business, bars, hôtels, quelques bordels dont les caves servaient de planque aux résistants et aux Juifs. Barthélemy, dit « Mémé », s'est engagé très tôt aux côtés de Gaston. Quand le réseau Brutus a créé sa branche action, les amateurs du coup de feu furent les bienvenus. On y trouvait des militants sincères et des repris de justice, des Corses porte-flingues, on n'était pas trop regardant sur le pedigree des volontaires aux sabotages, du moment qu'ils défendaient un idéal... Chacun risquait sa vie, cela crée des liens durables. Les Guérini ont aidé Defferre à prendre la mairie et *Le Petit Provençal* mitraillettes à la main. Dans la pagaille qui a suivi les premiers jours de la Libération, Gaston a pu compter sur ceux du milieu pour faire régner l'ordre. Sabine se dit que son gendre en garde un petit sentiment pour eux, bien qu'il ait eu l'aplomb d'affirmer à l'Assemblée nationale, en 47, pour répondre à des accusations de collusion : « Je ne connais pas monsieur Guérini ; si je le rencontrais dans la rue, je serais incapable de le reconnaître… » Si, une fois installé à la mairie, Gaston a gardé ses distances avec le milieu, d'autres jouaient les agents de liaison à son profit. Existe-t-il une seule grande ville portuaire au monde qui n'ait pas affaire avec la pègre ? Comme le disait le maréchal Lyautey, un ami de la famille, « on ne gouverne pas le Maroc avec des pucelles », n'est-ce pas ?

Restent les convictions politiques du futur époux pour l'embarrasser. Un socialiste grand teint. La chose passe assez mal auprès de Jean et de Cyprienne. Jean qui tient des discours « tout pleins de vérités – je veux dire d'idées maurrassiennes[23] », si l'on en croit la correspondance du prince Schwarzenberg. Sabine raisonne ses deux aînés : cela aurait pu être pire ! Et puis Gaston est un impavide anticommuniste. Croisons les doigts pour qu'il le reste.

Un autre détail chiffonne la famille. Ce prénom. Gaston. Finalement, Sabine choisit de s'en amuser. « Gaston ! Que de souvenirs ! C'était le prénom du valet de pied de votre père à Rome. »

Edmonde veut bien se marier, mais alors à l'église. Le protestant cévenol deux fois divorcé veut bien, mais alors les photographes seront bannis.

Le mariage civil a lieu le 30 octobre 1973 dans la plus stricte intimité familiale, à Roberty, la propriété que Sabine possède en lisière d'Avignon. Un domaine d'une centaine d'hectares qui abrite un hippodrome.

Quelques semaines plus tard, une poignée d'amis assistent à la cérémonie religieuse en la basilique mineure Saint-Victor. Le chanoine Seinturier, curé de l'abbaye, ainsi qu'un pasteur protestant officient sous les yeux de monseigneur Etchegaray, archevêque de Marseille. Aux yeux de la mariée, ce natif d'Espelette a rang de pape. Ils ne sont pas plus de cinq à être conviés : Marie-Louise Cordesse, sœur de Gaston, et son époux, l'éditeur Bernard Privat, le journaliste Hervé Mille et l'évêque. Discrétion. Pudeur.

Gaston offre à la mariée les clefs d'une ville qui lui ressemble en tout point. Une ville à part. Un puzzle mystérieux. On n'imagine pas Edmonde régnant sur Bordeaux ou Lyon. Mais Marseille, solaire et ombrageuse, frémissante, théâtre antique conçu pour la tragédie, est taillée pour elle, la Méditerranéenne. Marseille, plus marseillaise que provençale. Les hautes collines dont elle est entourée font d'elle un territoire un peu indépendant, qui tourne le dos à la Provence, tout comme Paris est à part de la France. Ce qui fait dire à Gaston, confronté à un local accro à l'éthique : « À Marseille, c'est pas bien pareil qu'ailleurs. »

Elle aurait aimé que Jean soit présent, qu'il soit venu tout exprès de Londres, il aurait assisté à la réalisation de son souhait. En 1944, soucieux de l'avenir qui attendrait sa jeune sœur une fois la guerre derrière eux, il avait écrit à sa mère : « Il lui faudrait un mari capable de lui offrir une situation où elle pourrait épanouir ses dons artistiques si rares, son goût, son intelligence, qu'il s'agisse d'un royaume, d'une ambassade ou, au moins, du salon le plus en vue d'une grande capitale[24]. »

C'est fait.

Madame Defferre ? Grisée, sans trop le dévoiler.

Ingénument heureuse. Elle savoure chaque grain de ces vendanges tardives. Il ne faut pas croire les esprits chagrins qui lui soupçonnent des arrière-pensées, mieux vaut écouter ceux et celles qui ont intimement fréquenté le couple. C'est un amour sincère qui est célébré ce jour-là. Un cadeau du ciel. Deux êtres que portent l'effervescence de l'époque, la chaleur des idéaux de gauche, qui partagent les mêmes ambitions, les mêmes goûts, le même humour. Sans compter les heureux mystères de la chimie intime. Gaston est fou de sa femme, en admiration totale. Bien qu'il soit un homme de pouvoir, un leader de premier plan, ça ne l'empêche pas d'apprécier qu'elle soit ambitieuse, de l'encourager. Il ne voit rien de présomptueux ou de ridicule à ce qu'elle brille par elle-même. Ils n'ont pas d'enfants ? Ils vivront l'un par l'autre.

Oui, il était temps de légitimer leur couple : l'élection présidentielle doit se tenir en 1974, autant dire demain. François Mitterrand sera le candidat du Parti socialiste. En cas de victoire, il compte nommer Gaston Defferre à Matignon.

Depuis qu'Edmonde vit auprès de Gaston, chaque élection nationale lui laisse l'impression d'attendre un train qui n'arrive jamais.

En 1969, ils ont vécu ensemble l'humiliation de ses 5 % à l'élection présidentielle. Il s'agissait de la seconde tentative de Gaston Defferre pour accéder au magistère suprême. La première fois, en 1965, ils ne s'étaient pas encore rencontrés. La gauche était en lambeaux. La figure écrasante du général de Gaulle occupait tout l'espace politique. Encore fougueux,

Defferre avait innové, sur une idée de Jean-Jacques Servan-Schreiber, patron de *L'Express*, en fondant sa précampagne sur les médias grâce à l'orchestration d'un suspense jamais vu dans une campagne électorale française. Ni depuis.

Ce « Monsieur X » qui, selon l'hebdomadaire, oserait défier le Sauveur de la patrie, et dont on ne connaissait ni le nom ni le visage, était Gaston. Une fois l'identité de « Monsieur X » révélée par *Le Canard enchaîné*, le procédé fit flop et Defferre fut obligé de se retirer. François Mitterrand se présenta *in extremis*, adossé au Parti communiste, et réussit à mettre le Général en ballottage.

Quatre ans plus tard, le départ du général de Gaulle provoquait des présidentielles anticipées. Defferre avait pris Mitterrand de vitesse et déclaré sa candidature au titre de la SFIO. Cette fois, Edmonde observait la campagne de près mais toujours depuis les coulisses. À Paris, Gaston avait installé son QG dans les locaux de l'Agence centrale de presse, dont il était le patron. Sur les Grands Boulevards, au-dessus d'un bistrot, à dix mètres des néons de l'Olympia. Georges Pompidou fut élu. Edmonde dut faire bonne figure en dépit du score pitoyable… 5,1 %.

À présent, ce 19 mai 1974.

Mitterrand est à la tête du tout nouveau Parti socialiste et Defferre le soutient loyalement. Le temps des crocs-en-jambe est révolu. La SFIO n'est plus qu'une vieille dépouille. François Mitterrand a consolidé le virage de l'union de la gauche, du rapprochement avec le Parti communiste français, ensemble ils ont signé le Programme commun de gouvernement, précisément le type d'alliance que Defferre a toujours rejeté, mais, pragmatique, il sait reconnaître une stratégie qui peut mener à la conquête du pouvoir et à la transformation de la société. C'est sans rancune qu'il soulève son chapeau au passage de l'artiste.

Edmonde, elle, est aux anges. Elle vit une sorte d'épiphanie romantique. C'est une époque où la politique se vit sur le mode affectif : ses camarades des deux bords signent ensemble le même programme. Marchais et Mitterrand posent côte à côte devant l'objectif des photographes ! Et Gaston est dans le coup !

Pourtant, au soir du 19 mai, Valéry Giscard d'Estaing est élu président de la République avec 50,81 % des voix. Le candidat de l'union de la gauche recueille 49,19 % des suffrages.

Un périple Cuba-Guadeloupe-Martinique et Cayenne arrive à point pour entretenir la flamme militante. Il s'agit probablement de la première sortie officielle de madame Defferre. Une délégation du PS, François Mitterrand, Gaston Defferre, André Rousselet – grand argentier des campagnes présidentielles de Mitterrand – accompagnés de leurs épouses, part célébrer le quinzième anniversaire du « triomphe de la révolution cubaine ».

À en croire les clichés de presse, le petit groupe succombe au parfum capiteux du romantisme révolutionnaire.

Photo n° 1. Danielle Mitterrand et Edmonde en robe à fleurs, passées au bronze du soleil caribéen, encombrées de bouquets tropicaux géants. Elles sont radieuses et, à l'évidence, en sympathie.

Photo n° 2. Danielle et François et Gaston, détendus, sur un plateau de télévision, dans un canapé, amusés par ce qui semble se produire hors champ. Le complet-veston des deux Français est en total décalage avec les chemises à fleurs des autres et, vision plutôt rare, ils sont prêts à éclater de rire.

Photo n° 3. Les soirées cubaines. Salle bondée, tables dressées de nappes blanches où reposent les cadavres de Cubanero Fuerte, la blonde locale. Aux tables d'honneur, Mitterrand, Defferre, et Edmonde dont le regard est masqué par des lunettes noires géantes, toute de blanc vêtue. Tournés vers la scène, ils applaudissent à tout rompre… Qui ? Un groupe de musiciens ? Le discours d'un dignitaire révolutionnaire ? Au vu de l'allégresse, on penche pour la rumba.

François Mitterrand n'est pas un étranger pour Edmonde. Gaston le lui a présenté dès le congrès d'Épinay, en 1971, faisant de lui un vague complice de leur relation imparfaitement camouflée. Savaient-ils, ces deux hors-la-loi du mariage, que Mitterrand vivait un amour profond et obsédant pour une jeune femme, Anne Pingeot, qu'il dissimulait comme on protège un trésor ?

Ils l'ont d'abord croisée sans rien deviner. C'était un soir d'opéra à Paris, un Paris luisant de pluie. Edmonde et Gaston ont été rejoints à leur place par le leader socialiste. Le siège à sa droite restait libre. Edmonde interrogea : « Danielle ne vient pas ? » Mitterrand fit non. Soudain, une très jeune femme trempée de la tête aux pieds arriva. Elle avait traversé Paris à vélo sous les hallebardes. François la présenta :

« Anne Pingeot. » Rien d'autre. Rien que l'on pût soupçonner, mais aux yeux de tous.

Longtemps rivaux, les deux hommes se sont apprivoisés, mieux, ils sont devenus, sinon intimes, amis. Mitterrand admire l'inflexibilité de Gaston, quand celui-ci célèbre sa finesse politique. Quant à Edmonde, sa personnalité intrigue Mitterrand. Assez vite, leur goût commun pour la littérature et la beauté, leur art de la discussion et de ses détours firent leur travail de rapprochement. En 1973, François Mitterrand lui écrivait : « Ce petit mot a attendu que me parvienne cette originale de Giono, que j'aime, pour aller jusqu'à vous. Il vous dira mes vœux, mon affection, le sentiment que nous avons devant nous un long itinéraire d'amitié – et vous, de vie profonde et sûre[25]. »

La Havane, Santiago, Varadero, visites d'écoles, d'installations de fermes laitières, de maisons populaires en construction, rencontre avec la Fédération des femmes cubaines… Tout ça en cinq jours et en Jeep. Il arrive que leur chauffeur ne soit autre que le Lider Maximo soi-même. Photo. Et partout la cohue, les mains tendues, la touffeur. Photo. Edmonde fait son apprentissage en mode accéléré. Impeccable toujours, comme sans doute le fut Sabine au long de sa carrière d'épouse d'ambassadeur.

Fidèle soutien de la révolution cubaine, Régis Debray fait une apparition, auréolé de son passé d'ancien prisonnier des prisons boliviennes, de son compagnonnage avec Che Guevara. Un cliché de presse le montre qui discute avec Fidel Castro sous le regard amical de Gaston. Mitterrand a tombé la veste. En chemise blanche, seul à garder le poil sec parmi cette foule, il fixe Castro, tel un sphinx de pierre. C'est que, la veille, la délégation a eu droit à un discours poli et propagandiste débité par une fillette haute comme trois pommes. Mitterrand subitement outré. On n'utilise pas des gamins à des fins politiques. Il s'était fermé comme une huître.

Puis direction Pointe-à-Pitre pour rencontrer la fédération socialiste locale. Ils n'ont pas volé les langoustes grillées et crabes farcis dégustés pieds dans l'eau à la Grande Voile. Régis Debray se souvient de ce séjour outre-mer[26]. Rustique. Cocasserie et bonne humeur. Une seule douche pour toute la compagnie. Ainsi, pas encore débarbouillés, à la queue leu leu, le couple Mitterrand, Gaston, Edmonde, Debray lui-même, serviette de toilette sur le bras, attendant leur tour en papotant. L'esprit Club Med, en quelque sorte.

À son retour à Marseille, Gaston se livre à un exercice d'équilibriste dans une série de longs articles publiés dans *Le Provençal*, afin de vanter un socialisme à la cubaine contraint par le blocus américain de se tourner vers l'URSS, dont il continue d'exécrer le régime. En revanche, il fustige l'impérialisme américain avec la satisfaction d'être en plein accord avec son hôte cubain.

Madame Defferre a des idées pour la carrière de son mari. Les dernières présidentielles ont convaincu l'équipe socialiste que, pour gagner une élection, il faut crever l'écran. Les temps nouveaux sont là où la forme prend le pas sur le contenu. Le manque d'aisance de François Mitterrand devant les caméras lui a coûté sa victoire face au fringant Valéry Giscard d'Estaing. Gaston souffre de la même faiblesse. Sous l'œil froid de la caméra il se fige et s'éteint, panache en berne.

Edmonde préconise donc un entraînement de sportif de haut niveau. D'autant que la télévision vient d'inventer le débat politique. Elle pense avoir trouvé l'entraîneur adéquat. Gaston n'a rien à refuser à sa femme, il accepte donc d'être confié aux bons soins du poids léger Jean Genet.

Genet les a prévenus : « La politique française, je m'en fous, ça ne m'intéresse pas. » Cela dit, il accepte. Lui non plus n'a rien à refuser à Edmonde. Elle a connu l'écrivain à l'époque où il posait pour Giacometti, aux temps bénis de L'Esturgeon et de la joyeuse bande qui entourait Derain. Elle lui avait passé commande d'articles pour *Vogue*. Une drôle d'amitié s'était engagée alors entre celle qui incarne à son degré ultime la classe dominante que Genet rejette et vomit – « mes tortionnaires », dit-il – et le délinquant, l'habitué des séjours à la Santé, l'échappé de justesse à la perpétuité. On connaît la tendresse d'Edmonde pour la marge, les zones obscures, les proscrits poursuivis par une malédiction. Les imprévisibles. Et les talents qui confinent au génie.

Mais d'où vient l'intérêt de Genet pour Edmonde ? Peut-être a-t-il reconnu en elle cette manière, qui est aussi la sienne, de tenir à distance les adversaires en respectant leurs règles.

Il se dit né dans une poubelle. Mais il choisit d'écrire dans le beau langage et non en argot, sa langue natale, puisque pour être entendu de ses ennemis, il lui faut parler leur langue.

Elle est née dans un corset et arbore tous les signes de respectabilité propres à sa caste, qui sont autant de leurres pour vivre sa vie telle qu'elle l'entend, amours et amitiés ou orientations politiques, scandaleuses aux yeux de son milieu d'origine. Edmonde est une eau trouble, elle s'en cache. Le regard d'une extraordinaire acuité de Jean Genet l'a-t-il percée à jour ?

Un lien les attache fortement, solaire entre tous : la passion de la Méditerranée et du Moyen-Orient, du Maroc surtout, « C'est une musique que j'ai toujours eue dans l'oreille », dit-elle. Enfin, le bref engagement de Genet dans les rangs de la Légion étrangère scelle leur amitié. Edmonde en est vivandière d'honneur. Les képis blancs sont le plus sûr chemin vers son cœur. Est-ce cette expérience partagée qui l'autorisera à dire : « Genet est l'un des hommes qui connaissait le mieux ma vie[27] » ? Elle-même le connaît mieux qu'il ne le croit : un être très seul, très malheureux, douloureux. À qui il faut toujours prouver qu'il est le plus important au monde. « Ça l'éblouissait, Jean, de se sentir aimé », dira-t-elle. Et lui qui au premier malentendu « jette ses amis comme des Kleenex » choisit de la garder.

L'improbable a donc lieu. Le mauvais garçon, l'auteur de *Querelle de Brest*, des *Paravents*, l'interdit de droit de vote, prend en main le protestant cévenol. Aussitôt on mesure la distance qu'il y a de la Terre à la Lune. Son enseignement se résumera en une phrase : « La télé vous offre un ring. Cognez ! »

Gaston Defferre met donc K-O Edgar Faure, qui ne s'y attendait pas.

La performance a lieu lors du face-à-face qui les oppose dans l'émission politique très regardée, *À armes égales*. Le ministre des Affaires sociales a un cheveu sur la langue. Le maire de Marseille avale les mots.

Quel spectacle !

Sorti grand gagnant du combat, Gaston comprend enfin le mystérieux fonctionnement du média télé : « Les gens ne se rappellent pas ce que vous avez dit, mais seulement qu'il y a un vaincu et un vainqueur. »

Le Provençal a déménagé. Il a quitté la proximité du Vieux-Port pour des bâtiments plus vastes, dans le 15e arrondissement de Marseille. L'arrivée officielle d'Edmonde dans la vie de Gaston oblige à lui trouver un bureau. Il sera contigu à celui du président.

Très rapidement, l'influence d'Edmonde indispose la rédaction, qui tournait fort bien sans elle.

L'influence d'Edmonde sur Gaston. Un poème.

« François Mitterrand la craignait, assure Jean-Pierre Chevènement, il en était un peu jaloux, bien qu'il aimât beaucoup Edmonde[28]. » Même crainte au *Provençal*, où un bruit court : « Elle le téléguide en douce. » Sinon, comment expliquer que le patron parte déjeuner après avoir validé le chemin de fer[29] et qu'à son retour il chamboule tout ?

Il y a aussi ces mondanités dans lesquelles elle l'entraîne et qui le retiennent à Paris, loin d'eux et de sa vieille garde fidèle. Une expression fait son apparition dans les conversations : gauche caviar.

Un jour, les journalistes du *Provençal* apprennent la création d'une rubrique d'actualités, confiée à Edmonde. « Le monde comme il va » se taille un franc succès auprès des lecteurs des Bouches-du-Rhône, tant la personnalité de la nouvelle madame Defferre les intrigue et leur en impose.

Ils la lisent, et la rebaptisent aussitôt « Edmonde comme elle va ».

D'où vient sa gauche ? Moi je suis de gauche, mais elle, d'où ça sort ? Certainement pas du snobisme, elle en était incapable.

Jean-Claude Fasquelle,
entretien avec l'auteure, décembre 2016

Aux étonnés, Edmonde répond, placide : « C'est anatomique. Le cœur est à gauche. » Ou bien, les jours d'espièglerie : « On m'a fait voyager alors que j'étais bébé, mes fontanelles n'étaient pas refermées… »

La première explication est irréfutable, la seconde participe de la légende familiale, elle expliquerait même les nombreuses bizarreries d'Edmonde.

Il y a eu la guerre, bien sûr, qui a fait valser ses préjugés de classe. Il y a eu, jamais ouvertement dite sinon entre les lignes dans une lettre à François Nourissier, son « expérience détestable de l'abominable bourgeoisie[30] », dont on ne sait ce qu'elle recouvre. Il y a eu Aragon : « Il m'a énormément aidée à prendre conscience de ce qu'étaient les communistes, ce qu'ils représentaient dans l'histoire de la France[31]. »

Sa gauche.

« Elle a un peu trahi sa classe », lâche une parente par alliance, qui a refusé de l'inviter à son mariage, « juste un faire-part ». Encore agacée, vingt ans plus tard, par la désinvolture affichée d'Edmonde vis-à-vis de leur milieu. « Elle a toujours voulu choquer sa famille. Elle disait “Salut, comment tu vas ?” au lieu du traditionnel “Bonjour”… C’était un peu révolutionnaire, non ? » On se représente mal Edmonde dans le registre de la familiarité. Mais on peut imaginer Paul Morand, une connaissance de longue date de François et Sabine, haussant un sourcil désabusé tandis qu’il écrit dans son *Journal inutile* : « Curieux, Edmonde Charles-Roux défilant aux fêtes de l’Humanité, dont les livres sont salués par des articles d’Aragon dans *Les Lettres françaises*, etc. Quand on pense qu’elle est la sœur de Cyprienne Del Drago[32]. »

Le général de Gaulle lui-même y était allé de sa remontrance, lors d’un 14-Juillet dans les jardins de l’Élysée, à l’époque d’*Oublier Palerme* : « Madame, vous écrivez bien, mais vous votez mal. »

Ajoutons le soupir de l’académicien et écrivain Angelo Rinaldi : « Elle était de gauche comme je suis archevêque[33] ! »

Bref, à droite comme à gauche, chacun a son opinion sur les sympathies politiques d’Edmonde. Jusqu’aux militants communistes, tel Charles Silvestre, longtemps journaliste puis rédacteur en chef à *L’Humanité*, admirateur inconditionnel d’Edmonde, mais horrifié quand il avait appris ses liens avec Gaston. « Le regard que j’avais sur Defferre à l’époque, c’était celui que l’on pose sur un renard. Un animal très intéressant : malin, redoutable, en général il faut s’en méfier… Donc que cette femme très élégante, pleine d’esprit, soit la “complice” d’un homme comme lui me paraissait inexplicable. Selon le vocabulaire d'alors, c'était un social-traître. Un socialiste qui trahissait le socialisme[34]. »

Le monde vivait dans l'équilibre de la terreur. Un monde en noir et blanc. Bloc de l'Est contre celui de l'Ouest. Époque violente que ces années soixante et soixante-dix, encore démangées par les blessures à vif de la guerre.

Pudique, François Nourissier s'interroge. « La politique se mit-elle ou non, avec Edmonde, en travers de notre amitié ? Un moment je le craignis et peut-être le coup passa-t-il si près que le chapeau tomba[35]... »

Intraitable Edmonde. Sa véhémence s'amplifiera dès lors que le PS aura conquis le pouvoir. « Je l'ai vue tourner les talons à des gens de gauche dès qu'ils s'approchaient du centre gauche », dit un de ses fidèles amis. Elle fait une bonne prêcheuse, aussi le Parti socialiste la mandate-t-il pour sortir Aragon du PC. Imaginons ça, Aragon quittant avec fracas le Parti communiste, en disant « ces staliniens... », c'eût été une prise majeure pour les socialistes. Mais le poète n'était pas dupe, lui-même avait tenté de débaucher Edmonde en sens inverse des années plus tôt.

Cela finira par donner :

— Louis, tu viens à la Fête de la Rose ?

— Non, non, moi ma fête, c'est la Fête de l'Humanité.

Edmonde Charles-Roux, du Saint-Siège à la Courneuve, pourrait-on dire.

« C'est une trajectoire assez rare, opine Régis Debray. Je n'en connais pas d'équivalent. Quant à l'inverse… Comme le disait Mitterrand : “On passe normalement de gauche à droite, mais de droite à gauche ça ne se fait pas[36].” »

Les gens ont la vue courte. Ils voient le pouvoir, les privilèges, l'influence, deux ambitions qui s'épaulent, la raison sociale, madame Defferre. Voilà ce qu'ils voient. Autant dire pas grand-chose.

Que font-ils de la vie réelle, la vie plus vraie et profonde des minuscules habitudes partagées ?

Le destin vient de lui faire un de ces cadeaux éphémères dont il a le secret : l'exploration d'un continent qui lui était inconnu, la vie à deux. Le café du matin, le plaisir de le préparer pour lui, comme il aime, avec deux sucres, pendant qu'il s'affaire dans la salle de bains avant de se plonger dans ses dossiers, de partir pour l'Assemblée ou pour la mairie. De veiller sur la parfaite tenue des costumes, des chemises, des souliers qui doivent être impeccablement cirés. Autant de gestes qu'elle n'a jamais accomplis pour un homme. Quelle banalité, direz-vous. Combien de femmes répètent-elles la même routine sur notre planète ? Parfois sans y penser. Parfois exaspérées. Ou pressées. Pourtant, bien des années plus tard, devenue veuve et, en ce jour de 2010, incapable de retenir ses émotions – elles sont d'intense magnitude chez une femme si souvent accusée de froideur –, leur souvenir surgira au cours d'une conversation avec Thamar et Genilde Kinsky. Edmonde a invité ses vieilles amies à déjeuner dans un salon du restaurant Drouant, dont elle est devenue sociétaire à vie, par la grâce de l'académie Goncourt. Edmonde vient de fêter ses quatre-vingt-dix ans, et ces retrouvailles avec les deux femmes, donc avec l'âge d'or des Charles-Roux, neutralise la tristesse qui la gagne de plus en plus souvent. Elle leur parle de Gaston quand, soudain : « J'étais tellement heureuse de lui faire son petit déjeuner à 6 heures du matin… Dire qu'avant moi il n'avait personne pour le lui préparer ! »

Il y a tellement de tendresse, tellement de regrets dans ces mots que Thamar en reste saisie. Edmonde la secrète, la femme de pouvoir, droite toujours, aurait pu évoquer n'importe quel autre épisode de leur vie caracolante, mais au moment de craquer, car les amies tchèques perçoivent que ça ne va pas, le livre auquel elle travaille depuis si longtemps n'avance pas, bloque, l'angoisse, la confronte à l'impuissance redoutée du grand âge, cela Edmonde le leur a fait comprendre à mi-mot, eh bien ce qui lui jaillit du cœur, qui lui manque affreusement et coiffe au poteau tous les autres instants signifiants ou flamboyants qu'elle a vécus avec son mari, ce sont les gestes domestiques, intimes, les plus modestes, autour desquels s'organise la vie de tous les jours.

« Avant moi… personne pour le lui préparer… » Incorrigible Edmonde, qui gomme du tableau Paly et ses vingt-cinq années de ménage avec Gaston.

À leur divorce, Gaston a tout laissé à Paly, sauf son

bateau, sauf son groupe de presse. Il acquiert deux appartements rue Neuve-Sainte-Catherine, une rue qui grimpe, grimpe, grimpe jusqu'à dominer le port, au dernier étage d'un immeuble simple, tracé au cordeau dans les années cinquante. Les lieux manquent de cachet croit-on, jusqu'à ce que l'on franchisse le seuil de la baie vitrée, puis la terrasse, là, éblouissement. Le Vieux-Port offre ses voiliers au repos, l'imposant fort Saint-Jean, ultime chef-d'œuvre de pierre blonde dressé sur le chemin du grand large et, au-delà, vers le soleil couchant, on aperçoit L'Estaque, on distingue même les va-et-vient de ses pointus.

Gaston est un marin chevronné, capable de vivre dans une cabine exiguë, c'est dire s'il se fiche de la décoration de son appartement. Il adopte donc l'esprit camping. Quelques meubles Prisunic, enseigne alors très chic et économique, et armoires en tissu. Beaucoup plus tard, Edmonde prendra les choses en main pour en faire un nid orientaliste, mais pour l'heure, ils réservent les signes de raffinement à la ville. En tant que « première dame » de Marseille, fonction qu'elle entend aborder au sens aristocratique du terme, Edmonde recevra « chez elle ». Elle s'attelle à rendre leur beauté aux résidences officielles de la municipalité. Restauration du château Borély afin qu'il accueille des hôtes de marque. Réhabilitation minutieuse du palais du Pharo, beauté Second Empire pour laquelle elle ne ménage ni sa peine ni son plaisir. Elle court l'Italie et retrouve avec ravissement les modèles d'origine des soies qui décoraient les murs, et les fait reproduire. À Marseille même, elle déniche un artisan capable de recréer des lustres qui font revivre les fastes de l'époque. C'est là, désormais, que la Ville donnera ses plus belles réceptions. Ensuite, elle s'attaquera à un projet plus personnel, la réhabilitation de la Villa provençale pour la mettre à l'abri du temps. La propriété de Montredon est chère à son cœur. C'est dans cette campagne, auprès de la comtesse Pastré et de sa colonie d'artistes, que pendant l'Occupation elle venait respirer l'esprit de liberté. Pierre Bergé voyait dans ce drôle de retour des choses le signe de son snobisme marseillais. « Elle a toujours eu Lily Pastré en point de mire, Lily grande personnalité provençale. C'est ce qu'elle voulait être[37]. » Elle y parviendra et deviendra l'hôtesse de ce lieu où, néanmoins, continue de flotter le parfum inimitable de la comtesse.

Femme du proconsul ? C'est ainsi qu'on la voit ? Soit. Mais il arrive que des doutes la tracassent. Qu'en est-il de sa légitimité aux yeux des Marseillais ? « Je suis de nulle part. » Gaston la rassure. Lui non plus n'est pas d'ici. Il n'a même pas l'accent d'ici ! Il est né à Marsillargues dans l'Hérault. Il ne cherche pas à faire peuple, et quand il va serrer la main d'un ami au boulodrome, il est habillé comme pour une cérémonie de mariage. Est-ce que ça l'a empêché d'être adopté par sa ville ? D'avoir tissé avec elle un lien charnel et profond ? « Enfin, Edmonde, soyons sérieux... Tu as cinq générations de Provençaux derrière toi... Tu es de Provence ! »

Il existe chez les Charles-Roux comme chez les Gounelle, sa branche maternelle, une sorte de règlement intérieur en vigueur depuis des lustres. Pas un seul de leurs enfants qui soit né hors des frontières provençales. D'ailleurs, Edmonde aurait vu le jour à

Marseille si sa mère n'avait perdu les eaux en gare de Lyon. Sabine avait accouché à Neuilly, autant dire au pôle Nord.

Le prestige de ses aïeux marseillais devrait la rassurer, tout comme la trace qu'ils ont laissée sur la ville, même si aujourd'hui encore la réputation de son grand-père, Jules Charles-Roux, occulte de son ombre les autres membres de la tribu. Jules, « le grand Marseillais de Paris[38] », qui renouait avec l'idéal de la Renaissance, c'est-à-dire qu'il était un homme complet. Industriel, scientifique, mais imprégné de la culture artistique de son époque, ami de Frédéric Mistral et d'Alphonse Daudet, mécène des peintres Monticelli et Torrents. Soutien et ami de celui qui deviendra le maréchal Lyautey. Homme politique, écrivain, armateur bientôt patron de la Compagnie générale transatlantique, vice-président de la Compagnie universelle du canal maritime de Suez, dont il a suivi l'aventure depuis le percement de l'isthme, aux côtés de Ferdinand de Lesseps. Edmonde ne l'a pas connu, ce géant mort deux ans avant sa naissance, mais elle en parle avec tant de conviction, de ferveur et de détails que son interlocuteur est persuadé que, dans son enfance, elle a sauté sur les genoux de ce grand-père et lui a tiré les moustaches.

Chez les Gounelle, l'esprit bourgeois est davantage conformiste. Leur fortune baigne dans d'immenses cuves de teinture garance. Longtemps leurs usines ont fourni l'armée française. Une fortune stoppée net quand, selon les mots d'Edmonde, « on a préféré la vie des hommes à la couleur de leurs pantalons », plus exactement quand l'état-major militaire a compris que lancer sur les champs de bataille des pioupious en pantalon rouge revenait à lâcher une compagnie de lapins sur les lignes ennemies. On les tirait comme à la chasse. En adoptant le bleu horizon, la Grande Guerre a mis fin à la prospérité des Gounelle.

Très vite, Edmonde remarque que dans les rues de Marseille on la salue d'un « madame Defferre » chaleureux. « Madame Charles-Roux » semble réservé à Paris.

Madame Defferre. Elle en est fière et ravie, non par amour-propre, mais parce qu'elle y voit le signe de l'affection que les Marseillais portent à leur maire.

Les Marseillais, eux, sont au cinéma, plus les mois passent, plus ils ont l'impression de voir vivre un couple mythique, comme qui dirait Sartre et Beauvoir. Chacun rayonne dans son domaine. Elle, qui paraît à la télévision pour parler de ses livres dont chacun est un énorme succès de librairie. Elle est belle, dit des choses intelligentes, voire inattendues. Parle de l'amour, de la mode, de l'art aussi facilement que de la politique. Le temps approche où *Le Monde* fera état d'un sondage selon lequel les femmes ne rêvent plus d'être Brigitte Bardot mais Françoise Sagan ou Edmonde Charles-Roux pour les écrivains, Jacqueline Baudrier ou Francine Gomez pour les femmes d'affaires, Gisèle Halimi ou Benoîte Groult pour les féministes. Les sondées estiment aussi que la femme qui exerce la plus grande influence est Simone Veil (63,5 %)[39]. Cela veut dire que les Françaises ont une nouvelle conscience politique et qu'Edmonde en est l'une des incarnations.

Son image de duchesse « dans le coup » flatte la

ville et lui redonne une respectabilité où les Marseillais s'étaient appliqués à faire quelques accrocs. Et voilà la Canebière soudain hissée au niveau des Champs-Élysées, puisque, dès qu'elle ouvre la bouche et où qu'elle soit, Edmonde chante les louanges de Marseille.

Bref, le couple plaît.

De son côté, Edmonde découvre que plus ils vivent ensemble, plus ils s'aiment. C'est une merveille que d'être à deux sur un pied d'égalité, sans bataille d'ego. Là encore, Gaston est formidable. Il y a le responsable politique et l'écrivaine. À chacun son domaine. Lorsque Edmonde avance en terrain politique, elle le fait en se posant toujours la question de sa légitimité. Humiliée à l'avance que l'on puisse imaginer quelque faveur que lui feraient Gaston ou ses amis.

Dans les circonstances délicates, elle aimerait pouvoir compter sur le soutien de sa mère. Mais Sabine n'arrive pas à surmonter la réticence que lui inspire le caractère indépendant de sa fille, elle qui n'a jamais appris à vivre pour ses propres ambitions. En son siècle, l'ambition n'était pas une affaire de femmes.

Quand, en juillet 1975, Edmonde est nommée à la présidence du comité chargé par les partis de gauche de contrôler l'objectivité de l'information radiotélévisée, reçoit-elle les félicitations de sa mère ? On ne le sait. Mais Sabine écrit à Gaston, et sans doute ironise-t-elle, imagine-t-elle une intervention de son gendre en faveur d'Edmonde, on le devine à la réponse, très claire, que celui-ci lui fait. Il rappelle à sa belle-mère qu'Edmonde a été désignée en sa qualité d'écrivaine et de journaliste, qu'elle était célèbre bien avant de le connaître. Sabine peut donc être fière de sa fille. Le ton qu'il emploie sous-entend : chose rare chez vous.

Enfin, l'estocade, pour signifier qu'elle n'a pas été choisie pour son nom d'emprunt mais qu'elle existe par elle-même : « Elle s'appelle CHARLES-ROUX comme vous. J'oserai même dire plus que vous. Aux termes de la loi en effet, une femme conserve son nom de jeune fille et le fait de porter le nom du mari n'est qu'un usage[40]. »

Il a osé. Sabine ne l'en respectera que davantage.

Il a osé. Que c'est bon.

Je vois maintenant quel monstre de travail c'est, Edmonde ! Son livre écrase tous les autres de la même file. J'avoue, il est vrai, que je comprends de moins en moins comment elle a pu donner tellement de temps et de travail pour écrire la vie d'une femme qui l'a payée de ces peines-ci en la traitant de salope, et laquelle Edmonde elle-même – comment m'exprimer ? –, enfin, laquelle Edmonde elle-même traite de pas grand-chose.

Lettre de Charles Schwarzenberg
à Sabine Charles-Roux, datée du 13 juin,
à l'occasion de la publication de *L'Irrégulière*

Mettons les choses au point : c'est Gabrielle qui a pris l'initiative, avec l'idée flatteuse pour Edmonde de lui passer commande de sa biographie. Quel tremplin, se voir hissée d'un coup au rang d'élue par celle qui a tout osé, y compris mettre les femmes en pantalon, et dont le style épuré a porté un coup fatal à l'excentricité ! *Out* les Shéhérazade gazouillantes voulues par Poiret. Reléguées au rayon motifs de papier peint, les exubérances décoratives de Schiaparelli.

Edmonde garde en mémoire le come-back tragique de 1953. Inouï. La collection éreintée par la presse, le cran face aux mâchoires venues la dévorer. « Vous m'avez piétinée, vous ne m'avez pas convaincue », aurait pu dire Chanel, à la manière de Genet. Gabrielle Chanel, soixante-dix ans, dressée tel un crotale sur les marches de l'escalier-miroir. Ses contempteurs en furent pour leurs frais. Assez rapidement, le *Times* titrait « *The buyers are buying* ». Les jeunes clientes américaines avaient adoré ces tailleurs tout simples, tout souples, qui permettaient de trotter sans entraves. Mademoiselle Chanel ? Connais pas, s'étonnaient-elles. Elles étaient des gamines, quatorze ans plus tôt, quand la créatrice avait fermé sa maison de couture. Le miracle de 1914 s'accomplissait pour la deuxième fois : que Chanel paraisse, elle fanait aussitôt ce qui l'avait précédée.

Revenons à cette biographie. Nous sommes dans les années soixante, Edmonde dirige la rédaction de *Vogue*, elle est donc un personnage influent. Edmonde invitée à déjeuner plus qu'à son tour – 13 heures précises, je vous prie – dans l'appartement privé de la rue Cambon, au point qu'elle s'imagine une amitié. Terriblement flattée, mais consciente de l'épreuve en embuscade car on ne compte plus les amis écrivains ou journalistes sollicités par Coco qui renoncent, lassés de ses fantaisies, ou dont elle même se fatigue. Paul Morand, Louise de Vilmorin, Georges Kessel, Pierre Galante, Yves Salgues, Gaston Bonheur. Ces Mémoires dont Chanel rêve seraient-ils menaçants une fois fixés sur le papier ? Alors Gabrielle brode, s'adonne au flou. « Je suis née à Mouteils. »

Mouteils.

De retour à son bureau, Edmonde cherche comme une damnée ce Mouteils. Patelin inconnu. Elle peste contre cette crampe de la menterie, finira par deviner. Il s'agit de la contraction de Moulins et de Ponteils, deux lieux symboliques, Ponteils étant le berceau des Chanel. Coco brouille les pistes.

L'écouter reste un spectacle captivant.

Ont-ils, les prestigieux recalés de ces impossibles Mémoires, été saisis par sa grâce et son naturel, par ce parler français n'appartenant qu'à elle, qui est comme une caresse et épate Edmonde ? Chanel, lovée dans son immense canapé de daim fauve, fume, raconte, ses phrases crépitent. Canotier au ras des yeux, le regard un peu rapace qui épingle sa proie captive, crédule, conquise. Edmonde admire. L'arc parfait des sourcils dessiné au crayon gras, le nez droit aux narines larges et le cou liane… Malgré les affaissements de l'âge, la confidence qu'Edmonde tient de Cecil Beaton reste juste : « Je n'ai rencontré qu'une femme qui avait pareil mystère dans sa beauté et c'est Greta Garbo. »

Le projet à deux s'éteint de lui-même.

Trop tard. L'enfance secrète qu'Edmonde a entrevue dans la vaste forêt de contes où l'entraînait Chanel, cette histoire clignote, l'appelle, l'intrigue. Elle pressent un trompe-l'œil diabolique, l'ensemble a la cohérence de la réalité et pourtant rien n'est réel. Chanel lui ment, or il ne faut jamais mentir à celle que passionnent les dessous, les secrets, les replis les plus sombres. Chanel ment, elle est donc ce qu'elle cache.

Égarée par la convoitise, Edmonde enquête à l'insu de son modèle. Avec l'intrépidité d'un général romain, elle déploie ses troupes sur le Massif central. Des légions de *Vogue*, Simonne Brousse en tête, chargée de la rubrique tourisme, partent à l'assaut de la vérité et de témoignages. Aux frais du magazine. Pas un village, pas un hospice de vieillards, voire un cimetière, qui ne soit visité. Les humbles témoins de cette vieille histoire tombent comme feuilles d'automne, Edmonde arrive en dernière seconde et moissonne.

Jusqu'au jour où Coco découvre le pot aux roses.

La scène est racontée par Pierre Galante, dans son livre *Les Années Chanel*[41]. « Mon inestimable tante… Nous avons reçu récemment la visite de mademoiselle

Edmonde Charles-Roux, qui fait une enquête pour écrire un livre sur vous. Que faut-il lui répondre ? »

Écumante, l'Inestimable brandit la lettre au nez de Serge Lifar, qui lui rendait une visite amicale rue Cambon et se fera un plaisir de raconter l'épisode à ses amis, parmi lesquels Jacques Chazot. « Quelle salope ! » On tente de calmer Mademoiselle. Une colère pareille à son âge… « Foutez-moi la paix, je vous dis que c'est une salope ! »

Suit le châtiment divin, l'ultime déjeuner rue Cambon à l'ombre des fameux paravents de Coromandel. Il y a là Lilou Marquand, secrétaire de Chanel, mille fois renvoyée, cinq cents fois réengagée. Ce jour-là, Edmonde semble particulièrement intéressée par Clermont-Ferrand, elle questionne son hôtesse, beaucoup et trop longtemps. « Vous me parlez beaucoup de l'Auvergne… Est-ce que vous enquêteriez sur moi ? Vous préparez quelque chose ? » La fautive n'a plus qu'à avouer. « Oui… un livre[42]. »

Edmonde congédiée comme une bonne par la voix tranchante qui la prie de ne plus jamais remettre les pieds dans les lieux. Il faut sortir, tête haute, le dos lacéré par les yeux de jais qui la suivent et la maudissent.

« Je n'aime pas beaucoup les femmes, elles vous bouffent vos phosphates[43] », confiera Chanel à son amie Claude Delay.

Assistons-nous à la fin d'une amitié ? Les conventions du langage permettront à Edmonde de se prévaloir d'une relation qui n'a jamais existé comme telle. Face aux micros, elle affirmera avoir passé de nombreuses années de sa vie de journaliste à déjeuner et à dîner avec elle, trois ou quatre fois par semaine : « Par métier j'étais amenée chez elle, j'ai commencé par y aller par obligation, ensuite par amitié. » Laquelle induit la réciprocité, à sens unique elle n'existe pas.

Celles qui furent les familières de Chanel disent une autre chanson. « Chanel la détestait. » La trouvait perchée, snob. À l'opposé du naturel qu'elle aimait. Elle eut le geste vif, Chanel, pour trancher la belle tête au profil d'Arlésienne : « Fille d'ambassadeur, ambassadeur moi-même[44]. » Essayez de vous prendre au sérieux, après cela. Quant à l'évanescente Cyprienne, princesse Del Drago, Claude Delay se rappelle Mademoiselle la rabrouant d'un : « Pourquoi parlez-vous avec cet accent ? Vous n'êtes pas italienne ! » Décidément, le charme des Charles-Roux se brisait sur les défenses hérissées de la Cévenole qui soupirait : « Les "genses du monde", toujours un peu faisandés[45]. »

Empêchée d'écrire le roman de Gabrielle du vivant de celle-ci, Edmonde reprend son projet à son décès.

Elle se plonge dans ses notes.

Chanel lui réclamait un conte de fées où elle serait la nièce délicieuse de deux charmantes dames habitant aux alentours de Vichy, deux provinciales qui l'habillaient le mieux du monde… D'autres jours, les charmantes se métamorphosaient en vieilles filles, bourgeoises, tatillonnes, rigides. Ces deux tantes « du Mont-Dore », Edmonde n'y croit pas. Elle n'en a trouvé nulle trace. Elle rallie la thèse communément admise par ceux qui l'ont précédée dans cette vaste tâche : Gabrielle sortirait de l'Assistance publique.

Au lieu d'une vie monotone chez les tantes, Edmonde découvre la misère noire. Une jeune mère, Jeanne Devolle, qui s'en va de la poitrine et laisse Gabrielle orpheline à l'âge de six ans. Pure vérité, hélas.

En revanche, son père, que Gabrielle faisait trotter vers ses rendez-vous en tilbury, ce père qui parlait couramment l'anglais – on imagine ça, au fond d'une province française du XIXe siècle ? –, ce bientôt veuf, trop vite parti pour les Amériques y faire fortune, qui confie deux de ses filles à leurs tantes maternelles... Des blagues. L'enquête d'Edmonde dépouille Albert Chanel de sa superbe. Le père adoré est marchand ambulant. Chapeaux, bonneterie et corsets. Il sillonne les marchés et champs de foire de la région, plante ses tréteaux, distribue les œillades puis s'évapore dans la nature. Fugueur, bringueur, séduisant. Brutal aussi, selon Edmonde qui nous entraîne alors chez Zola.

Il reste des trous.

À mesure qu'elle s'enfonce dans l'enfance de Gabrielle, moins elle accède aux faits réels et démontrables, plus Edmonde convoque son imagination qui tisse alors un récit plausible à partir des maigres informations dont elle dispose. Travail de titan. Les scènes de genre, subtilement éclairées, ont la réalité de moments vécus par la parentèle d'Edmonde.

Car avant d'être savonniers, huiliers, armateurs, mécènes, hommes politiques, diplomates, écrivains, les Charles-Roux, ou plutôt les Roux comme ils s'appelaient alors, à l'instar de tant de paysans provençaux des XVIIIe et XIXe siècles, ont poussé leurs carrioles de fruits sur les marchés de la région. Des ambulants, tout comme les Chanel, des « passants » disait-on, des migrants. La généalogie d'Edmonde compte un saleur, Pierre-Antoine, ainsi qu'une marchande de vermicelles, de riz pour les cochons et de café de la Martinique, Anne Rose Laniel, qui à elle seule justifierait un roman féministe.

Restent ces fichus trous.

« Dans l'hypothèse, prendre parti », conseillait Druon à sa fine équipe des *Rois maudits*.

D'une plume assurée, Edmonde installe la petite Gabrielle et sa sœur Julia dans la carriole de leur père, devenu veuf. Direction l'orphelinat.

Rue Cambon, à l'heure feutrée des confidences, quand Chanel délaissait ses gros ciseaux de coupe retenus au cou par un épais ruban, quand les laques sombres du salon se renvoyaient les mots murmurés, il arrivait qu'« orpheline », parfois, franchisse ses lèvres, nuancé d'effroi. « Orphelinat », jamais.

Edmonde invente et le sait. Intime conviction ? Joie féroce de la romancière galopant en terre vierge ?

Elle reste sourde aux portraits obstinément répétés des tantes revêches, dont la couturière ne prononce jamais le nom. L'écrivaine prend plaisir à imaginer la douleur d'une jeunesse confinée entre les hauts murs d'un orphelinat, privée du soleil paternel. Le ressentiment et la colère de l'enfant contre ceux qui l'ont abandonnée, contre le destin qu'on lui impose, deviennent le ferment qui fera de Gabrielle l'être différent, subversif, souvent cruel, qui fascinera son siècle.

« Pour Edmonde compte beaucoup la société où l'on vit. Avec ses hiérarchies, ses quartiers d'habitation, ses quartiers de noblesse, ses quartiers sous n'importe quelle forme », nous assurait Jean-Claude Fasquelle, l'éditeur constant de son labeur d'écrivain.

Si les premiers quartiers de la vie de Coco lui sont étrangers, ceux que fréquente la couturière devenue célèbre donnent à Edmonde l'impression de feuilleter le carnet d'adresses de Sabine. Misia Sert, le prince de Galles, le grand-duc Dimitri, les royautés en exil, Paul Morand, autant dire le bain d'enfance d'Edmonde. Et quand il s'agit d'évoquer la tragédie que fut la mort brutale de Boy Capel, l'amant, l'amour unique, il lui suffit de puiser dans son propre passé.

Après deux années d'écriture, l'été face au cratère du Stromboli, immergée dans le bleu de Panarea, bleu liquide d'une mer si douce qu'Edmonde y dormirait, et poursuivie les mois d'hiver à l'ombre du Vieux-Port de Marseille, l'œuvre enfin se tient.

Ce sera *L'Irrégulière*. Le titre lui est soufflé par Proust, qui à la fin d'*À l'ombre des jeunes filles en fleurs* désignait ainsi les femmes entretenues sur lesquelles les gens de la société se retournaient, avant de s'en détourner. Le sous-titre est une suggestion d'Aragon : *Mon itinéraire Chanel*.

Edmonde vient de graver les tables de la Loi Chanel. Succès populaire, international, immédiat, jamais démenti. Les proches de Mademoiselle font la fine bouche. « Un livre agressif. » Lilou Marquand refuse de le lire. Claude Delay n'y retrouve pas la douceur qui faisait le charme de son amie, la douceur malgré tout. Une douceur mystérieuse indissociable de sa solitude profonde. Selon elle, la voix de Chanel disparaît, recouverte par le puissant contralto d'Edmonde. Quant à Mimi d'Arcangues, mannequin aristocrate rue Cambon, elle juge l'ouvrage « absolument horrible ».

Peu importe. Isolée sur son promontoire, la splendeur du temple édifié vampirisera toutes les biographies à venir. La légende de Gabrielle Chanel est à jamais marquée du sceau d'Edmonde.

Quarante ans après…

Ce dimanche 5 octobre 2014, les généalogistes du Livradois-Forez tiennent leur réunion d'automne à Courpière, le bourg où Gabrielle a passé quelques années de sa prime enfance auprès de sa mère. Années trop courtes mais paisibles. L'organisateur a prévu une exposition sur la famille locale de Gabrielle, Courpière étant un peu le fief de la branche maternelle. Quand celui-ci, il se nomme Henri Ponchon, évoque l'orphelinat du monastère d'Aubazine, dans l'assistance une dame de quatre-vingt-treize ans s'insurge : « Non, non… Ce n'est pas la vérité, Coco n'est jamais allée à Aubazine[46] ! »

Ciel ! Le monastère dont l'architecture aurait inspiré à Chanel son esthétique du dépouillement, cet orphelinat qui constitue l'un des piliers de sa mythologie… Se pourrait-il qu'Aubazine n'ait jamais accueilli les deux orphelines Chanel ?

Jamais. La vieille dame est formelle.

Suzanne, née Costier, est une petite-cousine de Coco. Sa mère, Marthe, en était la cousine germaine, quant à sa grand-mère, Louise Costier, née Chanel, elle était ni plus ni moins que la sœur du remuant Albert, donc la tante de Coco. Une sœur bien établie, qui a épousé un employé des chemins de fer, secteur en plein déploiement en cette fin du XIXe siècle. Les Costier vivaient dans une petite aisance.

Suzanne est venue accompagnée de son neveu, qui a réalisé un enregistrement de Marthe. Il le tient à la disposition d'Henri Ponchon.

Ce dernier, généalogiste passionné et scrupuleux, est un ancien ingénieur EDF, un esprit cartésien, autant dire qu'il n'est pas de ceux qu'ébouriffe le romanesque. Il va s'engager dans une enquête complexe.

Dans un premier temps, il analyse les différentes versions écrites sur les premières années de Chanel, particulièrement celles qui sont parues avant *L'Irrégulière*. Puis il écoute l'enregistrement qu'a laissé Marthe Costier. Il court les archives départementales de l'Allier, du Puy-de-Dôme, explore les cadastres, les registres de recensement. Celui de la ville de Thiers, daté de 1896, lui réserve une jolie surprise. Parmi les habitants d'une maison de la rue Durolle, « Gabrielle Chanel, 12 ans, bonne d'enfants, domestique ».

Toujours à Thiers, le limier Ponchon va mettre la main sur un témoin incontestable de l'enfance de Gabrielle : Jean, le fils de Ferdinand Bourillon né d'une petite-cousine maternelle de Coco. La jeunesse de Jean a été bercée par les références à Coco. Il confirme à Ponchon que, oui, elle fut la très jeune nounou de son père pendant cinq ans, de 1895 à 1900.

Voilà qui efface le spectre des cinq années d'orphelinat à Aubazine.

L'enquête d'Henri Ponchon s'avère passionnante.

On ne peut que conseiller la lecture du livre qu'il en a tiré, *L'Enfance de Chanel*[47].

Ces tantes « imaginaires » ont donc existé. L'une, Louise Costier, habitait Varennes-sur-Allier, et accueillait Coco parfois, l'été. Cette tante-là aimait la couture et l'originalité, on peut penser qu'elle a eu quelque influence sur sa jeune nièce. L'enquête de Ponchon esquisse l'image d'une Coco sinon cajolée, du moins nourrie à sa faim. On sait bien qu'un estomac plein n'empêche ni le sentiment d'abandon ni la grande solitude affective, mais on se dit qu'Edmonde a beaucoup forcé sur les travaux d'embellissement du malheur.

Et, ce « Coco », d'où lui vient-il ?

Gabrielle l'a redit à l'envi. « Coco », une trouvaille affectueuse de son père, charmant et léger « Coco » qui marquait sa préférence pour cette fillette indomptable, douceur de ce « Viens, mon petit Coco »... Sourde au chant flûté du minuscule trésor, Edmonde a préféré l'attribuer au parterre de militaires égrillards hurlant « Coco ! » à la jeune fille audacieuse, encore un peu gauche, qui chantait par-dessus le tintamarre « Qui qu'a vu Coco dans l'Trocadéro ? », au caf'-conc' de Moulins.

Là encore, l'enquête de Ponchon va jouer le rôle du caillou au fond de la chaussure. Il vous gâche la promenade edmondienne.

Le généalogiste révèle qu'il n'existe aucune trace tangible du passage de Gabrielle sur la scène de cette Rotonde où l'a précipitée la plume d'Edmonde. Années opaques. Coco passe sous les radars. Vie dissolue, peut-être.

Alors, ce Coco ? Marthe Costier dans son enregistrement, puis Suzanne sa fille ou encore Ferdinand devenu grand la désignent spontanément par le surnom qu'elle portait enfant. Par ailleurs, on imagine mal les tantes et cousines, à coup sûr soucieuses du qu'en-dira-t-on, faire claquer dans l'air un « Coco » conquis dans les beuglants.

Il faut donc relire *L'Irrégulière* et chausser d'autres lunettes pour y distinguer ce qui nous a échappé à la première lecture gourmande.

Adresse diabolique de la romancière qui pratique le mentir-vrai cher à Aragon. Edmonde manie la transition abrupte, l'association d'idées, le sous-texte persuasif. Dépose d'emblée Coco à l'orphelinat, sans preuve, impose l'idée à coup de « vraisemblablement », de « pourquoi en douter »...

Oui, pourquoi ?

Quand, soudain, venu de nulle part :

« Et Obazine ? »

Première allusion au monastère des environs de Brive. La formulation abrupte sous-entend qu'Aubazine[48] est un jalon officiellement établi dans le destin de Coco, qu'il ne souffre pas d'être contesté, qu'il attendait tranquillement son tour avant de frapper les esprits. Or, Chanel n'a jamais évoqué Aubazine devant quiconque. On se dit qu'il doit bien exister des registres qui attesteront de la présence de Gabrielle et de sa sœur Antoinette à l'orphelinat ? Edmonde a cherché. Ils auraient disparu. Dans un formidable numéro de passe-passe, elle utilise leur absence pour preuve d'un complot : ces registres ont été détruits sous les pressions exercées par des personnages influents. Manipulations. Subtilisations. Et de s'étonner – voire s'agacer ? – de l'acharnement de Chanel à effacer les traces de son passé.

Aubazine est partie intégrante de la légende Chanel, celle de la femme, mais aussi de la marque. C'est d'avoir grandi parmi ses volumes, sa pierre nue, sa simplicité moyenâgeuse, c'est d'avoir foulé les sols de mosaïque aux chiffres mystérieux de l'abbatiale, que ce goût de l'épure monacale si caractéristique de son style serait venu à Gabrielle. Coupe des vêtements, les deux C enlacés logo de la marque, flacons octogonaux, bouchons sont nés de là.

Le non-séjour à Aubazine fiche tout par terre. N'insultons pas l'avenir – documents qui pourraient ressurgir du néant, progrès de la science, lames de parquet qui s'ouvriraient sur une cachette et révéleraient les registres disparus… voire un Ponchon bis qui enquêterait *a contrario* de son alter ego.

Alors ? Un goût de l'épure si particulier ne pousse pas spontanément, tel un champignon magique, à l'intérieur d'un cerveau enfantin, fût-il celui de Coco.

Un lieu glisse entre les pages du délicat *Chanel solitaire*, édition 1971, que Claude Baillén a publié quelques mois après la disparition de son amie, trois ans avant *L'Irrégulière* : « Un mois de vacances au couvent des sœurs de Notre-Dame-de-la-Valette en Corrèze. On y mange mal. » La version d'Edmonde écarte la Valette au prétexte qu'il n'a jamais abrité de religieuses et ne figure sur aucune carte.

Et pour cause.

Henri Ponchon a décidé d'être attentif aux dires de Chanel. Il oriente son enquête vers l'abbaye de la Valette. À l'époque où elle faisait construire sa villa la

Pausa, à Roquebrune, dans les années vingt, Chanel avait envoyé son décorateur Jansen voir l'admirable escalier en dallage blanc et noir de la Valette, afin qu'il s'en inspire.

Ponchon découvre que l'abbaye corrézienne comportait un escalier monumental qui partait du chœur et montait à l'étage des cellules, un « escalier aux moines » semblable à celui d'Aubazine. Les deux édifices obéissaient aux mêmes règles de l'architecture classique cistercienne.

Posés sur une boucle de la Dordogne, les bâtiments qui composaient le monastère de la Valette ont aujourd'hui disparu. L'abbaye à l'ombre de laquelle Coco passa un mois de vacances mémorables gît désormais au fond des eaux. Dans les années cinquante, la mise en service du barrage de Chastang a noyé sous un torrent de boue et d'écume le souvenir murmuré en vain.

Ici reposerait l'Atlandide de Coco Chanel ?

On aimerait le croire.

La greffe a pris. Marseille l'accepte, pour l'adoption il faut patienter un peu, mais Edmonde s'installe dans un rôle qui la comble. La vérité est qu'il vaut mieux être la première dans son village que la deuxième à Rome.

Aussi, deux ans après son installation à Marseille, peut-on l'entendre confier aux micros des journalistes qui se tendent vers elle, fascinés par l'étrange transfert d'une figure lettrée de la rive gauche à une ville de gangsters : « Paris est une habitude. Paris est enivrant, un peu poudre aux yeux. Je me suis retirée. Considérablement. J'ai énormément perdu le contact avec tout le milieu, disons… du journalisme parisien. »

Un rien faux-jeton cette chère Edmonde, parce que, enfin, à Marseille, elle s'entoure de non-Marseillais, certains descendus de la capitale et tous dotés d'une réputation internationale qui fait courir à leurs trousses le « journalisme parisien ».

Gaston lui a laissé les clefs de la culture, dont il pense alors qu'elle n'est pas un enjeu politique.

Pourtant.

Les idéaux de Mai 68 continuent de courir et de

gronder sous la vieille croûte terrestre qui craque et s'entrouvre. L'univers artistique est le premier secoué, la scène théâtrale d'abord, avide de nouvelles formes d'expression. L'Allemagne a le Berliner Ensemble, l'Italie le Piccolo Teatro de Milan, cela depuis des lustres. En France, bien sûr, on chérit le TNP de Jean Vilar, mais côté innovation Nancy a grillé tout le monde avec le Festival international d'étudiants de théâtre, créé dès 1963. Son avènement parmi les grands s'est joué au soir du 22 avril 1971, quand naît *Le Regard du sourd*, de Bob Wilson. Sept heures de spectacle entièrement muet, une puissance du songe qui fait écrire à Aragon : « Je n'ai rien vu de plus beau en ce monde. » Le créateur de ce festival d'avant-garde, le jeune Jack Lang, bouillonne d'énergie, il semble prêt à tenter toutes les aventures liées à l'art et récuse la hiérarchie entre ses différentes formes. La fièvre de Lang agrège autour de lui d'autres enfiévrés : Patrice Chéreau, Antoine Vitez, Pina Bausch. Leur philosophie : placer l'art au-dessus de tout, l'art à la portée du plus grand nombre. La gauche vient de trouver sa figure de proue de la culture.

Les Marseillais, eux, ont Edmonde.

L'absence de titre officiel n'empêche pas les pleins pouvoirs. « Ministre de la Culture par délégation conjugale », imprimera *Le Monde*. Edmonde attire une troupe étincelante. Tous artistes, tous venus d'ailleurs et portés par le goût du renouveau. Marseille n'est pas si loin de la capitale, pourtant ils ont l'impression d'embarquer sur un radeau qui vogue à bonne allure loin du parisianisme culturel.

À peine avait-elle engagé sa liaison avec Gaston

qu'Edmonde lui présentait la fameuse paire de jambes époustouflantes de Zizi, accompagnées de leur chorégraphe, Roland Petit. Elle connaît Roland depuis juillet 1946, depuis un certain article, l'un de ses premiers, paru dans *Elle* : « Un bistrot des Halles a créé les Ballets des Champs-Élysées : son fils s'appelle Roland Petit. » Un an plus tôt, à vingt-deux ans, Roland avait créé *Les Forains*, qui inaugurait la toute première programmation de sa troupe, le Ballet des Champs-Élysées. Admirative, curieuse de connaître le début de l'histoire, Edmonde avait franchi la porte du petit restaurant, longé l'étroit boyau qui mène aux cuisines, en frôlant les oignons et les artichauts, pour échanger avec le « père Petit », Edmond, mécène de la troupe, père de l'artiste, et spécialiste du turbot à la crème.

Son amitié pour Roland est née là, sur le zinc. Elle l'avait entraîné chez Derain. Ces deux-là s'entendraient, c'était gagné d'avance. D'ailleurs, le peintre de Chambourcy créera les décors du premier ballet que Roland écrira pour Zizi, *Que le diable l'emporte*…

Edmonde aime Zizi, sa canaillerie sur scène et sa pudeur à la ville, sa joie de vivre, mais Roland la sidère. Roland, roi de la vacherie taillée sur mesure et chorégraphe majeur. Elle lui passe tout. Ses colères, ses caprices, sa muflerie parfois, puisque « les artistes ont tous les droits ».

N'importe, ça a de l'allure, l'arrivée à Marseille du couple adulé par Hollywood, acclamé dans le monde entier, aimé par le grand public qui a applaudi à tout rompre le « truc en plumes » de Zizi au Casino de Paris. Marseille qui depuis l'époque des *Cahiers du*

Sud s'est un peu fâché avec les expressions culturelles d'envergure ! Edmonde n'a eu qu'à souffler l'idée à Gaston pour qu'il s'emballe. Les Ballets de Marseille. Un lieu, une troupe, liberté totale, une création par an. Et bientôt, une école de danse. Le grand Sud offre à Roland Petit ce que l'Opéra de Paris ne lui a pas proposé.

De la dynamite, donc, qu'Edmonde manie avec science. Quand Roland lui propose d'écrire l'argument de *Nana*, elle découvre ce que tout le monde sait : il n'est pas un collaborateur commode. L'équipe travaille dans les jardins de la villa qu'il vient d'acheter sur la Corniche. Marius Constant crée les partitions, Ezio Frigerio les décors. Pour adoucir le climat, Edmonde compte sur la présence du décorateur italien. Elle et lui respirent au même rythme, ils ont grandi dans le son permanent de la musique baroque, ils sont en osmose.

Si des étincelles jaillissent sur la Corniche, au final, quel ballet ! Et quel chahut dans la salle de l'Opéra-Garnier où il est créé le 6 mai 1976. Cyril Atanassoff et Karen Kain en étoiles, entourés par le corps de ballet de l'Opéra de Paris. Pirouettes résolument classiques et « piétinements de marteaux pneumatiques, décrochements de genoux ou de cols, battements frivoles de mains[49] », le style Petit ressuscite la querelle des Anciens et des Modernes. Huées couvertes par les bravissimos, suées et cœur qui bondit, Edmonde tutoie les anges. Elle aime quand ça « pétarade ». Au risque de devenir la librettiste favorite du chorégraphe, elle va récidiver : *Les Amours de Franz*, en

1981, *Les Hauts de Hurlevent*, en 1983, *Le Guépard*, en 1996.

Puisque Gaston lui laisse le champ libre, elle se laisse rattraper par sa passion de la musique. Pendant la guerre, le chant l'a sauvée du désespoir où la mort de Camillo l'avait plongée. En 1948, elle a rejoint l'équipe fondatrice, et bénévole, du Festival d'Aix-en-Provence créé par Jacques Dussurget et la comtesse Pastré. Compte tenu de ses amitiés et de son carnet d'adresses, ils lui avaient dévolu le rôle de tête chercheuse artistique. Il s'agissait de marier la musique et les peintres. Derain avait ainsi imaginé les décors emballants de modernité de *L'Enlèvement au sérail*, puis du *Barbier de Séville*, Balthus ceux de *Così fan tutte*, Antoni Clavé ceux des *Noces de Figaro*, abondamment sifflés.

Marseille est doté d'un beau théâtre-opéra. La municipalité, donc Gaston, donc Edmonde, fait venir à sa tête le chef d'orchestre Diego Masson, l'un des meilleurs spécialistes de la musique contemporaine, un chef mozartien qui, sous l'effet du soleil du Midi, va muter wagnérien. L'Opéra se propose de présenter la *Tétralogie* sur quatre saisons. C'est un programme ambitieux. Certaines des productions feront parler d'elles : *L'Or du Rhin* ouvre le cycle, sur une mise en scène de Jean-Pierre Ponnelle, qui fait scandale. Le *Siegfried* du metteur en scène Jacques Karpo propose pour la première fois sur une scène d'opéra l'accouchement de Sieglinde donnant naissance à Siegfried. Une autre œuvre de Wagner, *Tristan et Isolde*, fait s'étrangler les critiques : on s'est permis de couper une scène, comme on le ferait pour un mauvais mélodrame. Mais musicalement, le défi est tenu.

Le radeau se charge un peu plus. C'est au tour du Lyonnais Marcel Maréchal et de sa troupe du Cothurne d'embarquer. Ils investissent le plus vieux théâtre de la ville, le Gymnase. « Vous êtes l'homme de la situation », lui a dit Gaston, renseigné par son épouse. Par « situation », il entend leur projet encore secret : la création d'un théâtre sur le Vieux-Port. Maréchal qui, à Lyon, montait et jouait Anouilh, Ionesco et Beckett, emmènera bientôt la réputation des tréteaux marseillais dans le monde entier.

La splendeur de ce moment où convergent l'amour, l'amitié, la frénésie de création !

Alors, oui, Edmonde peut confier aux micros toujours tendus : « Je me sens de plus en plus moi-même. »

Elle a sa rue, dont elle connaît presque tous les habitants. Ils sont autant de petits théâtres à ciel ouvert. Elle a son bar. Le bar des Amis. Sa fleuriste de rue. Derrière sa charrette de fleurs, Louise Tenta hurle à la volée : « Cinq francs les six belles roses ! » et Edmonde s'imagine aussitôt à Palerme. Elle a sa libraire, Jeanne Laffitte, « aventurière du livre ».

« Il y a comme ça des personnages très importants dans ma vie. Il y a Jeanne[50]. »

Jeanne Laffitte est une jeune femme qui voyage les bras chargés de livres anciens. Gaston l'a remarquée dans l'avion pour Paris, ce fameux avion du lundi soir qu'empruntent les parlementaires. Ce sont les reliures qui ont attiré l'attention du maire. Sa sœur aînée, Marie-Louise Cordesse, possède l'une des plus belles collections d'éditions originales du XIXe siècle.

Bibliophile reconnue, elle a eu tôt fait d'y intéresser son frère qui, de toute façon, retient tout. Ce côté encyclopédique, Defferre se garde bien de s'en vanter auprès de son électorat marseillais. Il finit par engager la conversation avec cette passagère pas banale.

Jeanne Laffitte va devenir un personnage haut en couleur de la vie marseillaise. Cultivée, pour ne pas dire érudite, grande gueule aussi, de sensibilité rocardienne sans pour autant être encartée, Jeanne est alors propriétaire de la très noble maison Champion, à Paris, quai Malaquais, spécialisée dans la littérature médiévale. Un bijou qu'elle n'aurait jamais pu s'offrir sans l'acquisition d'une bibliothèque extraordinaire dont le propriétaire venait de disparaître. Étrange négoce que celui des vieux livres, tissé dans le chagrin car, sans une mort, sans une nécessité, une gêne financière, se séparerait-on de la mémoire vivante qui respire sous le cuir des reliures, sédimentée parfois par plusieurs générations ?

À Marseille, elle tient boutique au rez-de-chaussée d'une petite maison, boulevard de Longchamp. Alertée par Gaston, Edmonde y passe, y retourne. L'endroit l'aimante. Elle furète, toujours en quête du temps perdu, butine parmi les rayonnages, « achète des voyages », l'Orient surtout, la passion inscrite en elle par son père. Cette jeune libraire l'intrigue. Se jeter ainsi dans le commerce le plus rare. Elle est particulièrement impressionnée en apprenant que Jeanne Laffitte est aussi éditrice, et, s'il vous plaît, de choses invendables. *L'Histoire de la noblesse du Comtat-Venaissin*, par exemple, quatre énormes volumes très rares.

Au fond, ensemble, elles forment le binôme littéraire parfait. Edmonde s'attache profondément aux textes, Jeanne à leur illustration, à leur reliure, jusqu'à atteindre l'ultime raffinement du texte bien habillé.

Elles s'apprécient, se fréquentent, Gaston les rejoint qui discute livres avec Jeanne, mais en bon politique il n'exclut pas les arrière-pensées.

Le Parti socialiste a besoin d'élargir son socle de militants à des gens qui n'évoquent pas la vieille SFIO, il lui faut du sang frais, des jeunes, des intellos. François Mitterrand souhaite réagir au procès en archaïsme que Michel Rocard s'ingénie à lui faire. Le PS marseillais aussi, avec ses caciques issus de la Seconde Guerre mondiale. Edmonde n'est pas pour rien dans le rajeunissement de l'entourage politique de Gaston, constitué de Marseillais un peu trop marseillais à son goût. Depuis l'après-guerre le monde a changé, Kennedy est passé par là.

Defferre convainc Jeanne d'adhérer. Ce qu'elle fait. Et la voilà enrôlée dans la campagne pour les élections municipales de 1977. Elle va découvrir, effarée, les ateliers de repassage d'enveloppes au fer tiède, prélude à un possible bourrage des urnes.

C'est donc vrai.

« Non ? Nooonnn !! » s'exclamera Edmonde trente ans plus tard, avant d'éclater de rire.

Le trio d'amis vire au quatuor avec l'entrée de Michel Pezet. Edmonde est sous le charme de cet avocat pénaliste, d'une intelligence folle, de loin le plus cultivé, le plus drôle des politiques qui entourent Gaston. Pezet a créé la Maison de l'office régional de la culture, il est en charge des affaires culturelles.

Gaston apprend que Pezet doit assurer la défense d'une religieuse auteure d'un crime de sang, à Liège. Sans doute évoque-t-il la chose avec sa femme car, le lendemain, Pezet reçoit un appel de Defferre.

« J'espère que tu seras sérieux lundi, parce que Edmonde voudrait t'accompagner. Cette affaire l'intéresse en tant que femme de lettres… »

Ils se connaissaient peu, ils passent quatre jours d'entente délicieuse. Edmonde charmante, pas du tout femme-du-maire. Un peu déçue que la religieuse ait laissé sa cornette au vestiaire et soit habillée comme n'importe quelle femme. Selon elle, les bonnes sœurs doivent être vêtues en bonnes sœurs. Elle a l'idée d'un livre. Dans le prétoire, une autre femme a le même projet. Nicole Gérard a tué son mari, elle a purgé sa peine, à présent elle veut écrire sur cette religieuse criminelle. Edmonde s'incline[51].

Une équipe est née. Gaston est plus proche de Jeanne, Edmonde davantage de Michel, il y a entre eux la passion de la danse.

Il faudrait s'interroger sur l'avenir d'une amitié qui s'est nouée sur les bancs d'un procès d'assises pour meurtre, il faudrait, mais porté par le vent tonique des années soixante-dix personne n'y songe.

Ce jour-là, ils survolent le massif de la Sainte-Victoire. La puissance du paysage leur coupe le souffle. De la roche, du maquis d'épineux, des sangliers, l'âpreté de la nature aux premiers temps du monde. Le bimoteur vire sur l'aile et passe au-dessus du plateau du Cengle. C'est tellement beau. Ils aperçoivent une petite propriété. Les Maurely. « Elle appartient aux Baron, dit Edmonde qui sait tout. Je crois qu'ils l'ont mise en vente. » Les Baron. Lui, François, a été le dernier gouverneur de Pondichéry et le premier gaulliste historique des Français de l'étranger. Il a été un ami de Crevel et de Desnos, il reste celui d'Aragon. Elle, Carmen, beauté mexicaine, a donné dans le mannequinat à l'époque où Edmonde dirigeait *Vogue*. L'affaire est vite réglée.

Désormais, Gaston et Edmonde sont propriétaires de quatre-vingts hectares de pinède et d'une quinzaine d'hectares de terres agricoles plantées d'amandiers, de blé et de cyprès, et d'une bicoque qui fut un abri pour les ânes, ces braves ânes qui crapahutent dans la montagne. Ils en font leur maison commune. La rue des Saints-Pères appartient à Edmonde, la rue Neuve-Sainte-Catherine à Gaston. Les Maurely sont le refuge des Defferre. Ils ont beau être célèbres, les curieux ne sont pas près de les trouver. Omerta totale dans le village, qui est la plus petite commune des Bouches-du-Rhône. Au petit bar-restaurant : « Vous lui voulez quoi à madame Defferre ? Ici, on sait pas où elle habite. »

Leurs voisins sont éparpillés dans la garrigue. La bergerie du XVIIIe siècle est occupée par une ancienne comédienne à qui Simone Signoret a ravi le rôle de *Casque d'or*. Légèrement givrée, dit-on, elle se promène par les chemins, munie d'un pendule.

Il y a les gens du château. Une héritière de la banque Vernes et de la compagnie Shell. Le mari est un ancien consul général à New York. Ils reçoivent la bégum mais n'ont aucune intention d'inviter les Defferre, ce couple de quasi-bolcheviques !

Bientôt, un jeune Aixois s'installera à deux pas de leur propriété. Michel Faure, avocat et neveu de l'homme politique Maurice Faure. Il sera le voisin des Defferre, le compagnon de chasse de Gaston et l'ami indéfectible d'Edmonde, jusqu'au dernier souffle.

L'abri pour les ânes prend belle allure. Agrandi, il domine Louviers, Rousset et la vallée de Treste. Gaston s'arrange un bureau avec vue « wagnérienne » sur la Sainte-Victoire, il aime travailler en musique. Edmonde préfère le refuge monacal d'un petit bureau blanc, avec fenêtres provençales tournées vers le vent, assez minuscules pour qu'un filet d'air y circule, les stores baissés, toujours. Elle y écrit *Une enfance sicilienne*, d'après Fulco di Verdura[52].

Ils étaient très amertumés, lui et Edmonde, que Gaston ne soit pas nommé Premier ministre. Pour lui ça lui revenait de droit. Il avait été Monsieur X…

Pierre Bergé,
entretien avec l'auteure, 12 octobre 2016

Mai 1981

En recevant son exemplaire d'*Une enfance sicilienne*, Matthieu Galey s'interroge sur le sens de la dédicace d'Edmonde. « À M.G., qui ne s'étonnera pas de cette brusque envie de retour en Sicile… par les temps d'aujourd'hui[53]. »

Edmonde croit-elle vraiment à la victoire de la gauche ?

Disons que, biberonnée au lait de ses nourrices siciliennes, elle cherche à conjurer le mauvais œil qui colle aux basques des socialistes. Pourtant, les sondages sont encourageants.

Aux législatives de 1978, la gauche a frôlé le pouvoir. En campagne électorale à Marseille, Edmonde n'avait pas ménagé sa peine. Combien de mains serrées, de roses distribuées, de kilomètres d'escaliers de tours HLM avalés ? « Y a un ascenseur ? — Non madame, y en a pas… » Ou alors : « Il est en panne. » Elle inspirait un bon coup. Bon, on y va. Drôle à voir son ascension, grande bourgeoise sur son trente et un, suivie d'une petite troupe de militants, les bras chargés de brassées de roses. Elle les crevait tous. On toquait, la porte s'ouvrait. « Vous connaissez madame Charles-Roux ? — Ah ! M'dame Defferre… » La femme à Gaston, souriante, là, sur le paillasson !

Ça a fini par payer.

Alors, en ce 10 mai, Edmonde peut-elle croire à la victoire de Mitterrand ? S'abandonner à l'explosion d'espérance incroyable qu'elle sent gronder autour d'elle ? Des quatre candidats majeurs du premier tour de l'élection présidentielle – Jacques Chirac, Georges Marchais, François Mitterrand et Valéry Giscard d'Estaing –, seuls les deux derniers restent en lice.

Un crachin tombe sur la France. Les Defferre ont voté à Marseille, dans la matinée, avant de prendre l'avion pour Paris. Quand ils arrivent au 10 rue de Solférino, les militants et quelques invités sont déjà là, la nervosité est palpable, celle des bons jours. On apprend que François Mitterrand attendra les résultats à Château-Chinon, où il a voté. À 18 h 30, la victoire est certaine, mais il faudra voir l'image du journal télévisé de 20 heures, celle, mythique, du visage pixellisé de François Mitterrand qui se dévoile peu à peu, pour s'autoriser à crier sa joie ; 51,76 % des voix au socialiste, contre 48,24 % au candidat sortant. Les bouchons de champagne peuvent enfin sauter. Les équipes télé ont demandé du renfort. Elles filment un Defferre rayonnant, une Edmonde qui discute avec trois militantes de la tendance Psychanalyse et politique du MLF. Bouquets de roses rouges partout, vin à bulles, petits-fours et fraternité pour tous. Maintenant, les locaux du PS sont bondés à craquer, des giscardiens d'hier se convertissent en mitterrandiens de toujours. Place de la Bastille, Michel Rocard, qui a dû remballer sa candidature au profit de celle de Mitterrand, se débrouille pour monter sur scène en vainqueur et prendre le micro avant les autres gradés du PS. Il grille la politesse au premier secrétaire du parti, Lionel Jospin. La jeunesse, elle, s'égosille et danse, masse joyeuse, fière d'avoir triomphé.

Revenu de la stratosphère un peu avant les autres, un militant résume la situation : « C'est maintenant que tout commence, pas vrai ? », un reste de syncope heureuse continuant de flotter dans son regard.

La période des sacres est ouverte.

François Mitterrand reçoit le sien le 21 mai. Ce jour-là, vingt et un coups de canon sont tirés depuis les jardins des Tuileries, le nouveau président fait un discours vibrant : « Il n'y a qu'un vainqueur, le 10 mai, c'est l'espoir », quatre minutes qui emportent vingt-trois ans d'opposition. À l'heure du premier déjeuner officiel de la gauche à l'Élysée, Edmonde est placée à la table d'honneur, aux côtés de madame Allende et de madame Senghor, face à Melina Mercouri, ministre de la Culture de Grèce. À cet instant, que sait-elle du sort réservé à son époux ? Mettant à profit une coquetterie de Valéry Giscard d'Estaing qui a décidé de s'accrocher à son bureau élyséen jusqu'au jour du septième anniversaire de son élection, Mitterrand, bloqué à son domicile de la rue de Bièvre pendant huit jours, a convoqué en tête à tête, pour les scruter et les sonder, les candidats au pouvoir exécutif. La présence d'Edmonde à la table présidentielle augure le meilleur pour Gaston, quand les deux cents autres invités sont éparpillés à leur convenance, sans protocole. Du beau monde, pourtant. Elie Wiesel, Yachar Kemal, Gabriel García Márquez, Carlos Fuentes, William Styron, Willy Brandt, Olof Palme, Felipe González…

La journée va crescendo, jusqu'à la marche du président élu vers le Panthéon. Une rose à la main, la foule recueillie, sa silhouette qui avance, avalée par l'obscurité du mausolée, son tête-à-tête avec les ombres de l'Histoire. Moment à jamais gravé dans l'imaginaire collectif.

Le lendemain, à Marseille, le sacre de Gaston Defferre a, lui aussi, une certaine allure.

Fixée de longue date, la soirée d'ouverture du théâtre de la Criée, le 22 mai, révèle un art consommé de la communication politique. Edmonde ne laissant jamais rien au hasard, on l'imagine mal déléguant ne serait-ce que le plus infime détail du calendrier. En cas de défaite, l'inauguration de la Criée aurait clamé la vitalité irrésistible d'une gauche culturelle qui continue la bataille, une forme d'entrée en résistance. La victoire étant au rendez-vous, l'inauguration apparaît comme l'ouverture en fanfare d'un septennat qui s'appuie sur le verbe et l'image.

Le baptême du seul théâtre construit à Marseille depuis plus d'un siècle tombe le jour même de la formation du premier gouvernement socialiste depuis 1936.

Théâtre au cœur de la ville, sur le quai Rive-Neuve du Vieux-Port, il est entièrement ouvert sur la mer. Depuis les loges ou le foyer, que l'on soit acteur, machiniste ou spectateur, on voit les bateaux, l'eau mouvante et les étoiles. L'ancienne grande halle de la criée au poisson a fait place à un immense vaisseau théâtral – deux salles, un amphithéâtre – adapté aux scénographies contemporaines. Sa conception a été confiée à l'architecte Bernard Guillaumot, décorateur et scénographe, presque un enfant de la balle. La direction artistique est confiée à Marcel Maréchal. Edmonde en est fière, terriblement. Six années pour ériger ce phare de la décentralisation, six années ponctuées de combats entre le pouvoir giscardien et la municipalité defferriste. Des subventions d'État obstinément vouées au statu quo, et des moments qu'elle préfère oublier, telles les dizaines d'expropriations pour laisser la voie libre aux tractopelles, car il a fallu en raser des magasins et des appartements, en chasser des habitants qui vivaient autour du petit monde de la pêche depuis des décennies.

Ce soir-là, une cinquantaine de représentants du Tout-Paris de la culture et de la politique se sont déplacés jusqu'à Marseille, aux frais de la ville. Au moment où résonnent les trois coups, seul manque le maire, bloqué à l'hôtel de ville. Il est en route. Il arrive, poursuivi par la télévision et les flashes, rejoint la salle au moment où se lève le rideau, s'assoit entre Edmonde et l'archevêque de Marseille – la gauche et le goupillon en conversation amicale, voilà qui devrait rassurer les victimes autoproclamées de l'imminente grande purge bolchevique – sous un tonnerre d'applaudissements : les noms du nouveau gouvernement commencent à courir de bouche à oreille parmi les gradins, sur les marches, le théâtre est plein à craquer… Defferre, ministre d'État de l'Intérieur… et de la Décentralisation… Edmonde sourit à Gaston, souveraine. Après un léger trouble sur scène, la première phrase de l'*Impromptu de Marseille* écrit par Maréchal fait se gondoler la salle : « L'exactitude est la politesse des comédiens… » Ensuite, *Les Fourberies de Scapin*. Ovations. On ne sait plus ce que l'on applaudit, la mise en scène « d'une finesse profonde » selon Michel Cournot, du *Monde*, « une pavane opiacée, dans un écrasant décor monumental inspiré de Puget », selon Matthieu Galey, ou bien applaudit-on les temps nouveaux ? Tout le monde se transporte aux Arcenaulx voisins pour une réception placée sous le signe du bizarre. Jack Lang arrive de Paris par avion du Glam, le nouveau ministre de la Culture est vêtu de son habituel pull bleu, sa tignasse brune en bataille, quand sa femme, Monique, a déjà revêtu sa tenue de travail : tailleur strict et jabot. Ceux du pouvoir d'hier serrent la pince de leurs remplaçants, on se fait des courbettes. L'ancienne attachée de presse de Michel Guy – une semaine plus tôt, celui-ci était encore ministre de la Culture –, émue d'avoir été invitée, discute avec Bernard Faivre d'Arcier, directeur du Festival d'Avignon nommé par l'ancien régime, mais socialiste bon teint. Un monde hybride se profile.

Edmonde, sublime d'élégance. En Cardin de velours noir.

Demain, avec Gaston, ils prendront la direction de la place Beauvau. Elle connaît le job à la perfection. Son père a été « ministre de France » à Prague, puis à Rome. « J'ai rechaussé les pantoufles tranquilles de ma mère, en me disant "Ça passe avant tout". » Avant l'écriture. Elle est prête à tout donner pour son cheval de course.

« Amertumé », Gaston ? Mitterrand lui a préféré

un homme plus jeune, Pierre Mauroy, pour diriger l'action gouvernementale. À soixante et onze ans, Gaston Defferre n'incarne plus l'avenir, il peut le comprendre. Mais il est fait pour siéger au gouvernement. Il dirige tant de choses, déjà. Son bateau, sa ville, sa fédération socialiste, son journal. Les possessifs ne sont pas de trop. Les portefeuilles de ministre, il a connu ça sous la IVe République, ça ne l'impressionne pas. Ministre de la Marine marchande. Ministre de la France d'outre-mer, il a mis sur pied la loi-cadre de 1956 qui a préparé la décolonisation de l'Afrique. Chaque fois, il a essayé de faire une grande loi.

Le voilà ministre d'État de l'Intérieur et de la Décentralisation. La décentralisation, lui, l'élu de Marseille, en rêvait depuis si longtemps ! Il en a assez de voir les provinces croupir dans leurs difficultés. Ce sera la grande affaire du septennat, pense-t-il.

Dès demain, donc, Beauvau.

Demain, aussi, la haine. Les dos tournés à leur approche, à Aix, à Marseille. L'idée d'un impôt sur les grandes fortunes empoisonne les premières heures du gouvernement. Demain, les graffitis sur le chemin des Maurely : « Les socialistes ruinent la France. » Le crachat au visage d'Edmonde, à Lourdes, alors qu'elle accompagne le ministre de l'Intérieur en visite officielle. Un crachat de plein fouet. Elle relève le menton. Darde son regard vert vipère dans celui de la jeune fille qui vient d'expectorer son hostilité. L'interroge. La jeune étudiante vient d'Assas, fief de la droite.

— Mademoiselle, vous êtes chrétienne ?

— Oui !

— Eh bien, écoutez, ça ne se voit pas[54].

Elle racontera l'affront l'œil pétillant, pommettes arrondies par le rire, un soleil de rides soudain plissé autour des yeux.

Haine toujours, au long des cérémonies du 14-Juillet. « Dans la loge présidentielle, on savait à quelle hauteur des Champs-Élysées était le président, par les sifflets ! On ne peut pas l'oublier[55]. »

Minute bombarde le couple de ses insinuations. *Rivarol* accuse Edmonde d'avoir pris « la précaution de faire verser dans une banque suisse les droits d'auteur de son dernier chef-d'œuvre », sans la moindre preuve. Le journal sera condamné pour diffamation. Le paroxysme est atteint avec la lettre de menace que le ministre de l'Intérieur reçoit aux Maurely en 1982. Elle contient une balle. Ainsi qu'un mot : « La seconde est pour ta tête. On sait que tu te balades, on connaît ton circuit. » Signé : Carlos. La police soupçonnera qu'un type du coin, pas franchement de gauche, a emprunté l'identité d'Ilich Ramírez Sánchez, auteur de l'attaque de l'aéroport d'Orly, de l'assassinat de deux agents de la DST puis, en 1982, de l'attentat à la bombe du Capitole, le train Paris-Toulouse, ainsi que celui de la gare Saint-Charles à Marseille.

En effet, chaque week-end Gaston vient travailler aux Maurely et décompresse en flânant sur les chemins. À compter de ce jour, il sera pisté par des types armés jusqu'aux dents et les buissons frémiront de la présence d'agents de sécurité en planque.

Pour Edmonde, la pression s'avère épouvantable.

À Beauvau, Defferre ne perd pas de temps, il forme un commando. Il sait l'opposition prête à démanteler son projet de loi pour la décentralisation. Autour de lui, un groupe de garçons talentueux à peine trentenaires, Philippe Sanmarco, Frédéric Thiriez, Éric Giuily, François Roussely.

Edmonde découvre alors que son homme est taillé dans le fer, elle admire l'animal politique « extraordinaire ». Le projet de loi est bouclé en sept semaines de travaux à marche forcée, précédant l'interminable marathon des débats à l'Assemblée et au Sénat. Edmonde omniprésente en hôtesse docile. Elle veut que la « maison » soit gaie, chaleureuse, qu'il y ait des feux allumés, que cette décentralisation soit une belle aventure et qu'elle ne s'arrête pas à la porte du ministère. Il faut qu'il y ait à manger pour ces jeunes fauves affamés, y compris la nuit. Elle s'émerveille des employés corps et âme au service de cette aventure et qui trouvent normal de faire la cuisine à 3 heures du matin. L'aventure de la décentralisation vécue et partagée par tous, dira-t-elle. Du moins est-ce le souvenir qu'elle en garde.

La loi sera promulguée le 2 mars suivant. Quant à Jack Lang, il a fait valider sa loi sur le prix unique du livre en trois mois, après avoir soulevé des montagnes. Et il ne faut pas plus de quatre mois après l'élection de François Mitterrand pour que, dans l'hémicycle de l'Assemblée nationale, s'élève la voix de Robert Badinter, garde des Sceaux, demandant l'abolition de la peine de mort.

Les Defferre ont emménagé à l'hôtel Beauvau. Un bureau y est réservé à Edmonde. « Un bureau d'écrivain », précise-t-elle afin d'écarter toute accusation de mélange des genres. Néanmoins elle suspend ses travaux d'écriture, réticente à jouer les romancières quand la grande nuit du terrorisme se déploie sur la France.

1983, l'année effroyable. Celle de l'attentat d'Orly – 8 morts –, du restaurant L'Orée du bois – 33 personnes blessées –, du Grand Véfour – 12 blessés, dont deux grièvement. Marseille est visé par trois attentats à l'explosif – un enfant mort lors d'une fête juive, un mort au Palais des Congrès. Sans compter les attentats dus aux mouvements autonomistes, au Pays basque et en Corse.

Quand l'appartement de la rue des Saints-Pères est visité par une équipe de monte-en-l'air, la presse se déchaîne.

On commence à se demander si Gaston Defferre, patron de la police et du renseignement, est bien l'homme de la situation.

Mais il restera un grand ministre de la Décentralisation.

On connaît Edmonde. Elle n'aime pas les temps morts qui s'éternisent. Tandis que Gaston Defferre débat à l'Assemblée, elle cherche à s'occuper. Se dit qu'il lui faut faire des recherches. « Jamais je ne ferais des recherches dans des conditions meilleures qu'en étant la femme de Gaston Defferre. » Un sujet lui trotte en tête. Il n'est pas certain que les portes se seraient ouvertes aussi grandes pour mademoiselle Charles-Roux. Mais l'épouse du ministre de l'Intérieur de la France… Elle peut travailler à Vincennes, fouiller dans les archives de la Défense. Bientôt elle va partir en URSS sur les traces d'une hippie avant l'heure, une fille épatante, Isabelle Eberhardt.

Jacques Chancel : Une femme à l'Académie française ?

Edmonde Charles-Roux : Ah ! Très peu pour moi... Non, non, pas question... Oh là là ! On me l'offrirait, je fuis... Ni les académies d'aucun genre, les cercles, toutes ces choses-là, non, non ! Je ne refuse pas certaines prisons pour en accepter d'autres.

Radioscopie, France Inter, 26 mai 1971

On me l'offrirait, je fuis… Il aura donc fallu l'attraper au lasso puis l'asseoir sous la contrainte à la table des dix jurés de l'académie Goncourt, où elle siégera trente-trois années ?

Allons donc. Quoi qu'elle en ait dit en 1971, Edmonde Charles-Roux a voulu à tout prix ce siège tant convoité par le milieu littéraire. Dans son journal, à l'année 1971, Galey croit remarquer une animosité croissante d'Edmonde pour Françoise Mallet-Joris, élue académicienne Goncourt trois mois plus tôt, « débauchée » du prix Femina où elle siégeait depuis 1969. Il soupçonne Edmonde d'envie, ce qui chez elle se traduit par un mépris affiché. « Il faut supprimer les prix », décrète-t-elle, plutôt ingrate.

La convoitise Goncourt s'est installée en elle comme une évidence au fil de ses succès. Sa fréquentation du premier cercle du pouvoir n'y étant pas étrangère. Attente délicieuse dans un premier temps, puis teintée d'impatience. Elle sollicite François Nourissier qui en est le secrétaire général, il fait la sourde oreille.

Un ami, vraiment ? Elle a l'impression pitoyable d'être une souris ballottée entre les griffes du chat.

D'une patte joueuse, François la tourne : C'est trop tôt, Edmonde… Ah ! bientôt, je crois… La retourne : Untel n'est pas encore mûr… Tu comprends, trop de jurés Grasset, ça la ficherait mal… Elle bout. Frappée. Malheureuse. Un ami, ça ? Edmonde découvre à ses dépens un trait de caractère de son ancien mentor. « Nourissier avait un rapport très complexe avec tout le monde. Il avait une clientèle comme les Romains. Quand on était son obligé, c'était un peu à vie. Quand l'obligé devenait son égal, il s'attendait à ce que l'obligé conserve un ton d'obligé[56]… », analyse Jean-Claude Fasquelle, expert ès Nourissier et ès Edmonde.

Ils ont beau être amis, véritablement amis, en règle générale Nourissier file doux devant elle. Il redoute l'usage qu'elle peut faire de son pouvoir. Il l'a vue devenir noire, inquiète, inquiétante, il a croisé le regard absent et froid. « J'ai peur d'elle dans ces instants-là, et des coups qu'elle peut porter[57]. » Aussi, puisque l'occasion lui en est donnée, la laisse-t-il rissoler.

L'affaire s'éternise quand, le 23 mars 1983, meurt Armand Lanoux, secrétaire général de l'académie. Les statuts stipulent que l'élection de son remplaçant se déroule dans les six mois. Le siège vacant ravive l'amertume d'Edmonde. Gaston Defferre en a-t-il touché un mot à François Mitterrand ?

Quoi qu'il en fût, Michel Tournier, tranquille et solitaire dans son presbytère de la vallée de Chevreuse, reçoit un appel des services du protocole de l'Élysée.

Il a raconté la scène à son ami Michel Pezet, qui nous la livre telle quelle.

— Allô ?

— Monsieur Michel Tournier ? Ici la présidence de la République.

— …

— Monsieur Tournier, vous avez invité le président de la République…

— Le président de la République ?

— Oui. Je vous appelle pour fixer une date.

— Oui, oui, bien sûr. Donnez-moi sa date.

Le jour venu, l'auteur du *Roi des aulnes*, de *Vendredi ou les Limbes du Pacifique*, le membre le plus internationalement connu de l'académie Goncourt, file au petit magasin d'alimentation du village et s'y procure des assiettes ainsi que, dit-il, « des petits trucs » que l'on suppose être des biscuits apéritifs, ce dont il n'est pas coutumier.

— Qu'est-ce qui vous arrive, monsieur Tournier ? s'étonne la crémière.

— Je reçois le président de la République.

Le déjeuner a lieu en tête à tête. Parmi les sujets de discussion, Edmonde.

Deux semaines plus tard, le 13 septembre, chez Drouant, l'académie procède à la succession d'Armand Lanoux. Deux noms circulent : celui d'Edmonde, publiée par Grasset, et celui de Marie Susini, éditée au Seuil. Après un rapide tour de table, on constate qu'il n'y aura pas de majorité possible, les voix se répartissant à égalité entre les deux romancières. C'est alors que le doyen de l'académie, l'auteur dramatique Armand Salacrou, demande à bénéficier de l'honorariat pour raison de santé. Son initiative libère un siège. Apparaît aussitôt le nom d'un troisième candidat, Daniel Boulanger, auteur

Gallimard. L'équilibre entre éditeurs vient de basculer. L'équilibre politique, lui, se rétablit. Edmonde est une socialiste éprouvée, Boulanger a manifesté en 1968 sous une banderole prônant « la défense des intérêts des marquis ». Armand Salacrou souhaite qu'Edmonde lui succède au deuxième couvert. Une vieille amitié les lie. Pendant la guerre, à Paris, il lui arrivait de « sortir » la jeune fille et de l'accompagner au théâtre. Elle arrive à temps pour déjeuner avec les académiciens, Salacrou lui fait une place à ses côtés, sa place désormais, entre André Stil, proche d'Aragon et ancien membre du comité central du PCF, et Jean Cayrol. Gravés sur les couverts d'argent qui lui sont à jamais dévolus, les noms de ses prédécesseurs peuvent être lus par Edmonde : Sacha Guitry, Jules Renard, Joris-Karl Huysmans. Le second élu, Daniel Boulanger, arrivera pour le café. Il est désormais l'occupant du cinquième couvert, qui fut brièvement celui de Louis Aragon.

Edmonde vient d'être élue au premier tour par six voix sur huit.

Paris bruisse. C'est la grande affaire du moment. On dit que Mitterrand l'a fait entrer à l'Académie Goncourt afin qu'elle cesse de défiler avec les pacifistes. On dit que le président aurait obtenu le soutien de Tournier – qui logiquement aurait dû voter pour un candidat des Éditions Gallimard, où il a des attaches – en lui promettant celui de la France pour le prix Nobel. On dit que l'élection d'Edmonde est une petite compensation à la prochaine disparition de Gaston Defferre du gouvernement.

On dit beaucoup.

Françoise Mallet-Joris n'a pas donné sa voix à Edmonde, lui préférant la discrète Marie Susini finalement balayée par Boulanger. Mallet-Joris s'étonne, savoure, d'avoir été conviée à déjeuner à l'Élysée pour « fêter Edmonde » le lundi, alors que le vote avait lieu le lendemain. Quelle salade ! « Tu comprends, dit-elle à Galey, ça m'amuse. Ou alors, il faut vivre dans un désert… »

Deux mois plus tard, lors de la réunion mensuelle des Goncourt dans le salon qui leur est réservé chez Drouant, place Gaillon, la séance tourne à la farce. On découvre des micros dissimulés sous la table. Ils ont été placés là par le journal hippique *Le Meilleur* en quête d'un scoop fumant. Tractations, marchandages, voire invectives… Il n'y eut rien de tout cela, sinon de bonnes vieilles empoignades autour de lectures plus ou moins barbantes. C'est dire si les délibérations des dix excitent l'imaginaire des journalistes. Dans cette histoire d'espionnage on va soupçonner les serveurs, le personnel du restaurant ; surtout, on décide de changer de salon chaque année pour voter.

On ne s'ennuie pas chez Drouant, découvre Edmonde. On feuillette, puis on lit, au printemps on traîne après soi des valises de livres, on travaille tout l'été, certains envoient des notes de lecture, à la rentrée on discute. Telle est, dans son immuabilité, l'académie Goncourt quand elle la pénètre, présidée par Hervé Bazin, une institution où galope alors un animal à trois pattes baptisé par ses contempteurs le Galligrasseuil. Il est vrai que chaque édition du prix couronne l'un des trois grands éditeurs de la place : Gallimard, Grasset, Le Seuil. C'en est gênant.

D'ailleurs, en cette année 1983, l'animal va passer son tour, les jurés couronnent *Les Égarés*, de Frédérick Tristan, publié chez Balland. L'année suivante aussi, l'animal est mis au régime strict : le Goncourt ira à Marguerite Duras pour *L'Amant*, aux Éditions de Minuit, sans que la voix d'Edmonde y contribue. Elle votera obstinément pour *Le Diable en tête*, de Bernard-Henri Lévy[58], de plus en plus isolée au fil des tours, illustrant, volontairement ou non, « la fidélité soumise des jurés à "leur" éditeur » remarquée par son confrère Sabatier. C'est une époque où le vote se joue de la déontologie. Jean Giono appelait depuis le bureau de son éditeur, à qui auparavant il avait demandé : « Pour qui dois-je voter ? » La grande Colette elle-même sensibilisait deux ou trois jurés avant les délibérations, et l'affaire était faite.

Pour ce qui est de *L'Amant*, « nous n'avons pas donné le Goncourt à Duras, dira Robert Sabatier. Duras nous a fait le cadeau de recevoir le Goncourt ».

Les Goncourt, Beauvau… Edmonde est partout, s'active, rayonne. Pierre Bergé, président du Syndicat de la Couture, donne une réception au Louvre, galerie Mollien ? Il est flanqué d'Edmonde, devenue « la maîtresse de la maison France ». Place Beauvau, en janvier, à l'occasion des vœux du ministre à ses troupes, Edmonde convoque flics, militaires, amis de l'académie, ceux du spectacle – Maréchal, les Petit, François Reichenbach –, des généraux, un pêle-mêle des genres qu'elle affectionne. Elle va et vient, superbe dans un ensemble noir à col bouillonné, très Mary Stuart.

Elle a marché pour la paix et le désarmement, en juin 1982, aux côtés d'Aragon. Une grande foule pacifiste a défilé de Montparnasse à la Bastille pour protester contre les conflits au Liban, en Palestine, contre la future bombe à neutrons annoncée par Reagan. En 1990, Elie Wiesel l'invitera personnellement à prendre la parole lors de la conférence internationale d'Oslo, devant un parterre de chefs d'État et d'intellectuels. Elle y parlera du remède à la haine, à l'antisémitisme que représente l'éducation de la jeunesse. « La haine, messieurs, est un sentiment d'adulte que l'enfant ignore. »

Désormais, ses trajets Beauvau-Marseille passent par Villacoublay. Axel de Neufville, son arrière-cousin, le fils d'Hubert de Neufville, dit Bottom, passe la voir au ministère de l'Intérieur, il est jeune, le ballet des chambellans l'impressionne. Axel doit rentrer à Marseille, elle aussi : « Je te ramène. On déjeunera de sandwichs. » Il se laisse faire. Voiture officielle précédée par deux motards de la République, un Mystère 20 aux ordres, dont ils seront les seuls passagers. Les sandwichs ? Saumon et bon cru servis par une hôtesse. À l'arrivée, une voiture les attend sur le tarmac. Ce privilège, naturel à Edmonde, effare le jeune homme. « Elle qui était si radine… Quand elle nous faisait un cadeau, on voyait bien que c'était un truc qu'elle nous refilait, un cadeau qui ne lui avait pas plu, mal remballé[59]… »

Pile l'année où Jacques Chazot fait preuve de suite dans les idées. Il publie un tome 2 à son succès des années soixante, *Marie-Chantal de gauche*[60]. Où l'on voit en couverture Edmonde, emperlousée, croquée par le crayon de Konkoly, flirtant avec un Georges Marchais agrippé à son marteau et sa faucille. On y suit les aventures de deux décalées, Edmonde/Marie-Chantal et sa copine Gladys qui a les traits de Christine Ockrent. Toute une époque.

Edmonde a beau se détourner de la page coupable, y revenir inlassablement tant c'est à n'y pas croire, le titre imprimé en caractères gras reste impitoyable : « Le déclin de la maison Defferre[61] ».

Le Monde, plutôt bienveillant à l'égard du pouvoir de gauche, vient de porter un coup bas à la fédération socialiste des Bouches-du-Rhône. Son analyse du congrès de Fos[62], qui a eu lieu deux jours plus tôt, décrypte les luttes fratricides du courant mitterrandien et la décomposition du pouvoir defferriste. Michel Pezet y apparaît comme le challenger « serein », « implacable », d'un Gaston Defferre « ombre de lui-même », vieil homme « blême, las et fermé » dont la succession serait ouverte.

Edmonde récuse le portrait qui est fait de son mari. À bientôt soixante-quinze ans, son Gaston est en pleine forme, au point qu'à l'issue de ce congrès particulièrement violent il s'est envolé pour les États-Unis en lui lançant sa phrase rituelle : « Le combat ne s'arrête pas là. » Un animal politique ne reste jamais bien longtemps à terre.

Si faux ce portrait, Edmonde ?

Elle a beau faire la sourde oreille, un petit air obsédant vient la tracasser. Il dit, cet air, qu'à force de travailler, de se distraire, de s'occuper, on oublie que le temps passe, on oublie que l'on est mortel, que l'existence a un terme, on feint d'ignorer qu'une jeunesse affamée nous talonne, alors même que l'on peut déjà sentir son regard brûlant sur notre nuque. On oublie avoir soi-même aimé l'âpreté de la course, son goût de sang. Il faudrait regarder derrière soi, parce que attention danger, et se dire que rien n'est acquis, jamais, ni le pouvoir, ni le succès, ni l'amitié, pas même le souffle de l'être endormi à nos côtés. À vrai dire, à cela aussi on s'est si bien habitué qu'on n'y pense plus.

Dix-neuf années de vie commune, sans temps mort hormis les étés balancelle sur le *Palynodie*, rythmées par les élections locales, nationales, européennes, par la saison des prix littéraires, par l'écriture, c'est une belle gageure, tout de même ! Ils l'ont tenue ensemble, Gaston l'a accueillie comme s'il l'attendait depuis toujours. Elle s'est glissée contre son épaule, puisque là était sa place. Elle a connu les victoires, les coulisses, les défaites, elle a battu la campagne, une rose à la main, monté des escaliers à n'en plus finir parce que, dit Gaston, « les voix, il faut aller les chercher jusqu'en haut des escaliers », elle a eu droit aux honneurs, elle s'est entendue dire non à la proposition de jouer un rôle politique officiel, celui de bon petit soldat lui va très bien, merci.

À quel moment le vent a-t-il tourné ?

Elle se souvient des premiers battements d'ailes sombres au-dessus de leurs têtes, oiseaux sinistres vite dispersés. C'était en 1983. Un soir, le bruit de la mort de Gaston a circulé à Marseille, sa mort physique, alors même qu'il dormait du sommeil du juste, auprès d'elle, rue des Saints-Pères.

À la Timone, quelqu'un l'avait vu, sans vie, sur un brancard.

Les rédactions locales s'étaient affolées. Michel Pezet, devenu premier secrétaire de la puissante fédération socialiste des Bouches-du-Rhône, avait passé la nuit à tenter de rétablir la vérité, mais les journalistes continuaient leurs micros-trottoirs : « Le maire est mort... » Répéter une chose jusqu'à ce qu'elle devienne vraie. Edmonde ne s'étonne plus que la rumeur soit l'un des principaux ingrédients de la vie politique marseillaise, car aucune autre ville n'y est plus propice. Marseille, c'est un puzzle de ruelles cachées par les façades au bord de la mer, d'impasses dissimulées derrière les beaux immeubles le long des avenues nobles, ce sont des quartiers bordés de murs hérissés de tessons de verre pour empêcher qu'on les escalade, de véritables murailles infranchissables, on descend deux escaliers et d'un coup on ne voit plus rien, où est-on, on tourne, on descend dans un bas-fond qui finit par remonter et là le rideau s'ouvre, pleine vue sur la mer scintillante, puis deux autres escaliers, et à nouveau l'étroitesse et la pénombre. Une topographie de folie. « C'est un immense secret, Marseille », assure le poète Julien Blaine[63]. Toutes les cultures, toutes les ethnies, tous les peuples y vivent et cohabitent. Poussés par un malheur originel – la plupart ont vu la mort de près, ou le massacre, ou la peur –, ils y ont posé leur baluchon et ont repris leur vie. Il y a des quartiers lointains, anonymes, qu'Edmonde connaît à peine, où des pieds-noirs et des Arabes, des Lorrains et des Arméniens, des Comoriens, des gitans et des Italo-Maltais vivent soudés par « des liens presque invisibles d'une vie refaite[64] ». En 1962, à la fin de la guerre d'Algérie, Gaston a accueilli à Marseille 450 000 rapatriés et, fin octobre de la même année, les 700 derniers légionnaires de la maison mère de Sidi Bel Abbès, qui trouvaient refuge à Aubagne. La bourgeoisie marseillaise a tordu le nez, mais enfin, bien contente d'avoir trouvé en Gaston Defferre celui qui avait fait un rempart contre le stalinisme qu'elle redoutait après guerre.

Donc Gaston, mort.

Elle se souvient aussi d'avoir frissonné, effrayée, et touché le premier talisman venu : du bois, son front, ou le collier qu'elle portait ce jour-là… L'épisode la troublait au plus profond. Ainsi, il suffit de dire que vous êtes mort pour que tout le monde le croie ? Est-ce le signe que votre temps est épuisé ? Qu'il faut préparer l'avenir ?

Gaston Defferre refuse d'organiser l'avenir de Marseille, ou celui de la fédération. Pourquoi le ferait-il puisque l'avenir, c'est lui ?

Les Marseillais commencent à en douter. En ville, mais aussi dans les rangs socialistes, on reconnaît à mi-voix : « À court d'idées… la ville a perdu du souffle… ville à deux vitesses… on gère au quotidien. » Si bien qu'aux dernières municipales Gaston a sauvé son siège *in extremis* en s'alliant sans gaieté de cœur aux communistes, les ennemis qu'il a tant combattus, seule contre-attaque possible à la victoire imminente de Jean-Claude Gaudin. Gaudin sur le trône de Gaston ! Une hypothèse qu'Edmonde se refuse à imaginer.

Deux décennies assez radieuses pour leur couple, ternies ces dernières années par de multiples scandales. Deux ans plus tôt, il y a eu l'affaire René Lucet, surfacturation, fausses factures, pots-de-vin et, pour finir, le « suicide à deux balles » dans le crâne de celui qui gérait les caisses de Sécurité sociale des Bouches-du-Rhône. En juillet dernier, c'était au tour des fausses cartes d'adhérents du PS des Bouches-du-Rhône – cinq mille quand même, débusquées par *Minute* – d'empoisonner l'atmosphère. Un scandale qui s'est soldé par l'inculpation de quarante-trois cadres municipaux. Philippe Sanmarco, secrétaire général de la mairie, accuse Michel Pezet d'avoir organisé la fraude, lequel plaide l'erreur et rien d'autre. Les deux dauphins putatifs de Gaston se jaugent.

Gaston vient d'être rétrogradé au ministère du Plan et de l'Aménagement. Le plan n'est pas un portefeuille d'avenir dans un gouvernement qui mène une politique de plus en plus libérale, mais ce n'est pas non plus un désaveu. Certes, Mitterrand le consulte moins souvent, l'amitié demeure pourtant. Beauvau est allé à Pierre Joxe, plus jeune, tout comme l'est le nouveau Premier ministre, Laurent Fabius.

Et maintenant, ce séisme de forte magnitude avec le congrès de Fos, où l'on vient d'assister à l'impensable, Gaston, le patron, chahuté par les partisans de Pezet.

Il est loin le temps du quatuor harmonique qu'ils formaient avec Jeanne Laffitte. La fascination d'Edmonde pour le brio et l'intelligence de Michel Pezet a fait place à l'aversion. L'avocat lui doit beaucoup, elle l'a distingué alors qu'il peinait à s'imposer dans le cercle proche de Gaston. Elle vit comme une trahison qu'il ait saisi son indépendance aussitôt que Gaston lui a transmis la présidence du conseil régional en 1981, à son arrivée place Beauvau. De nominations en évictions, Pezet a vite créé une équipe à sa main, plus neuve, plus dynamique que celle de Gaston, débarrassée des vieilles lunes qui encombrent la politique marseillaise. Il se construit une majorité. Mis devant le fait accompli, Gaston écrit : « Décidément, chaque semaine j'éprouve l'impression que tu me caches la vérité et que tu cherches à m'être désagréable. » Fos est le faux pas de trop.

Edmonde le convoque aussitôt rue des Saints-Pères. Michel est de passage à Paris, il rentre d'une visite d'usine aux États-Unis où il a passé trois jours paisibles avec Gaston, lequel continue vers Marseille où l'attend un architecte pour la construction de son nouveau bateau. Le Plan lui laisse des loisirs, il navigue un peu et chasse davantage.

— Vous avez vu le titre du *Monde* ? « Le déclin de la maison Defferre ». Qu'est-ce que vous pensez de ça ? cingle Edmonde.

Finie la séduisante complicité, des glaçons s'entrechoquent dans la voix.

Pezet en a affronté d'autres.

— Sur l'article je n'ai rien à dire, il me paraît refléter la réalité.

Très précis, l'article n'omet rien, pas même l'arrivée de Gaston entravée par le service d'ordre sous prétexte qu'il n'avait pas sa carte d'adhérent ! Une stratégie pour refouler ceux qui l'accompagnaient, les chauffeurs de taxi marseillais, réunis en syndicat, l'armée de l'ombre de Gaston, dont Pezet avait appris qu'ils projetaient d'envahir la salle et de subvertir la tenue du congrès[65].

Pas de carte donnant accès au congrès, pas d'entrée. Les chauffeurs ont été refoulés, Gaston a fini par produire le document. Un Gaston ridiculisé.

— Il faut que vous appeliez, que vous disiez que tout est faux, rédigez un droit de réponse !

Pezet se délecte de répondre à celle qui fut la présidente du Comité pour le respect du droit à l'information radiotélévisée :

— Edmonde, il n'en est pas question.

Les Defferre sont coutumiers du fait. Lorsque *Le Provençal* a massacré un ballet que Roland Petit présentait au Festival d'Avignon, une seconde journaliste, en service commandé celle-là, avait écrit tout le bien qu'elle pensait du spectacle.

Roland Petit. Le totem n'impressionne pas Pezet. Il vient d'user de toute son influence auprès de Jack Lang pour que Jean-Luc Choplin, remarquable directeur du Ballet de Marseille, soit nommé à la direction de l'Opéra de Paris. Nomination officiellement acceptée. Petit s'en plaint.

Michel Pezet l'ignorait-il ? On ne touche pas à Roland Petit. Et on laisse Gaston tranquille.

Le plat de la vengeance lui est servi froid quelques jours plus tard. Il est rayé des colonnes du *Provençal.* Plus un mot sur lui. Edmonde l'adorait. Il n'existe plus. C'est à se demander si Michel Pezet a jamais existé.

Le firmament abrite une merveilleuse quantité d'étoiles, l'une s'éteint, une autre scintillera bientôt. Edmonde va s'enticher d'un type ultra-désinhibé rencontré lors d'un dîner organisé par l'ambassade d'URSS à l'occasion de la visite de Mikhaïl Gorbatchev en France. Edmonde et Bernard Tapie sont voisins de table. La sphère littéraire n'est pas celle de Tapie. « Moi, le monde littéraire… [moue] C'est d'ailleurs ce qui leur a permis de penser que j'étais un illettré et un imbécile, puisque dans ce pays de cons on continue de penser que l'on a une culture générale et un peu d'intelligence si on est capable de parler de Montesquieu. Sinon, vous êtes un imbécile », soupire-t-il lors de notre rencontre[66]. Edmonde ne s'y trompe pas. Elle trouve l'homme d'affaires d'une intelligence bluffante. Elle aime les fonceurs, celui-ci est un wagon bourré de testostérone. Il est beau. Solaire. Sa présence ce soir-là s'explique en raison de ses affaires en Russie, mais la France entière sait qu'il vient de s'illustrer dans le milieu sportif en montant sa propre équipe cycliste, s'offrant à cette occasion une idole sur le déclin, Bernard Hinault, dont il relance la carrière. L'équipe de La Vie claire enchaîne les succès. Edmonde observe le phénomène, mesure sa vitalité et, tout à trac, au milieu du repas, propose : « Pourquoi ne reprendriez-vous pas l'Olympique de Marseille ? »

L'équipe de foot de Marseille est reléguée en deuxième division. Or la santé de la mairie passe par celle du football, et réciproquement. Gaston en a pris conscience dans un centre pour enfants délinquants de la région parisienne. Un môme lui a dit : « On vous connaît, m'sieur, vous êtes le maire de l'Olympique de Marseille[67] ! » Depuis, il cherche sans trouver. La personnalité de Tapie met Edmonde en joie. Son côté baroudeur, à coup sûr. Son franc-parler plutôt viril, qui n'est pas pour la choquer, elle a quasiment fait les tranchées. Gaston se montre plus circonspect. D'autant que la période est rude à Marseille pour le defferrisme. *Le Méridional*, qui est intégré au groupe de presse du *Provençal* bien qu'il soit un quotidien de droite, redevient particulièrement vindicatif. Une erreur avec l'OM compliquerait la situation. Assez vite, Defferre comprend qu'il est tombé sur une pépite. En bon maquignon, il voit le parti à tirer de ce battant au faîte de sa gloire. En bon père de famille, il lui conseille de prendre à ses côtés un Corse, Fratani, excellent connaisseur du milieu. « Prenez-le comme collaborateur, c'est un garçon qui vous sera très utile et qui vous éveillera sur des risques à ne pas prendre[68]. »

Années quatre-vingt, années plein la vue. Tout est possible, tout est permis. Tapie va remonter le club en achetant des stars. Il veut faire de l'OM un grand d'Europe. Il part de rien. Entrent Michel Hidalgo et Gérard Banide pour l'encadrement technique, puis Förster, Giresse, Papin, plus tard Barthez… L'OM devient un produit avec écrans géants, feux d'artifice et musique qui pulse. Quand le stade Vélodrome s'embrase, les ventes du *Provençal* bondissent. Gaston Defferre n'assistera pas à cette débauche d'enthousiasme, néanmoins la renaissance de l'OM sera portée à son crédit, elle illuminera sa légende personnelle ardemment entretenue par sa veuve noire.

Tapie et son énergie à gagner sont, pour Edmonde, une façon d'échapper à la routine, d'éloigner le spectre du vieillissement, du déclin. Une bulle d'optimisme.

Oublie-t-elle qu'on ne brave pas le temps ? Elle choisit l'amnésie.

Dis-moi étais-tu seul ?
Dis-moi as-tu vu la lumière ?
Dis-moi as-tu souffert ?
Dis-moi as-tu vomi ?

Dis-moi, as-tu eu peur ?

Christian Boltanski,
Faire son temps, 2019

« Non, ne reste pas… Va à Paris. »

Edmonde insiste. La réunion des jurés Goncourt qui se tient le premier mardi de chaque mois chez Drouant peut se passer de sa présence. Mais lui, rassurant, tendre, fier d'elle. « Non, non, tu es un grand écrivain, tu t'occupes de ta carrière d'écrivain… La politique, c'est moi. »

Pourquoi lui a-t-elle obéi ?

À Marseille, la classe politique s'attend à un lundi 5 mai tendu. Gaston Defferre s'apprête à récupérer le pouvoir que Pezet lui a arraché. Cicatrices encore fraîches du congrès de Fos. La fédération socialiste des Bouches-du-Rhône se réunit pour élire un successeur à Michel Pezet qui vient de remporter les élections législatives. Or, les statuts de la fédération lui interdisent de cumuler son poste de premier secrétaire avec celui de député. Pezet pousse son candidat, Yves Vidal, son adjoint, incarnation d'une nouvelle génération, mais Defferre a le sien, Jean-François Picheral, élu aixois, un homme sympathique dont il n'a rien à craindre.

— Et pourquoi tu ne veux pas de Vidal ? demande Pezet.

— Il m'a traité de vieux con, répond Gaston[69].

Defferre veut un premier secrétaire qu'il puisse contrôler. En ce mois de mai 1986, il n'est plus rien. Ni ministre, ni président de la fédération. Mais il reste le maire de Marseille.

C'est l'étuve dans la salle de la rue Montgrand. Deux cent trente membres du comité fédéral sont présents, plusieurs courants socialistes : les mitterrandiens – Defferre et Pezet –, les rocardiens, les soutiens de Pierre Mauroy et ceux de Jean-Pierre Chevènement ; Defferre a l'appui des deux derniers. Les sept heures de réunions, de motions rejetées, de débats houleux, de tractations, ont raison de la vitalité de Defferre à la tribune. Dans la salle, un médecin remarque la fixité de son regard, très inhabituelle chez lui.

Entre deux réunions, il appelle Edmonde. Parle des trahisons, elles le dégoûtent. Comme s'il les découvrait, qu'il était un bleu. Pezet l'a trahi, oui, mais n'est-ce pas le rôle des dauphins de détrôner les rois ? Ce sont les autres qui le dégoûtent, les siens, ceux et celles qui lui doivent tout. Yvette Fuillet, députée européenne qu'il a mise en situation d'éligibilité, joli cadeau. Bastien Leccia, ami personnel de François Mitterrand, séide de Defferre. Corse, Leccia connaît les réseaux de l'île et Gaston l'utilise comme il le fait avec d'autres. Au dernier moment, ces deux-là ont soutenu un texte expliquant qu'il devait céder, que ça suffisait le pouvoir à perpétuité, que tout le monde en avait assez.

Vers 23 heures, devant son air hagard, son directeur de cabinet Loïc Fauchon le convainc de rentrer chez lui. Le seul réconfort que ses soutiens puissent apporter au vieux chef est de lui éviter d'assister à la proclamation des résultats. Car la défaite est totale.

Depuis leur appartement qui domine le Vieux-Port, Gaston appelle Edmonde. Il est minuit trente.

Cette voix, au téléphone. Cette voix blanche. Elle imagine son visage, la pâleur de craie. Je suis fatigué, dit-il, je vais dîner. Léone, la cuisinière, lui a laissé de quoi réchauffer un repas. Escalope panée, ratatouille. Marre des trahisons.

Il est environ 1 heure quand ils raccrochent. La voix de Gaston flotte dans l'éther du sommeil qui est en train d'emporter Edmonde et l'éloigne de la réalité contre laquelle, à Marseille, il a jeté ses dernières forces.

Au milieu de la nuit, Picheral appelle Gaston pour lui donner les résultats définitifs. « On est battus de 9 voix sur 230 ! » Gaston encaisse. « On revote demain. »

Après ? Personne ne sait exactement. Tout le monde s'accorde sur la fatigue extrême. La rumeur, comme l'eau, est difficile à contenir, celle-ci pourtant n'ira pas bien loin : ce serait un assassinat. Délesté de ministère depuis deux mois, privé de ses gardes du corps, redevenu un citoyen lambda, Defferre fait une cible facile pour un règlement de comptes. « Des fadas ! » s'indigne Jeanne Laffitte. Michel Faure échafaude un autre scénario. Il connaît bien l'appartement de la rue Neuve-Sainte-Catherine. Il sait aussi que Gaston Defferre souffre des conséquences d'une gangrène gazeuse depuis qu'il s'est blessé sur un récif corallien. Désormais, il marche avec un léger déséquilibre. Cette nuit-là, pris d'un malaise, il aurait percuté le poteau central qui soutenait le séjour, un peu sonné il n'aurait pas trouvé l'interrupteur et, alors qu'il se dirigeait vers sa chambre dans la pénombre, la fatigue l'aurait fait trébucher sur une des grosses poteries d'Anduze qui décorent la pièce. L'un des pots est maculé de sang. Ensuite, ces faits-là ont été vérifiés, il a appelé le médecin, Jean-Louis Sanmarco, lequel ne comprend pas si Defferre est dans sa campagne des Maurely ou bien dans l'appartement du Vieux-Port… Le temps d'arriver, de découvrir une porte verrouillée, d'appeler le chauffeur de Gaston, que celui-ci vienne muni des clefs, deux heures ont passé. Gaston Defferre s'est vidé de son sang, dans une solitude totale.

Alors, oui, ceux qui parlent d'assassinat, « des fadas ».

Quelque part dans la nuit noire, la sonnerie du téléphone réveille Edmonde.

Le professeur Vigouroux vient d'arriver, dit la voix, on transporte Gaston à l'hôpital de la Timone. Accident. Perte de connaissance. Blessure au cuir chevelu.

Elle prend le premier vol commercial pour Marseille. L'époque des Mystère 20 du Glam est révolue.

On lui parle de coma dépassé.

Lorsqu'elle arrive à l'hôpital, Gaston a plongé dans un coma irréversible.

Douleur aiguë. Moment de flottement.

Aussitôt prévenu, François Mitterrand a fait savoir que, sur le chemin de son retour du Japon, il ferait escale à Marseille pour voir une dernière fois son vieux camarade de combats. Alors, ne pas faire d'annonce définitive. Rester sur la fiction du maire de Marseille en réanimation et de l'immense neurochirurgien qu'est Robert Vigouroux, scrutant un électroencéphalogramme qu'il n'a pas le droit d'avouer « plat ».

À 7 h 30, elle appelle Jeanne Laffitte, à cran. « Qu'est-ce que tu fais ? » Jeanne dans son lit, abasourdie, qui vient d'apprendre la nouvelle par la radio. « Rapplique à la Timone. Tout de suite. » Jeanne se dit que jamais encore Edmonde ne lui a parlé sur ce ton. Mais c'est Électre, c'est la Grèce antique qui se dresse soudain au chevet de Gaston. Autour d'Edmonde, les amis sûrs. Les autres sont refoulés. « C'est ton tour, va le voir », ordonne-t-elle à Jeanne. Jeanne happée avec d'autres, malgré elle, dans le clan d'Edmonde, celui de la vengeance, du bain de sang politique, le clan de ceux qui s'opposeront à Michel Pezet et le mettront en pièces.

Autour d'elle aussi, la famille Cordesse et la sœur de Gaston, Maryse. Dans quelques heures, on évoquera les obsèques. Les Cordesse sont protestants-protestants. Edmonde, très catholique. Gaston n'a pas laissé d'instructions. « Moi, je les connais les instructions de Gaston, fait quelqu'un, il me les a dites : "Le jour où je meurs, vous faites un grand défilé sur la Canebière et vous allez casser la gueule à nos adversaires !" » Ça remonte à loin. Il parlait des communistes.

Il faut s'occuper sans tarder de sa succession à la mairie. C'est là, dans une salle d'hôpital impersonnelle, que la famille réunie décide du candidat à soutenir : Robert Vigouroux. Edmonde va s'en charger.

Michel Pezet veut se rendre à la Timone. Il appelle la mairie. Simone Orsoni, la secrétaire particulière de Gaston, le lui déconseille fortement : « Michel, n'y allez pas, vous allez causer un trouble terrible… »

Au *Provençal*, journalistes, secrétaires, chauffeurs, tout le monde pleure. André Poitevin en met quelques-uns dans la confidence : « C'est fini. On va le débrancher, ce sera pour demain. »

Demain, après le passage de François Mitterrand.

Rue Neuve-Sainte-Catherine, Martine est venue prendre son poste comme tous les matins, à 8 h 30. Elle assure le secrétariat d'Edmonde. Des barrages de police bloquent la rue. On lui demande ses papiers. « Je vais travailler chez madame Defferre. » Au cinquième étage, un inspecteur lui demande de ne pas bouger de son bureau. Elle ne résistera pas à jeter un œil dans l'appartement privé. Le préfet, un commissaire et d'autres policiers sont en train de discuter. Derrière eux, les eaux du port scintillent. Elle ne voit que le sang, une mare de sang qui a inondé la moquette, sur la table elle reconnaît le dîner qu'elle a vu Léone préparer la veille.

Il fait une chaleur accablante.

Edmonde arrive à l'appartement dans l'après-midi, vêtue de sombre, de grosses lunettes noires masquent son regard. Face à cette veuve sicilienne, Martine hésite à bredouiller des condoléances. Edmonde lui demande d'annuler tous ses rendez-vous à Paris. Et ajoute : « J'ai besoin d'être un peu seule. »

Au moment de partir, la jeune femme l'apercevra assise dans le canapé. Assommée. Les yeux secs.

En restant de marbre, bien droite, séparée du monde, Edmonde sait qu'elle les tient tous debout quand tous sont prêts à flancher, à pleurer et à renifler leur chagrin. Elle aimerait tant pouvoir se briser, elle a failli casser la carapace qui l'étouffe, ce matin à l'hôpital, dans la grande salle de conférences, quand le professeur Vigouroux a annoncé le coma de Gaston devant une forêt de micros tendus, quand il lui a fallu se lever, puis traverser la foule des journalistes et s'engouffrer dans un sas, avec ses intimes, là, un bref instant, elle s'est appuyée à l'un d'eux, dos tourné, visage au creux de cette épaule, nuque raide, quinze secondes à peine, elle s'est reprise, redressée, c'était fini. Cela ne sera plus.

À quoi pense-t-elle, en sa première nuit de veuve ? Veuve, puisque personne, pas même le chirurgien à la réputation internationale, pas même les tuyaux qui semblent relier Gaston à la vie, n'a le pouvoir de changer le cours du destin.

L'Élysée a appelé : François Mitterrand viendra à la Timone en début d'après-midi. Demain, à 16 heures, Gaston cessera de respirer.

Elle se lève, marche vers la cuisine. Dans le réfrigérateur, une bouteille de vodka. Elle s'en sert un dé à coudre, son rite du soir avant de s'installer devant le journal télévisé. Mais elle n'allume pas la télévision, elle sait trop ce qu'elle y verrait. La pluie d'hommages, la gueule des traîtres, les ennemis d'hier tressant des odes à l'adversaire disparu, puisque seuls les vivants sont à craindre. Elle revient au salon et ferme les yeux. Il faut penser à la suite. À demain, à l'annonce officielle, à la ville qui se figera. Au drapeau en berne au fronton de la mairie, baissé sur le silence.

Pour ne penser à rien d'autre, Edmonde doit penser à tout, organiser. Les obsèques auront lieu le 12 mai.

Le mercredi 7, à 16 h 15, la direction du *Provençal* fait sonner les sirènes d'incendie. Le petit peuple des sténos de presse, journalistes, ouvriers du livre, coursiers, dévale de tous les étages, jusque dans la cour, dans le hall, où chacun reste pétrifié, sous l'émotion écrasante. Leurs larmes coulent, sur Gaston, sur le sort qui les attend. Qui, après le Patron ?

Edmonde s'en occupera. Elle s'occupera de tout, elle l'a dit.

Les préparatifs des funérailles se mêlent à ceux de la vengeance. Sa priorité est de désigner un remplaçant intérimaire à Gaston dont le mandat de maire courait encore trois ans. Empêcher Pezet à tout prix. Éviter une guerre de succession au sein de la gauche. Barrer la route à Gaudin.

Edmonde réunit les alliés. Les Poitevin père et fils, Robert Vigouroux, immense chirurgien mais modeste conseiller municipal qui, à son habitude, tire sur son cigarillo et laisse tomber ses cendres sur la moquette. Un taiseux. Elle se tourne vers lui :

— Robert, tu es conseiller municipal, toi ?

— Oui…

— Eh bien voilà ! Pour la période transitoire jusqu'en février 1989, c'est simple, ça va être toi[70].

Tout, absolument tout, se déroulera selon ses plans.

Pendant deux jours et une nuit, le corps de Gaston Defferre reste exposé dans son cercueil, sous un catafalque dressé à l'entrée de la mairie. Ceux qui le souhaitent viennent saluer leur maire. Ils sont innombrables à avoir pris leur tour dans la longue file d'attente, à avoir patienté dans l'air brûlant pour s'agenouiller devant le cercueil recouvert du drapeau français, veillé par sa garde de marins casqués. Edmonde, costume sombre, jabot noir, les accueille, leur sourit, se charge d'énergie au contact de leur émotion. Ils plongent leurs yeux dans les siens, mais c'est Gaston qu'ils voient, qu'ils touchent, qu'ils remercient. Elle a veillé au moindre détail. Réajuste un pli du drapeau tricolore qui glisse. Déplace une gerbe de fleurs. Au pied du cercueil, il y a la sienne : « Au nom de tous ceux qui t'ont aimé. Edmonde. » Chignon tiré, joues avalées par-dedans. Elle a mille ans. On l'embrasse, on l'étreint, femmes du bled, du Panier, Africaines en boubou, anciens combattants, il n'y a plus de classes sociales, seulement la peine partagée.

Le lundi 12 mai, à midi, les sirènes de Marseille et celles des bateaux du Vieux-Port disent adieu à Gaston Defferre.

L'affiche que la mairie a fait placarder par centaines à travers la ville, l'adieu de Gaston aux Marseillais, c'est son idée. Gaston aux cheveux gris qui sourit, avec ce regard totalement ravi qu'il a parfois quand il est heureux, Gaston qui lève haut son chapeau pour saluer une foule chaleureuse. Edmonde a fait ajouter ces mots : « Adieu Marseille ! »

Elle se reprend : qu'il *avait* parfois… quand il *était* heureux. Il lui faut apprendre à parler de lui à l'imparfait.

Chaque seconde de la cérémonie la trouve tendue à l'extrême, aux aguets de la moindre défaillance.

Les politiques sont venus par avions spécialement affrétés. François et Danielle Mitterrand, les membres du Parti socialiste, parce que c'est avant tout une réunion socialiste. Et Jacques Chaban-Delmas, pour incarner la Résistance. Et Charles Pasqua, représentant le gouvernement de Jacques Chirac, en service commandé, avachi dans un fauteuil.

Devant la mairie, pour qu'aucun Marseillais ne soit privé de la cérémonie, on a dressé une grande estrade à ciel ouvert où se succèdent les discours, sous un cagnard de plomb. Deux heures d'hommages, tout le monde ruisselle. Restent les phrases, belles comme du Pagnol : « Monsieur le maire, tu as décidé de faire une croisière en solitaire. En partant, tu as oublié ton chapeau. Ne t'inquiète pas… avec les amis nous te le gardons[71]. »

À la surprise générale, ce chapeau, vaste et rond, qu'il portait dans la rue pour éviter le trop-plein de bises des passants, va surgir d'une ouverture ménagée dans la scène, porté sur un coussin par un conseiller municipal. Au même moment, la totalité des panneaux Decaux de la ville s'illuminent pour afficher le fameux : « Adieu Marseille ! »

Puis, les tambours en deuil de l'orchestre de la Légion étrangère accompagnent le cortège à pied jusqu'à la cathédrale Sainte-Marie-Majeure. Soudain, aimable pagaille quand la foule précède le cercueil au lieu de le suivre. Voilà qui ressemble à une tentative d'escampette d'un Gaston parpaillot qui, si on l'avait consulté, aurait peut-être dit non à tant de décorum.

Mais Edmonde a voulu la tragédie antique, le soleil implacable, le noir de la foule et des tentures. Même le « meurtrier » est là, piégé dans son rôle, perdu dans la population sur le parvis de la Major. Interdit d'hôpital, Pezet a prévenu : « Pour les obsèques de Gaston, je serai dans la rue ! » À l'intérieur de la cathédrale, on se presse. Le couple présidentiel se détache, assis face à l'autel, Edmonde s'est placée de l'autre côté de la travée, figure de proue sombre et solitaire.

Le cercueil s'avance dans la nef entouré de sa garde d'honneur, huit jeunes gens et autant de jeunes filles, socialistes, venus de toutes les communautés de Marseille, arménienne, juive, arabe, africaine, asiatique et provençale. Un défi à peine déguisé, lancé à ceux qui dirigeront la ville, désormais.

La célébration religieuse se déroule selon le rituel de l'Église réformée de France, puisque Gaston est protestant. Mais Edmonde a tenu à ce que toutes les Églises de l'Occident et de l'Orient, toutes les confessions, soient présentes et s'expriment, afin de rappeler aux Marseillais que le brassage des peuples a commencé ici, dans leur cité phocéenne, six cents ans avant Jésus-Christ. C'est aussi la démonstration majeure de ce en quoi Edmonde croit profondément. Et lorsque s'élève la prière de l'imam, en langue arabe, un frisson parcourt le parterre des invités et ceux massés au-dehors. On s'étonne. On n'en revient pas.

Enfin, les portières des voitures claquent. On roule vers le cimetière Saint-Pierre, dans l'humble carré protestant où Gaston a acheté en catimini une concession et attendu son tour en simple citoyen. Là, le calme, enfin. Le recueillement entre intimes.

Il ne reste que le silence. Que la lourde pierre tombale venue de la région de Marsillargues, où Gaston est né, qui, tel un menhir, se dresse et veille.

Jacques Chancel : Vous-même, avez-vous eu de la haine pour quelqu'un à Marseille ?

Edmonde Charles-Roux : La haine, je ne l'ai jamais ressentie de ma vie, ni ce que l'on me prête, c'est-à-dire une vengeance. Je ne conçois pas que l'on puisse avoir envie de vengeance contre qui que ce soit, de revanche, peut-être...

Radioscopie,
France Inter, 10 janvier 1989

Il existe une photographie de presse qui atteste la présence de François Mitterrand au chevet de Gaston Defferre, le mercredi 7 mai. Que dit-elle ? Que le président et Edmonde avancent côte à côte, vêtus de sombre, en devisant. Ils franchissent une porte, maintenue ouverte par deux hommes en blouse blanche. L'étonnement vient, compte tenu des circonstances, de l'expression lumineuse d'Edmonde. Elle sourit, comme si le président – visiblement, il est en train de lui dire quelque chose – lui rapportait un propos irrésistible. Or ils viennent de quitter la salle de réanimation, elle sait qu'à la suite de la visite présidentielle les médecins vont débrancher les appareils qui relient pour quelques instants encore Gaston Defferre au monde des vivants.

Une voiture officielle attend le président de la République pour le raccompagner à l'aéroport, d'où il rejoindra Paris.

Est-ce là, au moment de franchir cette porte d'hôpital, qu'Edmonde demande à s'entretenir en privé avec le président ? Toujours est-il qu'il la fait monter à ses côtés. Est-ce là que la bientôt veuve de Gaston l'informe de sa volonté d'empêcher Michel Pezet d'être élu maire de Marseille ? A-t-elle seulement osé ? On le murmure.

« En tout cas, elle a eu ma tête... », dit Pezet aujourd'hui. Trente années plus tard, cette phrase où elle réfute toute haine à l'égard de quiconque arrache un sarcasme à l'intéressé : « La réponse est jolie mais totalement fausse. En ce qui me concerne... et d'autres. »

Car la haine ne la lâche plus depuis les mots de défaite prononcés par Gaston sans imaginer qu'ils seraient les derniers. Terrible contraste entre cette femme, calme, endeuillée, aux gestes d'automate quand, à l'intérieur, un incendie de fureur et de chagrin la consume.

Au-delà des enjeux politiques pour Marseille et pour l'ensemble du Parti socialiste, dont elle a conscience mais qui exigent des compétences qu'elle n'a pas, la succession de Gaston Defferre à la mairie est devenue l'affaire personnelle d'Edmonde.

Le 17 mai, jour du vote, voit s'affronter l'« assassin » de Gaston et sa veuve. Brutus contre Électre, laquelle est restée chez elle, mais ses troupes sont prêtes. Michel Pezet garde un souvenir cuisant de la mise en scène qui les a accueillis, lui et ses partisans, à la mairie. Les élus qui lui étaient défavorables, confortablement assis dans des fauteuils rouges disposés en demi-cercle, tandis que, face à eux, les pezetistes se contentaient de petites chaises en plastique, condamnés d'avance. De l'Edmonde pur fiel, selon lui.

Bien qu'il soit majoritaire dans son groupe socialiste, qu'il puisse compter sur les votes des radicaux, il sera battu, aidé en cela par quelques trahisons de dernière minute. Le choix de Robert Vigouroux comme pape de transition va triompher. Vigouroux dont Edmonde s'est assurée qu'il resterait dans la ligne de Gaston. Quant à Pezet, son cas est réglé pour les trois années à venir.

Fin de l'acte I.

Depuis que l'homme au chapeau n'est plus à la mairie, que ses ennemis ont la certitude de ne pas croiser sa silhouette dans les rues de Marseille, ni de redouter ses foudres, les gens se détournent d'Edmonde. Sans vergogne, ceux qui avaient traversé la rue au risque de se faire écraser pour la saluer font la même chose en sens inverse, pour l'éviter. Ça l'amuse. Aussi, quand lors d'une représentation au Festival d'Aix, ou ailleurs, elle remarque un groupe qui fait mine de l'ignorer, elle s'avance, royale, grand sourire, et lance : « Bonjour ! Je me présente : Edmonde Charles-Roux ! »

L'amitié en politique prospère sur des sables mouvants. Gaston Defferre faisait exception, il se serait même fait tuer pour un ami. Edmonde compte quelques appuis fidèles, avec qui les rencontres se prolongent en longues discussions complices. Jean-Pierre Chevènement, dont le Ceres a soutenu Gaston, et François Mitterrand bien sûr, dont les attentions lui sont un véritable réconfort. Six mois après la disparition de Gaston, c'est avec joie qu'elle accepte l'invitation de Danielle Mitterrand à passer deux jours à Brégançon, pendant la période de Noël. Son premier Noël sans lui. « Il y aura Roger [Hanin] et Christine [Gouze-Rénal], et ma nièce », autant dire une réunion familiale. Edmonde se réjouit de revoir François Mitterrand. Il ne viendra pas. Tandis qu'elle fraternise à Brégançon, il est à Marseille, entouré de quelques amis de la Résistance, parmi lesquels Bastien Leccia, l'ex-homme de confiance qui a trahi Gaston.

Mais ceux qui la croiraient hors jeu la mésestimeraient.

« *Le Provençal*, c'est la bombe atomique ! » s'amusait Gaston.

S'il en était l'un des trois actionnaires principaux, avec Antoine Cordesse, l'époux de Maryse, et Francis Leenhardt, ancien député PS du Vaucluse, Gaston Defferre en était l'âme, le patron de la première à la dernière page. Pendant trente-trois ans, où qu'il se trouvât, y compris dans son ministère, il téléphonait au moment du bouclage pour connaître dans le détail la une du journal du lendemain. Alors seulement l'imprimeur lançait les rotatives.

En quelques années, Gaston a créé un empire de presse. Quatre quotidiens – dont deux à la ligne politique diamétralement opposée, *Le Provençal* et *Le Méridional* : une bizarrerie, mais il voulait contrôler la presse de *sa* ville et de *sa* région –, adossés à deux régies publicitaires, véritables machines à cash, Eurosud à Marseille et Media Sud à Paris, où Gaston possède aussi l'Agence centrale de presse.

Avec l'arrivée de François Mitterrand au pouvoir, *Le Provençal*, jusque-là journal d'opposition, s'est heurté à un grand classique : la baisse de son lectorat. Lorsque Edmonde recueille les actions de son mari, 22,46 %, *Le Provençal* est considéré comme l'un des journaux d'Europe les plus avancés techniquement. Il n'y a guère que le quotidien allemand *Bild* qui lui soit comparable sur ce point. Il avait fallu de coûteux investissements, 40 millions de francs de l'époque, pour en arriver là. Leur remboursement doit commencer en 1989, il est impératif de trouver de l'argent frais. Defferre avait lancé des négociations avec Jean Riboud, ami personnel de François Mitterrand, mais au début de cette année 1987, ni l'un ni l'autre ne sont plus de ce monde.

Les équipes du *Provençal* reprennent espoir devant le défilé de grands patrons en visite, susceptibles d'investir dans le groupe. Christophe Riboud, P-DG de l'institut de sondage Ifop, qui succède à son père, lequel détenait des obligations, et Robert Maxwell, le magnat britannique.

Edmonde s'est tournée vers François Mitterrand pour évoquer l'avenir du groupe. Le président lui a conseillé : « Vous devriez rencontrer Robert Maxwell. »

Maxwell, dit *Captain* Bob, est le propriétaire du *Daily Mirror*, un tabloïd anglais particulièrement agressif, ainsi que d'une myriade d'autres titres, de fonds de retraite et de sociétés privées. Le *tycoon* parti de rien a été anobli par la reine d'Angleterre.

Comment deviner qu'il est un escroc monumental ?

Le magnat déploie des tonnes de séduction à l'égard d'Edmonde reçue en grande pompe, et par la famille au complet, dans sa gentilhommière de Headington Hall, près d'Oxford. Il ignore que le chic anglais n'est pas pour impressionner Edmonde s'il est dépourvu de ce supplément d'âme qu'est la patine du temps. Néanmoins, la vitalité du bonhomme la séduit. À son retour à Marseille, elle n'a pas de mots assez louangeurs : « Les investissements ne seront pas un problème… Plein d'argent… On va s'ouvrir… Édition bilingue… » Soulagement de l'équipe, les familles Cordesse et Leenhardt suivent, Jacques Defferre, frère de Gaston et président de *Var-Matin*, aussi. L'Élysée approuve.

André Poitevin est devenu président. Il a le nez sur les comptes. Parfois, on l'entend soupirer : « On n'est pas brillants. » Alors on gomme, on revoit à la hausse. Une petite main de l'époque, reine du Tipp-Ex, se souvient : « Quand j'y pense ! On ne peut plus faire ça aujourd'hui, avec l'informatique, les recoupements… »

Le Provençal vit au-dessus de ses moyens, et ce depuis toujours. Une loge à l'Opéra. Une armée de marins assis – l'équipage de Gaston sur le *Palynodie* pendant la saison morte – dont on ignore quel est leur rôle dans une rédaction. Les trajets en avion sont préférés aux fax. Une employée se souvient d'avoir porté un courrier par les airs, Marseille-Paris, aller-retour en vingt-quatre heures avec voiture et chauffeur dans les deux sens. « On avait besoin, on faisait. » Avec cela, soixante-six voitures en location longue durée. « On a réservé des voitures pour Dalida, sous un autre nom. Puis pour Anne Pingeot… »

Confiants, Edmonde et André Poitevin organisent la prise de capital par Maxwell.

Ce 30 juin, dans la grande salle de réunion qui offre une vue plongeante sur le port, l'équipe apprend qu'elle est sauvée. « On signe avec Maxwell. » Elle s'active à finaliser des dossiers propres.

Le 1er juillet, aussi.

Le 2 juillet, la même équipe voit débarquer la team Lagardère. En tête, Jean-Luc Lagardère lui-même, accompagné de Philippe Camus, futur directeur général du groupe Lagardère, et Gérald de Roquemaurel, arborant nœud papillon et ascendance Louis Hachette. « Voilà les nouveaux repreneurs ! » lance André Poitevin. Le groupe Lagardère dispose d'une importante réserve de liquidités, initialement dévolue à l'achat de TF1. Mais la Haute autorité vient d'attribuer la première chaîne de télévision au groupe Bouygues. Lagardère fond alors sur *Le Provençal*. Les journalistes sont estourbis.

Le sixième sens d'Edmonde a-t-il repéré une anomalie dans un recoin de l'empire Maxwell ? Au dernier moment, elle a décidé de naviguer seule et a rencontré Jean-Luc Lagardère, pour qui elle a une grande estime. Leur unique sujet de dissension étant Bernard Tapie. Lagardère le hait. « Votre ami Tapie est un forban ! » Ils se disputeront beaucoup à ce sujet. Pour le reste, lune de miel. Edmonde obtient que Lagardère ne touche pas à la ligne éditoriale des journaux pendant trois ans. Le temps qu'il faut au *Provençal* pour mener une campagne contre Michel Pezet qui, Edmonde connaît la ténacité de son ennemi, briguera le siège de maire en 89. Quant à un éventuel changement de titre du *Provençal*, il n'aura pas lieu avant dix ans.

Elle est nommée consultante du journal, conserve un bureau et une secrétaire. Laquelle ne l'aime pas mais pousse le mimétisme jusqu'à se coiffer, s'habiller et parler comme Edmonde. Elle va même se targuer de la réécrire tant, selon elle, ses textes sont mal fichus, livres compris. Drôle de couple.

Robert Maxwell est en rage. Il tonne, menace. En vain. Plus tard, devant la photographie de Maxwell déguisé en mamamouchi d'opérette lors du bal que Forbes offre pour ses soixante-dix ans, à Tanger, Edmonde lâchera : « Vous voyez à quoi on a échappé ? »

Bientôt on découvrira les montages financiers gigognes qui assurent à Bob son train de vie et mettront sur la paille les dizaines de milliers de retraités du groupe Maxwell. Bientôt l'empire démantelé, des employés au chômage. *Le Provençal* a eu chaud.

« Elle avait du flair et elle était une femme de pouvoir ! Edmonde joue un coup de plus que vous, toujours ! Il ne faut pas oublier que Lagardère était aussi le propriétaire de sa maison d'édition, Grasset… Et qu'il était propriétaire de Matra, qui passait des marchés avec l'État… Toujours un coup d'avance, Edmonde ! » s'amuse Christian Poitevin qui dirigeait la régie publicitaire du groupe.

Jean-Luc Lagardère a le bon goût de nommer à la présidence du quotidien Laurent Perpère, 1,93 mètre de charme, beau comme un dieu. Il est président pour la première fois. Edmonde l'enroule autour de son petit doigt.

L'absence, c'est de vivre avec un couteau dans le cœur et de savoir que, si l'on ne bouge pas, le couteau ne bouge pas.

Edmonde Charles-Roux,
Les Femmes et l'amour,
France Culture, 1er septembre 2011

Son cœur s'est remis à battre par habitude.

Jouer au plus fin. Jouer au plus fin avec l'absence. Et couillonner l'ennemi, voilà ce qu'il faut faire pour survivre. Ne jamais le prendre de face, ne jamais se trouver en situation d'être dominée par lui. Il faut meubler. Ne pas endurer. Se détourner avant que ça ne fasse mal. Éviter certains sujets de conversation, les lieux occupés par le souvenir, et les musiques… Ô la musique, pire que tout, mortelle ! La seule chose qui résiste, c'est la lecture. Elle ne vous rappelle rien d'autre que la lecture. Telle est la force des livres. Lire, ça ne rappelle rien. Quand elle vous possède complètement, il n'y a ni passé ni futur, il n'y a plus l'absence.

Pour la seconde fois, Edmonde affronte une vérité intime, banale, éculée, atroce : l'absence définitive n'a rien à voir avec une rupture entre deux amants, quand l'un a gagné, qu'il est heureux ailleurs, et vivant, quand l'autre a perdu, ça fait partie du jeu. Non, le drame c'est se dire : terminé. *Nicht mehr*.

En ville, certains murmurent. Serait-elle restée auprès de Gaston, il n'y aurait eu ni trébuchement ni perte de connaissance. Edmonde n'a besoin de personne pour que la satanée culpabilité féminine entame un sabbat dans sa tête : « Tu l'aurais forcé à se reposer, à s'allonger, la mort serait partie voir ailleurs. »

Alors elle meuble.

La mairie, *Le Provençal*, sauver l'œuvre de Gaston ne l'empêche pas d'attendre le bruit de la voiture qui remonte l'allée de graviers des Maurely, d'espérer que la porte d'entrée s'ouvre et claque, ni de guetter les respirations dans la maison vide.

Elle meuble, et pendant qu'elle se drogue à l'action, elle ne pense plus au manque. Les semaines passant, elle revient à son travail et à la discipline de fer.

Une jeune femme remarquable en tout point l'accapare. Il s'agit d'un de ces « bagages encombrants » dont, justement, Edmonde aime s'encombrer, une bizarrerie, une femme des extrêmes, qui a foulé des places jamais foulées par ses semblables, qui s'est inventée au jour le jour puisqu'il n'existait pas de modèle de référence.

La destinée fulgurante d'Isabelle Eberhardt, morte à l'âge de vingt-sept ans emportée par les eaux en furie de l'oued Sefra, dans son costume de cavalier arabe, arrache Edmonde à l'horizon de cendres promis aux veuves, mais c'est bien dans le registre du deuil qu'elle accomplit ce long travail.

Les deux femmes se sont rencontrées au détour de discussions familiales.

Peut-être n'a-t-on pas assez insisté sur les liens

que la famille Charles-Roux entretient avec l'Orient et la Russie des tsars. Jules Charles-Roux, le grand-père, a remarqué le futur maréchal Lyautey, alors qu'il n'était qu'un jeune lieutenant-colonel. Il avait généreusement favorisé son ascension et sa carrière africaine en lui présentant le gouverneur général de l'Algérie. Leur amitié ne s'était jamais démentie, se prolongeant au-delà d'eux-mêmes chez leurs descendants. D'une certaine façon, Lyautey était devenu le gourou des Charles-Roux. On le vénérait. Dès l'âge de quatre ans, chaque année, Edmonde était conduite par la main jusqu'au grand homme pour lui présenter ses devoirs. Le grand-père Jules, armateur, était aussi le président de la Compagnie universelle du canal maritime de Suez, là encore des liens forts étaient tissés, il en restera des relations privilégiées avec nombre de beys, des intérêts dans la région, notamment au Maroc où les Charles-Roux pouvaient s'enorgueillir d'une certaine proximité avec la famille royale alaouite. Voilà pour l'Afrique. Quant à la Russie, François était un jeune diplomate en poste à Saint-Pétersbourg quand il s'était lié d'amitié avec la tsarine, dont une photo dédicacée trône désormais sur un guéridon des Maurely.

Alexandra Feodorovna et le maréchal Lyautey ont souvent pris place dans les conversations des adultes qui entouraient Edmonde enfant, non en célébrités solennelles, écrasantes, mais tels des êtres familiers que l'on a aimés. Il arrivait qu'une demoiselle Eberhardt tout aussi captivante rejoigne la compagnie de fantômes. Edmonde aimait particulièrement cette apparition, qui unissait tout à la fois la Russie, l'Orient et Marseille et l'Europe. L'étrangeté de cette jeune fille l'intriguait. On la disait travestie en homme quelles que soient les circonstances, promenant sa silhouette masculine, costume gris et pardessus, surmontée d'un tarbouche, dans les rues de Genève, indifférente à la stupeur du bourgeois helvète, splendidement seule, parfaitement insensible à ce qui l'aurait empêchée de vivre comme elle l'entendait, c'est-à-dire libre, à l'instar d'un homme. Une errante, une différente, qui de son vivant avait exercé une véritable fascination sur ce briscard de Lyautey, lequel écrira : « Elle était ce qui m'attire le plus au monde, une réfractaire, quelqu'un qui est vraiment soi, hors de tout préjugé, de toute inféodation, qui passe à travers la vie, aussi libérée de tout que l'oiseau dans l'espace. J'aimais ce prodigieux tempérament d'artiste, et aussi tout ce qui en elle faisait tressauter les notaires, les caporaux, les mandarins de tout poil ! »

De la dynamite, donc.

Edmonde se découvre bien des points communs avec son héroïne. L'amour de l'écriture, Isabelle est la précurseur des grands reporters et des écrivains voyageurs, Kessel, Albert Londres. L'amour des langues. Le russe, le français, l'anglais, l'arabe. L'amour de l'Arabie. L'amour pour un Arabe. On gratifie Edmonde d'une liaison avec le général Oufkir, d'une autre avec Moulay Ali, cousin de Hassan II. Le nom de Mouammar Kadhafi vient se glisser dans ce prestigieux palmarès exotique, un Mouammar magnifique jeune officier des forces armées libyennes en qui rien n'annonçait le dictateur bouffi qui terrorisera sa population…

Elle a donc toutes les raisons de s'enthousiasmer pour celle qui, née en 1877 dans la puritaine Genève, s'est toujours considérée comme propriétaire exclusive de son corps. Pour son ravissement, Isabelle Eberhardt a mené une vie sexuelle assez agitée, un thème que l'écrivaine Charles-Roux aime explorer.

Oublier Palerme, *Elle*, *Adrienne*, *L'Irrégulière* contiennent des pages fortes sur la montée du désir, l'amour du corps. Edmonde sait parler de la jouissance, et se dit fière de ces passages, « véritables chants pour glorifier le désir, vivre le bonheur du corps, ne pas avoir honte de ce bonheur, l'exalter sûrement[72] ».

Charnelle, sensuelle, Edmonde.

La modernité d'Isabelle l'enchante. Cette fille, dira-t-elle, avait quatre-vingts ans d'avance sur son temps : fille d'immigrés russes, confrontée à la xénophobie, élevée dans une ville, Genève, qui devient lentement un carrefour du terrorisme. Une étrangère, donc une suspecte. Le temps d'Isabelle rejoint celui des années quatre-vingt.

Edmonde s'enferme dans son bureau de moniale. Celui de Gaston, aux baies ouvertes sur la montagne Sainte-Victoire, reste pétrifié en l'état, tel qu'il fut abandonné un jour de mai.

Un désir d'Orient paraît en janvier 1989, aux Éditions Grasset, après huit années de travail.

L’exergue exprime le long chemin parcouru en solitaire :

« À la mémoire de G.D. Ce livre, commencé avec lui, terminé sans lui. »

C'est un régal, la bouillabaisse politicienne, avec ses vieux croûtons, ses fromages et sa rouille. Celle que je préfère, c'est celle de la mère Charles-Roux : vous savez, Edmonde, la veuve à Defferre. En bonne cuisinière, elle hésite pas à changer de recette selon les arrivages et la qualité des produits.

Il y a quelques années, elle mettait du Pezet partout : à la fédération du PS, à la présidence de la région, et jusque dans l'assiette de son mari. Et puis, quand le Pezet s'est révélé indigeste [...] elle l'a jeté, j'aurais fait pareil. Elle l'a traîné dans la boue ou plutôt dans les colonnes du Provençal, *en insinuant que le « petit marquis » [...] était pas tellement porté sur les dames. Et elle a installé Vigouroux, un obscur conseiller municipal à la voirie, dans le fauteuil de son mari.*

Claude Sarraute,
« Pastis », *Le Monde*, 6 janvier 1989

La gouaille de Claude Sarraute qui tutoierait jusqu'au pape agace Edmonde. Néanmoins, à trois mois des municipales de 1989, notre veuve juge bon d'ajouter deux gouttes de ciguë audit ragoût.

Au micro de France Culture : « Le maire doit être quelqu'un qui représente la ville, qu'il soit marseillais à part entière, ce qui équivaut à dire qu'il aime les femmes, qu'il a de la séduction, qu'il a des enfants… Il faut que le maire ce soit eux, ils ne veulent pas être identifiés avec un homme qui n'aimerait pas les femmes… » Ce n'est pas sans rappeler le perfide « Pezet, c'est un petit… petit… petit… très petit problème » de Gaston pour moquer la taille de son jeune adversaire.

Au journaliste du *Figaro* qui tente d'associer Edmonde et Michel Pezet dans leur passion commune pour la danse, elle répond : « Ce n'est pas tout à fait pareil. Je m'intéresse à la danse, Michel Pezet s'intéresse au ballet. » Autre allusion au couple que Michel Pezet forme avec l'ancien danseur étoile du Ballet de Marseille à la carrière internationale Jean-Charles Gil.

Vacherie. D'autant que, dans la vie, Edmonde se

fiche que l'on soit homosexuel ou non. Ça ne compte pas. Seuls comptent les idées, le fond des choses. Mais il s'agit de faire à nouveau barrage au « parricide ». Sa haine recuite l'aveugle.

Vigouroux pourtant l'a un peu déçue en bridant son espoir de continuer à jouer un rôle de premier plan dans la gouvernance de Marseille. Le mot « espoir » est faible. Elle était intimement convaincue de garder la main sur la culture. Or Vigouroux est marié à une jeune femme désireuse de tenir pleinement le rôle de première dame de Marseille, cette création originale d'Edmonde. Sans compter que la personnalité du chirurgien l'a prise au dépourvu : son visage de joueur de poker, son sang-froid total cachent un homme de pouvoir qui a des intentions très claires et sait ce qu'il veut faire dans la ville. Plus on lui tape sur la tête, plus il est solide.

Les combats pour la mairie approchent. Ce sera une pièce à rebondissements.

En février 1989, Michel Pezet vient voir le maire de transition et lui annonce qu'une réunion à la fédération des Bouches-du-Rhône l'a désigné pour être le candidat socialiste à la mairie. « Bien, dit Vigouroux derrière son habituel nuage de fumée, c'est une bonne idée, mais moi je m'en fous, je maintiens ma candidature. »

Celui qui a été élu maire de Marseille grâce à la discipline parfois terrible du Parti socialiste, sans penser à s'en plaindre, l'envoie à présent promener.

Un peu effarés, les Marseillais voient Michel Pezet, candidat socialiste officiel, proche de Rocard, affronter un candidat-maire récemment exclu du parti mais pouvant compter sur le soutien discret du président Mitterrand – par loyauté envers Gaston Defferre, par allergie à Rocard, sans doute – et sur celui de Pierre Joxe, ministre de l'Intérieur. Le candidat de la droite, Jean-Claude Gaudin, applaudit. Il marche sur les eaux, Gaudin. Joie pure devant le pataquès des adversaires. Il s'imagine élu sur du velours !

Ils voient Edmonde reprendre du service, à soixante-neuf ans, soixante-dix dans quelques jours, endosser son manteau de laine rouge qui la protège du mistral et parcourir les marchés, les parcs où les retraités prennent le soleil, leur distribuer ses conseils : « Il faut voter pour notre maire. Il est médecin, il est sérieux. Il s'occupera de vous. Il soignera la ville. Faut voter Vigouroux… Faut pas vous tromper ! » Elle grimpe une fois encore les escaliers d'immeubles vétustes, ou bien, nouveauté, assiste aux concerts d'IAM, de Cheb Khaled et de ceux qui incarnent la jeunesse métissée, quitte à battre la mesure avec un bras dans le plâtre… Elle l'a toujours dit, et pour certains, ça n'était pas plaisant à entendre : « Marseille est une ville arabe. » Au mois de décembre suivant, on la verra au concert de clôture du Tour de France de l'Intégration, organisé par SOS Racisme, sur scène, dans la nuit polaire, accueillie par les sifflets du public qu'elle fera taire en leur lançant un vibrant « Je vous aime ». Ou l'art de retourner les potes comme un gant.

En attendant, le 12 mars, au soir du premier tour, Marseille suspend son souffle. Rue Codaccioni, la permanence électorale de Robert Vigouroux est en effervescence. Vigouroux est en tête. On se tombe dans les bras. Edmonde, gobelet de pastis à la main, exulte : « Ma permanence c'est ma famille… Ce sont des familiers, c'est vraiment le mot. La grande force de Marseille et des Marseillais, c'est qu'ils ne connaissent pas de différence entre les plus humbles et les notables[73]… », soit Edmonde en visite aux communs.

Au second tour, Robert Vigouroux réussit le grand chelem. Il remporte la totalité des arrondissements. Le temps est enfin venu pour lui de s'affranchir de la vieille garde defferriste.

Edmonde quitte son domicile de la rue Neuve-Sainte-Catherine et rejoint la mairie au volant de sa Mini. Elle pénètre dans la salle d'honneur bondée, tailleur noir, lunettes noires *oversize*, chignon sombre, elle avance, la foule s'écarte, soudain silencieuse. Des micros se tendent. « Madame Defferre, vous revenez à la mairie ? » Long silence. « Oui, je viens saluer le nouveau maire de Marseille. » Pas un mot de plus. La foule s'écarte encore devant la femme de basalte, et son murmure « Madame Defferre, madame Defferre ! » la poursuit tandis qu'elle rejoint la tribune et écoute le discours de Robert Vigouroux. Puis elle s'éclipse.

Rideau.

Elle ne sera plus que l'ombre de la première dame qu'elle a été. Sa mission accomplie, elle s'éloigne un peu, retourne à Paris, vers ses quartiers dirait Jean-Claude Fasquelle, vers le monde de l'édition, la rive gauche. Ou dans l'isolement des Maurely.

Elle laisse un mort derrière elle. Michel Pezet.

Lundi 28 août 1989, tôt le matin. C'est un été écrasant, un été d'orages secs et de foudre. Encore quelques instants d'une fraîcheur arrachée à la nuit, les collines embaument mais d'ici à une heure la chaleur aura figé jusqu'au chant des oiseaux. Edmonde respire les odeurs entêtantes. Le chauffeur du *Provençal* patiente à l'ombre. Elle pourrait aussi bien prendre sa Mini et rouler jusqu'à Marseille, mais voilà, elle aime se faire conduire. La voiture agrémentée d'un chauffeur constitue l'un des privilèges à vie qu'elle a négociés avec Jean-Luc Lagardère. Sa vieille Renault rouge du temps de Gaston a fini compressée par César, posée sur une étagère.

À présent, la voiture glisse au pied de la Sainte-Victoire. Une lumière bleutée, à peine rosée, irradie de la pierre. Sous la caresse matinale du soleil, ses parois brisées, aiguës, libèrent des nuances d'une infinie douceur. La montagne magique s'anime, chante, vibre au passage des nuages. Edmonde regarde vers le ciel. Il est d'un bleu pur sous les coups de torchon du mistral, la radio annonce des bourrasques de cent kilomètres à l'heure.

Ce devait être un lundi comme les autres.

À 10 heures, Edmonde arrive au journal. Elle a conservé son bureau du quatrième étage, qui jouxte celui du président, Laurent Perpère désormais. La rédaction est dirigée depuis deux ans par Ivan Levaï, transfuge d'Europe 1, dont la vision œcuménique est censée éviter les luttes partisanes. L'équilibre s'avère délicat à maintenir, Edmonde intervient en permanence. Comme tous les lundis matin, elle assiste à la conférence qui lance la semaine, lorsqu'on lui passe un appel urgent : le feu se dirige vers le plateau du Cengle.

Le feu, une obsession provençale à l'approche de l'été. Il est vrai que cette année ça flambe en Corse, dans les Bouches-du-Rhône et le Var. Le massif de la Sainte-Baume est touché, les plages de l'île du Levant sont léchées par les flammes.

Maintenant, elles arrivent plein pot sur le massif de la Sainte-Victoire poussées par un vent latéral qui souffle à cent vingt kilomètres à l'heure.

Ma maison. Voilà à quoi Edmonde pense aussitôt. Rentrer chez elle. Sauver les Maurely. Vite, la voiture et le chauffeur. La route en sens inverse. Edmonde aimerait prendre le volant, plus vite, allez, plus vite, les virages on s'en fout. À mesure qu'ils approchent, le paysage change. Le feu progresse à une vitesse folle. Il embrase tout, des poteaux électriques s'effondrent en travers de la route, les cimes des arbres mangées par les flammes tombent en flammèches sur les brindilles au sol. Enchaînement infernal. Les routes sont coupées. Impossible d'aller plus loin en voiture. Edmonde continue à pied. Au village de Puyloubier, plus personne ne passe. Le préfet est sur place, il reconnaît madame Defferre. Ne peut s'empêcher les courbettes, lui, un ancien du cabinet Defferre à Beauvau. « Oh madame, ce qui se passe est affreux… » Il a mobilisé toutes les forces valides du coin. Une vingtaine de départs de feu… On ne sait plus où donner de la tête… Faute de moyens, on se résigne à en laisser certains mourir d'eux-mêmes… Tandis qu'il raconte, le feu passe au-dessus du village, la bourrasque de chaleur les plaque au sol. Edmonde se relève, s'époussette.

— Bon, maintenant je monte voir ce qu'il reste de la maison…

— Madame ! Vous n'y pensez pas… C'est exclu ! Là-haut il y a une fumée épouvantable, c'est l'asphyxie… extrêmement dangereux…, s'étrangle le préfet.

Elle le toise.

— Si, si, je monte !

— Madame, je vous l'interdis !

Elle réfléchit. Quand même, ce type représente l'autorité de l'État.

— Dans ce cas, je rentre à Marseille…

Et de rebrousser chemin à pied. Et que voit-elle venant à sa rencontre ? Un camion-citerne. Elle l'intercepte. Ces pompiers arrivent de Grenoble, appelés en renfort.

— Madame Defferre !

— Il faut absolument que l'on monte chez moi, ça brûle aussi !

Elle leur a servi son ton 5e division blindée, celui qui ôte l'envie de se défiler. Ils embarquent la dame survitaminée en tailleur léger et crotté. Ils montent,

montent, et quand il n'y a plus de goudron sur la route, que le toit des Maurely se devine derrière l'épais nuage de fumée, ils taillent à travers champs, à travers les poteaux téléphoniques brûlés et leurs fils chargés d'électricité, dangereux, qui jonchent le sol. Le préfet les repère. Il lance une Jeep à la poursuite des fugitifs, laquelle se prend aussitôt les roues dans ces foutus fils électriques. Fin de la chasse.

— Stop !

Edmonde oblige les Grenoblois à s'arrêter chez Michel Faure, son plus proche voisin. Elle sait que Renée, sa gardienne, est à l'intérieur avec la chienne. « Je suis corse, j'ai fait la guerre d'Algérie, s'il y a le feu je ne partirai pas », a-t-elle prévenu.

— Il faut les embarquer.

Le jardin brûle, la maison chauffe, les volets sont en flammes. À l'intérieur, personne. Face au mur de feu, Renée a saisi la chienne par son collier et s'est enfuie en voiture. Les pompiers arrosent. La maison sera sauvée.

L'équipage arrive aux Maurely cernés par les flammes. La villa semble intacte. Ils y pénètrent avec précaution, Edmonde maintenue à l'arrière. Miracle. L'immense baie vitrée dans le bureau de Gaston, ouverte sur la Sainte-Victoire, a explosé sous l'effet de la chaleur et joué son rôle. L'effet de souffle a empêché les flammes d'entrer à l'intérieur, mais l'air chauffé à blanc a séché la pièce et l'entièreté de son contenu. Souvenirs, petits riens accumulés par Gaston, touchés par ses doigts, âmes des lieux, se sont pétrifiés comme, à Pompéi, l'ont été les familles, les amants, les enfants et les objets. Edmonde avance en somnambule dans ce qui fut le bureau de Gaston. Sur les étagères, momifiés, ses livres que le général de Gaulle, Léon Blum, Aragon lui ont dédicacés. Pas un mur, une table, un siège, qui ne soit fiché d'éclats de verre, métamorphosé en fétiche vaudou.

Le vrai désastre est à l'extérieur. La maison a protégé les rangées de cyprès, mais du côté des amandiers et du potager, c'est l'enfer.

— Où est Yvon ?

Edmonde se rappelle alors qu'elle a engagé un ancien marin-pompier pour veiller sur la propriété, et qu'il est responsable du camion-citerne de la commune, abrité aux Maurely. Or elle ne voit ni l'un ni l'autre. Un autre brasier se met à crépiter et siffler, edmondien celui-là. Il lui faut bien évacuer la peur, la colère, tant d'émotions contenues.

On lui demande de quitter les lieux, une reprise de feu est possible, allez, on évacue. Nonobstant son immense respect, le préfet, qui les a rejoints, l'engueule. Elle est renvoyée à Marseille.

Là, France Inter l'interviewe pour le journal du lendemain. Nouvelle éruption :

— La commune de Saint-Antonin a en tout et pour tout un camion-pompe. Qui était garagé chez moi et dont la durite était percée. Nous avons fini par la réparer avec un tuyau de ma machine à laver. Alors, qu'est-ce que vous voulez qu'une petite commune de cent quarante habitants fasse ? On ne peut pas se payer une compagnie de pompiers.

Toujours imbattable Edmonde, dans l'exercice du conte. L'épisode de la durite, bien réel, remonte au mois précédent, mais elle réussit à l'intégrer au drame de la Sainte-Victoire. Ce bricolage de ménagère au moment précis d'un combat contre le feu qui va détruire plusieurs milliers d'hectares de Provence, Jean-Claude Gaudin, alors président du conseil régional, le prend pour une attaque personnelle. Il n'a pas tort. Les élections sénatoriales auront lieu dans un mois. Edmonde a sauté le pas, elle s'est inscrite sur la liste de Robert Vigouroux, en dernière position. La Provence brûle mais il en faut davantage pour dérégler ses talents tactiques. Elle accuse donc Gaudin d'avoir laissé brûler la Sainte-Victoire. En privé, il gronde. « Mais qu'est-ce qu'elle veut, cette vieille ? Elle m'a déjà tué comme maire... Elle voulait que j'aille me jeter dans les flammes ? »

Cette nuit-là, Edmonde bivouaque rue Neuve-Sainte-Catherine. Pas un seul Provençal qui réussisse à fermer l'œil en cette nuit d'épouvante. À 2 heures du matin, le feu redouble et le ciel gronde. Le pont aérien depuis Marignane entre les Bouches-du-Rhône et le Var mobilise dix-huit avions, vingt hélicoptères, sans compter les forces au sol. La Sainte-Victoire est ravagée, le mistral souffle à cent quarante kilomètres à l'heure, les brindilles incandescentes soulevées par les vents tourbillonnants portent l'incendie toujours plus vite. Spectacle tragiquement beau, dantesque. Le feu embrase le sommet.

Déjà, c'est l'après.

L'odeur de la mort. Les chairs brûlées. Le silence terrible. Tout un monde vivant balayé. Tant d'animaux, écureuils, lapins, sangliers, chevreuils qui n'ont pas su détaler à temps. Ça pue la charogne.

— On s'en va ? demande Edmonde à Michel Faure

qui vient de rentrer de voyage pour découvrir le désastre.

Elle ne supporte plus la grande allée amputée de ses hauts arbres, qui gisent enchevêtrés à terre. Ni la maison abîmée. Ni le désert calciné qui les cerne. Elle songe à vendre.

Yvon qui s'est pris son avoinée mais a tenu à expliquer que le camion était à la disposition du village et qu'il l'avait utilisé pour lutter partout où il le pouvait sans relâche ces dernières vingt-quatre heures, Yvon tend l'oreille. Ses explications ont calmé Edmonde, la valeur devoir-travail ayant toujours le même effet apaisant sur son psychisme. Il la rassure :

— À la première pluie, ça va repousser. Ça repart toujours.

Elle opine. Ça lui plaît, l'idée d'une vie toujours plus forte que la fatalité.

— Bon, alors voyez, ce champ de céréales cramées que je loue à un paysan, on va en faire un jardin pour nous.

Elle réfléchit encore.

— Qu'en pensez-vous, si nous y plantions des lavandes ?

— Ce serait magnifique, dit Yvon.

Ce le sera. Quatre hectares livrés à la lavande, des milliers de pieds plantés serré en lignes de fuite vers l'horizon. Une mer bleue, ou grise, ou violette, selon les saisons, qui ondulera au gré du vent, sous ses fenêtres. Ailleurs, des cyprès en pagaille, des amandiers replantés, du vert, du vif, du tout neuf.

Yvon a raison, la vie reprend.

Le 24 septembre, Robert Vigouroux est élu sénateur. L'époque Defferre vient de prendre fin.

Edmonde retourne à l'écriture. La turbulente Isabelle Eberhardt exige un second tome, africain celui-là. Où l'écrire sinon au cœur des Maurely qui reprennent vie, et en mémoire de Gaston ?

Noël lui amène le lumineux Clemente. Il était accouru auprès d'elle aux premières heures de l'accident de Gaston. Depuis, il n'y a pas un 24 décembre qu'ils ne passent ensemble, aux Maurely. Il reste deux ou trois jours puis il repart à Genève, où il dirige une banque. La banque privée Ferrier Lullin. Son neveu préféré, banquier ! Edmonde lui pardonne tout. Que quelqu'un dise « Clemente » et son visage s'illumine. Le jardinier, le gardien, la cuisinière s'activent comme des fous : Edmonde exige le plus que parfait pour l'arrivée du prince Del Drago. Un prince, oui, mais qui jamais ne pose. La réunion sera joyeuse, comme toujours, puisque Clemente est soleil. Tendre et gai. Moqueur. Elle sait bien qu'il va la mettre en boîte, qu'il l'asticotera à propos de Mitterrand, puis en rira : « Je sais… interdiction de toucher à la vache sacrée ! » Le tout en italien, et la maison blessée renouera avec les phrases qui chantent et roulent et ricochent, si douces à l'oreille d'Edmonde.

Clemente est l'enfant qu'elle n'a jamais eu, ni voulu. En 1943, liée par la promesse faite à Cyprienne de s'occuper du petit s'il leur arrivait malheur, à elle et Marcello, Edmonde l'avait quasiment enlevé à la barbe des autorités allemandes qui gouvernaient la

Belgique, où Marcello dirigeait l'ambassade italienne au moment de son arrestation par les sbires de la république de Salo. Elle l'avait fait passer à Marseille. À vingt-trois ans, elle avait compris ce que signifie tenir la vie d'un enfant entre ses mains, un enfant fragile et minuscule, qu'il fallait nourrir, protéger, consoler, dans une ville bombardée puis occupée. Elle ne se souvient pas d'avoir jamais autant tremblé. La responsabilité écrasante l'avait convaincue qu'elle n'était pas faite pour cette vie-là, malgré un amour qui la dépassait.

Clemente l'enfant aux grands yeux noirs, ballotté par la guerre d'un camp de réfugiés à l'autre, ce « Dragonnet » que Jean avait cru voué au malheur parce qu'il était né dans une Italie en guerre et fasciste, eh bien quarante-neuf ans plus tard, le Dragonnet rayonne de vie. Il est père de famille, l'heureux époux en secondes noces d'une jeune femme, Noëlle, qu'Edmonde trouve charmante. Parfaite, même. Et Clemente attache une importance primordiale au jugement de sa tante.

Ça ne s'explique pas. Ils sont en complicité totale et ce Noël ne dérogera pas à la règle. Clemente et sa femme arrivent de Genève les bras chargés de cadeaux. Cette année, il photographie à tout-va, il mitraille la propriété dévastée, capture les expressions des visages, bien vivants. Comme s'il voulait fixer à jamais l'image du bonheur. « *Ti amo, zia* », glisse-t-il à l'oreille d'Edmonde, les trois mots tendres qu'il lui chuchotait de sa voix d'enfant jadis et qui la chaviraient.

Le 26 décembre, il repart pour Genève fêter le Nouvel An. « *Ciao ! A presto !* »

Le 30 au soir, le téléphone sonne aux Maurely. Edmonde décroche. Une voix incertaine, celle de Noëlle, lui annonce la mort de son mari.

Le choc l'étourdit. Tout s'effondre.

Une fois encore, Edmonde est celle qui survit.

Camillo, Gaston, Clemente.

Trois êtres parmi ceux qui lui sont le plus chers disparaissent de mort violente, mais celle du Dragonnet lui est irrecevable. Dans un premier temps, les amis de Marseille, Jeanne, Michel, d'autres, entendent Edmonde parler d'un accident de voiture. Quelques semaines plus tard, elle évoque un suicide. Dans ce milieu ouaté, on ne pose pas de questions indiscrètes.

La souffrance laisse un trou béant en Edmonde. Tout comme la baie en verre du bureau de Gaston a explosé, quelque chose en elle a cédé, ouvrant un passage au souffle brûlant qui crame et pétrifie jusqu'au moindre atome.

Paralysie totale. Il lui est désormais impossible d'écrire.

Au pas, son cercueil posé en majesté dans une calèche tirée par quatre chevaux, Sabine rejoint sa dernière demeure, le cimetière du Pontet où l'attendent ses ancêtres Gounelle. Scène d'un autre temps. Les paysans, les métayers, la paroisse entière accompagnent la châtelaine de Roberty jusqu'à l'église. Évidemment, comme dans toutes les fins réussies, il fait grand beau.

À cent trois ans, Sabine a décidé d'expirer.

À quatre-vingt-onze ans, elle s'était inquiétée. D'après des calculs s'appuyant sur la moyenne d'âge des décès dans sa famille, elle avait prévu de quitter ce monde à quatre-vingt-dix ans. Confiante en ses pronostics, elle a vécu grand train, engloutissant sa fortune dans deux gouffres somptueux : un hôtel particulier avec parc dans le 7e arrondissement de Paris et, en Provence, l'immense domaine de Roberty, hérité des Gounelle, une beauté d'architecture Directoire – maisons, bâtiments agricoles, serres, orangeries… La plaisanterie s'éternisant, des problèmes d'ordre financier firent leur apparition. Il aurait fallu des revenus adossés à un puits de pétrole pour entretenir pareil patrimoine. Ce n'était plus d'époque. Vendre ?

Sabine s'obstinait à tenir son rang. Un tantinet snob, donc. Le temps passant, elle découvrait la réalité des « fins de mois ». À part cela, toujours pétaradante. Lisant chaque jour *Le Monde* et *Le Figaro* de la page 1 à la dernière, aidée d'un binocle. S'intéressant à tout. Bavarde comme une pie.

Lorsqu'elle eut cent ans, voyant la santé de sa mère décliner, Edmonde lui avait suggéré :

— Voudrais-tu discuter avec un prêtre ?

— Ça n'est pas la peine, je suis branchée direct.

Leur histoire commune prend fin en ce matin de janvier 1994. Celle d'une mère brillante mais peu affectueuse et de sa fille brillante mais malaimée. La femme étourdissante de charme était devenue une petite dame aux cheveux blancs sans que ses réserves, même légères, à l'égard d'Edmonde désarment. Un an plus tôt, au cours d'un week-end qu'elle passait en Provence, Edmonde – soixante-treize ans tout de même – lui avait rendu visite en Avignon. À son retour aux Maurely, son voisin Faure lui avait demandé :

— Ça s'est bien passé ?

Nul n'ignorait le caractère de madame Charles-Roux mère[74]. Edmonde s'était soudain voûtée, à sa manière, infinitésimale.

— Non… On a bavardé pendant deux heures et demie, elle ne m'a pas proposé de m'asseoir.

L'enfance est un lieu auquel on ne retourne pas, mais qu'en réalité on ne quitte jamais, a écrit l'écrivaine Rosa Montero[75]. L'enfance, ce passage tapissé de tellement de fragilité, de vulnérabilité, d'intensité des émotions, façonne l'adulte que l'on sera. Enfer ou paradis, elle nous hante puis elle nous happe à l'instant de perdre celui ou celle qui en fut le point cardinal.

Ainsi Jean, Cyprienne et Edmonde, à la sortie du cimetière. Accablés de noir, serrés sur la banquette arrière d'une voiture qui les ramène à Roberty. Blottis ensemble, nichée reconstituée, celle de Prague et de Rome, alors même que leur vie d'adulte les a éloignés. Dans quelques heures des dissensions surgiront, un héritage qui paraît injustement réparti, un legs qui montrerait une préférence de Sabine et l'on sortira les griffes, mais, pour un moment encore, ils sont unis par la même mélancolie.

Sabine lègue la propriété de Roberty au fils cadet de Cyprienne, Rodolphe. Edmonde le prend très mal.

Il faut se résoudre à vendre le 7 bis, rue des Saints-Pères, du moins les étages de Sabine, les deux derniers appartiennent désormais à Edmonde. À l'instant de le vider entièrement, elle découvre un mausolée dans ce qui fut la chambre et le cabinet de toilette de son père. Sabine a laissé en l'état les costumes, les chemises, le rasoir, les brosses à dents de François, mort en 1961, trente années passées dans l'illusion de le retenir auprès d'elle… Edmonde se dit que décidément elle ignore tant de choses de ses parents, du couple qu'ils formaient. Cet attachement profond, jamais exprimé devant autrui, pas même leurs enfants, la prend à la gorge.

Le monde qu'elle a bâti avec Gaston s'effrite. Certains murs auront tenu vingt ans à peine, d'autres dix.

Dans un premier temps, « ce diable d'homme », ainsi nomme-t-elle amicalement Bernard Tapie, a idéalement répondu à leurs espoirs. Le club souffreteux que Gaston lui a confié a décroché la Coupe d'Europe sur une tête de Basile Boli, ce que Gaston, pourtant lucide, n'aurait jamais imaginé. Fierté. Paris n'a jamais remporté ce titre. Alors, Edmonde ferme ses oreilles aux ragots qui enflent, « méthodes scabreuses », « acrobaties financières »... Tapie continue d'accumuler les victoires. Parachuté à Marseille sur une circonscription imprenable aux législatives de janvier 1989, il l'a conquise. Il avait enchaîné sur un moment de bravoure : sans hésiter une seconde, il accepta de débattre avec Le Pen, les caciques du PS s'étant courageusement camouflés derrière l'argument « On ne parle pas à ces gens-là ». Le courage, notamment face au danger de l'extrême droite qui plane sur la région et lui rappelle de mauvais souvenirs, n'a pas de prix aux yeux d'Edmonde. Elle martèle volontiers les paroles du pasteur Martin Niemöller lorsqu'il est sorti des geôles de Hitler, en 1945 : « Quand on a arrêté les communistes, je me suis tu, je n'étais pas communiste. Quand on a enfermé les sociaux-démocrates, je me suis tu. Je n'étais pas social-démocrate. Quand on a pris les Juifs, je n'ai rien dit. Je n'étais pas juif. Quand on est venu me chercher, il ne restait plus personne pour protester. »

Ce fut donc populaire de gauche contre populiste de droite. Le Pen avait trouvé un débatteur qui ne le craignait pas. Mitterrand s'avouait impressionné par le punch du patron de l'OM et clairement séduit par son charisme. « Les grands voyous sont toujours irrésistibles », remarque Régis Debray, ancien conseiller du président.

Rien ne semblait pouvoir l'arrêter.

Le président l'a fait entrer dans le gouvernement Bérégovoy, comme ministre de la Ville. À bord de son yacht, le *Phocéa*, il bat le record de traversée de l'Atlantique à la voile, quitte à risquer la vie de son équipage. Tapie fait la une des *newspapers* étrangers. Les dirigeants socialistes, énarques et autres, détestent ce type sorti du monde des affaires pas très claires – les tribunaux de commerce en savent quelque chose. Mépris de classe, surtout.

Nous voici en 1995, quand Tapie fourbit ses armes pour partir à l'assaut de la mairie. Vigouroux ne se représente pas, les sondages lui sont largement défavorables. Edmonde s'affiche en tête de l'association « Marseille d'abord » qui laboure la cité au profit du futur candidat. Sa seule présence vaut caution Gaston Defferre. Et qu'on ne lui demande pas de mettre en doute l'intégrité morale du fougueux, pour elle, si Tapie ne s'assoit pas dans le fauteuil de Gaston, ce sera Gaudin.

1995, année de tous les succès ? L'affaire VA-OM démarre. Tapie, condamné à deux ans de prison dont huit mois avec sursis, est déchu de son mandat de député, il est inéligible. Cent soixante-cinq jours derrière les barreaux de la maison d'arrêt de Luynes. Edmonde la vertueuse va-t-elle le lâcher ? Elle fait l'inverse, lui rend visite et lui écrit : « Tout le temps, nous a confirmé Bernard Tapie. Elle me faisait rire, elle avait de l'humour. C'était le genre : n'en rajoutons pas. »

L'élection de Jean-Claude Gaudin à la mairie la consterne. « C'est la seconde mort de Gaston Defferre », fait-elle savoir à la ronde. De quoi écorner le plaisir du nouveau maire : « À aucun moment elle ne m'a témoigné la moindre considération ou sympathie, mais cette phrase-là m'a particulièrement blessé, d'ailleurs je ne l'ai toujours pas avalée. Et Dieu sait qu'elle m'a fait des méchancetés[76] ! »

Gaudin commet la maladresse d'adopter le chapeau noir qui rappelle aux Marseillais ce cher vieux Gaston. Nouveau soupir d'Edmonde : « On peut avoir le chapeau et puis rien dessous. »

François Mitterrand n'assistera pas à ce qu'Edmonde considère comme un désastre, Marseille aux mains de la droite, Tapie en cellule, Gaudin à la mairie. Il décède en janvier 1996. Gaston, maintenant François… Le Parti socialiste sans eux n'est plus le sien.

Que leur arrive-t-il, à tous ? C'est au tour de Roland Petit de quitter Marseille. Il s'expatrie en Suisse, avec Zizi. Départ pour raisons fiscales, c'est du moins ce qu'il annonce au nouveau maire. Lequel lui répond : « Attention, Roland, dans votre métier, quand vous donnez un spectacle, on appelle ça "des feux". Il est clair que si vous quittez le pays, que vous n'y êtes plus contribuable, vous ne pourrez pas avoir et ceci et cela. » Roland Petit s'entête : « J'ai décidé. » Edmonde est aux cent coups. Elle accuse Gaudin de ne pas avoir cherché à retenir le prestigieux chorégraphe. Son ami entre tous. Pas un dimanche, où qu'ils soient l'un et l'autre, Moscou ou Tokyo pour Roland, sans qu'il l'appelle pour bavarder. Ce, jusqu'au dernier dimanche de sa vie. Elle lui passe tout, et même ce coup de Jarnac qu'il lui fait en adhérant au Rassemblement pour la République. Le RPR ! Là encore, elle n'arrive pas à lui en vouloir. Peut-être pense-t-elle, comme le critique Gérard Manonni, que « Chirac lui a tapé dans l'œil[77] ».

Le Provençal lui-même finit par échapper à son emprise ainsi qu'à l'empreinte de celui qui l'a créé. En juin 1997, il fusionne avec *Le Méridional* et change de nom, il devient *La Provence*. Le coup est rude pour Edmonde, bien qu'il ait été prévu dans l'accord signé avec Lagardère. Les dix années convenues se sont écoulées, de nouvelles équipes sont arrivées, ils sont peu nombreux à se souvenir de ce que fut le royaume des Defferre.

La plupart débarquent de Paris. Parmi eux un jeune directeur financier, Louis Dreyfus. Lui arrive tout droit de New York, où il a créé *George* avec John Kennedy Jr., il connaît mieux Tribeca que le Cabot, et d'ailleurs il ne connaît rien de Marseille, sinon ce qu'en disent les polars de Jean-Claude Izzo.

Il découvre Edmonde dans un bureau minuscule où le management l'a remisée en compagnie d'une assistante. Générale sans troupe. Sans pouvoir. Il n'y a plus guère que les dynasties ouvrières, administratives, le grand-oncle, le neveu, le petit-fils, engagés du temps de Gaston, qui lui expriment encore leur affection et leur respect.

Elle a toujours aimé la nouveauté, aussi fond-elle sur le nouvel arrivant, il a de l'allure, semble respectueux et traîne dans son sillage la vitalité new-yorkaise. Louis Dreyfus arrive sans a priori. Elle lui présente Marseille. Son Marseille, ultra de gauche. Lui, ça l'amuse ce grand écart entre un mode de vie aristocratique et le discours, ça l'impressionne ce côté pasionaria authentique. « Elle était bien plus à gauche que Defferre[78]. » Ils deviennent amis. Alliés. Il accède enfin à l'Edmonde chaleureuse, rieuse, que décrivent ses intimes. Il entrevoit parfois le côté « orpheline de la mairie ». Car il a droit aux : « Louis, quand même… la mairie… » Pas intéressé. « Non, moi je fais de la presse. » Elle meurt d'envie d'en être encore, c'est évident. Louis Dreyfus part en 2001, débauché par Serge July pour rejoindre *Libération*.

Edmonde ne se plaint pas. Mais il y a ce regret grandissant de ne plus faire partie du présent.

Prendre ses distances avec ce qui fut son bonheur marseillais pour renaître ailleurs. Elle y songe. Edmonde vient de fêter ses quatre-vingt-un ans.

Au sein de l'académie Goncourt, les rites ont changé petit à petit, avec l'arrivée du politiquement correct dans tous les domaines. On ne peut pas se permettre ci ou ça… on doit être transparent… des tas de conneries.

Jean-Claude Fasquelle,
entretien avec l'auteure, 13 décembre 2016

Mardi 11 septembre 2001. Il est 11 h 30. Ils sont arrivés de leurs provinces diverses ou de l'autre bout de Paris en traînant qui un gros sac, qui une valise à roulettes, chargés de livres, descendant d'un train pour y remonter dans quelques heures. Il y a un côté forain chez les académiciens Goncourt : pas de charpente, pas de bureaux, pas d'adresse, de secrétariat, ni même de budget de fonctionnement…

Il est 11 h 30 chez Drouant et le salon lambrissé des « Dix » affiche complet. La pièce oblongue frémit d'une énergie qui évoque la rentrée des classes. On lance la saison littéraire. Edmonde a revêtu sa tenue couture : veste autrichienne rehaussée de broderies, jupe évasée, godillots aux pieds – les chaussures fines, c'est fini pour elle, question d'équilibre – et, immuable, le chignon tiré en arrière qui dégage son visage doré par le soleil provençal. Le président, François Nourissier, sourit derrière sa longue barbe blanche. Le secrétaire général, Didier Decoin, prend des notes, il est chargé de rédiger le procès-verbal des délibérations. Rien de sec ou neutre, au contraire sa plume d'écrivain s'en donne à cœur joie, ces P-V se lisent avec délectation.

En cette 925e séance de l'académie Goncourt, les académiciens se retrouvent autour d'un ordre du jour bien précis. Désigner le lauréat du Goncourt de la biographie et partager leurs agapes avec un invité : aujourd'hui, Bertrand Delanoë, maire de Paris.

En attendant l'arrivée du maire, on prend des nouvelles de son voisin, de ses vacances, on s'ébroue.

Edmonde dit à son voisin de gauche, André Stil : « J'ai été invitée à parler d'Isabelle Eberhardt, à la prison de Blois, c'était remarquable… » Cela évoque des souvenirs à Michel Tournier : « Mon Dieu ! Les prisons… » Il raconte ses tournées littéraires-pénitentiaires, dresse un comparatif des établissements et conclut : « J'ai fait toutes les prisons de France ! » Mais Edmonde en pince pour celle de Blois, section des femmes : « Rien de moins qu'absolument épatante ! » Le scribe Decoin se félicite du retard de leur invité, qui aurait pu croire « s'être fourvoyé dans un colloque d'anciens taulards ». Françoise Mallet-Joris fait circuler une pétition en soutien à l'Académie royale de Belgique, contrainte de quitter le palais historique qu'elle occupe pour un immeuble que le secrétaire général Didier Decoin décrit comme « à peine moins pimpant que la désormais célèbre section des femmes de la prison de Blois, notre nouvelle référence en matière de logement[79] ».

Tout le monde signe.

Toujours pas de nouvelles du maire.

On procède au vote pour la bourse Goncourt de la biographie. Elle sera attribuée à Nancy le 22 septembre, à l'occasion du salon Le Livre sur la Place. L'ouvrage consacré à Rimbaud a beaucoup plu, mais

Fayard, son éditeur, n'ayant pas jugé bon de l'envoyer à la totalité des jurés, il ne peut figurer parmi les lauréats. L'ouvrage de Laure Murat, *La Maison de santé du Dr Blanche*, est élu à l'unanimité.

Monsieur Delanoë n'étant pas apparu, du moins sur le procès-verbal, on passe aux hors-d'œuvre concoctés par le chef doublement étoilé de Drouant, Louis Grondard. Les académiciens commencent à discuter des romans qui figureront dans leur première sélection. Parmi les ouvrages en lice pour ce Goncourt 2001, *C'était tous les jours tempête*, de Jérôme Garcin, *Étrangers dans la nuit*, de Marc Lambron, *Rouge Brésil*, de Jean-Christophe Rufin, *La Joueuse de go*, de Shan Sa. Le débat s'éternise.

À Boston, les passagers du vol 11 d'American Airlines à destination de Los Angeles se présentent au guichet d'embarquement. De même ceux du vol 175 d'United Airlines.

Chez Drouant, un roman concentre la charge d'électricité en suspens dans la pièce : *Plateforme*, de Michel Houellebecq.

Françoise Mallet-Joris se raidit aussitôt. Habitué aux joutes sinueuses, François Nourissier ne dit mot. Il couve littéralement Houellebecq, ce talent littéraire au spleen communicatif qui s'impose à lui quand lui-même est au sommet d'une dépression. Autour de la table chacun sait ce président capable de tout pour obtenir un Goncourt à son candidat. *Plateforme* traite du déclin du monde occidental, il fait aussi la promotion du tourisme sexuel dans le tiers-monde et s'étend longuement sur les avantages des clubs échangistes sous le soleil tropical, équivalents du paradis d'Adam et Ève avant l'épisode de la pomme, l'innocence en moins. Le roman s'achève par un attentat islamiste dans un club de charme en Thaïlande, qui fait un carnage. Mallet-Joris frémit de dégoût. Elle souhaite que le roman n'apparaisse pas dans cette sélection, il contient trop d'idées « pour le moins malsaines ». Brouhaha. Vous l'imaginez sur la liste du Goncourt des lycéens ? Vous imaginez la réaction des parents ? À quel titre l'académie devrait-elle s'en faire le promoteur ?

À Dulles, les passagers du vol 77 s'envolent pour San Francisco à bord d'un Boeing 757. Il est 8 h 20 à Washington.

Douze minutes plus tard, le vol 93 d'United Airlines au départ de Newark décolle pour San Francisco.

« Allons, allons, Françoise, gardons raison… » Robert Sabatier se joint au débat. Jorge Semprún s'en mêle, se fait « l'émule de Diogène » et calme l'assemblée en proposant que, la liste étant large, *Plateforme* puisse y figurer… bien que, personnellement, il ne souhaite pas le voir remporter le prix Goncourt. Edmonde n'aime guère *Plateforme*, elle ne votera pas pour lui. Michel Houellebecq a droit à sa « chaleureuse attention mais il a beaucoup de livres dans le ventre », dira-t-elle ensuite. Comprendre que les idées qui sous-tendent *Plateforme* la mettent mal à l'aise, comme Françoise Mallet-Joris, pour autant elle ne souhaite pas blesser François. Encore moins passer à côté d'un écrivain d'importance.

À 14 h 45, François Nourissier lève la séance.

Il est 8 h 46 à New York. Le vol 11 d'American Airlines percute la tour nord du World Trade Center.

À 9 h 03, le vol 175 se fracasse contre la tour sud.

Les Dix se dispersent sur la place Gaillon. Ils ignorent que durant leurs agapes la face du monde a changé à jamais. Une poignée de terroristes islamistes vient de donner leur réalité sanglante aux derniers chapitres du livre de Houellebecq.

Lequel ne tardera pas à qualifier l'islam de « religion la plus con », coupant net le possible élan de *Plateforme* vers la consécration Goncourt.

La présidence de l'académie sera bientôt vacante. François Nourissier a évoqué avec Edmonde son souhait de se retirer. Affaibli par les assauts de « Miss P », ainsi nomme-t-il la maladie de Parkinson qui l'amoindrit depuis de nombreuses années, il va démissionner de son mandat présidentiel. La charge trop lourde lui vole du temps, celui de l'écriture que sa nouvelle lenteur à se mouvoir, à se concentrer, rend douloureuse. Mais il demeurera académicien et immense lecteur, il continuera donc de siéger. Le 5 mars 2002, Edmonde est élue lors d'un vote à bulletins secrets, au premier tour, par huit suffrages. Une voix s'est portée sur Jorge Semprún, un bulletin a été déclaré nul. La voilà à la tête de la prestigieuse institution française, la plus épiée, jalousée, la plus influente du monde littéraire.

Le prix 2002 portera sa marque – classicisme, sérieux et ambition littéraire.

Elle décide de peser de tout son poids pour que soit distingué l'ouvrage de Pascal Quignard, *Les Ombres errantes*, premier volume d'un ensemble qui devrait en compter douze, *Dernier royaume*.

Quignard est le transfuge chic de l'année, traditionnellement édité par Gallimard, il publie cette fois chez Grasset. La vie lui a sculpté un visage de moine, il est un écrivain particulièrement exigeant, le moins que l'on puisse dire est que son ouvrage n'enthousiasme guère les jurés Goncourt. Edmonde estime que son œuvre mériterait le Nobel… qu'il n'a aucune chance d'obtenir. Ce sera donc le Goncourt. L'idée effleure qu'elle a forcé son enthousiasme, tant *Les Ombres* est éloigné de la littérature qu'elle aime lire. Débats serrés. Certains partisans d'*Assam* de Gérard de Cortanze et de *Tigre en papier* d'Olivier Rolin s'inclinent au troisième tour de scrutin.

Il est difficile de résister à une offensive d'Edmonde. Jamais frontale.

« Au contraire, on aurait dit une petite fille qui réclamait obstinément une sucette[80] », se souvient Didier Decoin. Rappel discret de son choix environ toutes les trente secondes, assorti d'un argument imparable : « Nous ne l'avons pas couronné pour *Terrasse à Rome*, alors que nous aimions tous ce livre. » Aussi, de guerre lasse…

« Elle aurait fait une diplomate de premier choix ou une remarquable ministre des Affaires étrangères », estime Decoin.

La proclamation du résultat déclenche l'habituelle cohue. Les cameramen écrasent les photographes, bousculade chez les jurés. « Nous tenons un immense écrivain. Il a écrit un livre qui n'est pas un roman, mais mille romans… », roucoule Edmonde à l'intention d'un micro. Sabatier rectifie : « Je tiens à dire que le livre de Pascal Quignard n'est pas fait pour le prix Goncourt, mais pour le Médicis. Le lectorat va être déçu par notre choix. » Jorge Semprún fulmine : « Ce livre n'est pas novateur. Il n'ouvre aucune voie littéraire. [...] Tout cela est finalement très parisien, même très parisianiste, chic et chiqué ! » Michel Tournier s'y met : « Le prix Goncourt récompense un livre, et non une œuvre. Il privilégie le roman. Je n'aurais pas donné le Goncourt à Pascal pour ses *Pensées.* »

Dans la pagaille des micros tendus au bout d'une perche, une voix malicieuse lance : « Grasset ! Grasset ! » La vieille suspicion d'arrangements entre le jury et les maisons d'édition refait surface. Il est vrai qu'Edmonde est une auteure vedette de cette « maison de commerce » qui édite le Quignard. Cela s'appelle un faux pas. Surgit un néo-François Nourissier, barbe et cheveux blancs d'emprunt, qui annonce que... le prix est attribué à Morgan Sportès ! L'olibrius se nomme Dan Bolender, pigiste chez Laurent Ruquier. En une seconde, les journalistes se ruent vers lui, laissant les jurés en plan.

La cérémonie qu'Edmonde souhaitait un peu grave mais voletant vers les cimes de la littérature a viré au happening. La fille d'ambassadeur déplore l'incident diplomatique et le manque de solidarité de ses camarades, « de vieux anars insolents et vachards », mais celle qui en elle se dit prête « à cultiver l'insolence », au fond, s'amuse.

Les Ombres errantes est l'une des plus faibles ventes du prix Goncourt. Quatre-vingt-dix mille exemplaires. Une paille. Une leçon, aussi, pour la présidente. Car quelle influence aurait un prix boudé par le public ?

Cette même année, le Festival d'art lyrique et de musique d'Aix-en-Provence l'a élue à l'unanimité présidente. Elle remplace Jean-Marie Messier, empêché pour cause de tracas chez Vivendi Universal. Son élection allait de soi, Edmonde n'est-elle pas la mémoire vivante du festival, la seule survivante de l'équipe fondatrice ?

Elle se souvient. Les lumières, les parfums, les rires dans le soir, la paix qui est de retour et la voix chaude de la comtesse Pastré, frondeuse Lily, qui regrette que les opéras de Mozart soient si peu donnés en France. Aucune représentation depuis 1926. À l'exception de *La Flûte enchantée* et de *Don Giovanni*, inscrits au répertoire de l'Opéra de Paris mais rarement produits, rien. Mozart mérite un festival à lui seul, dit Lily. La magicienne rencontre un imprésario d'artistes lyriques, Gabriel Dussurget, lui-même en manque du génie autrichien, les années de guerre l'ayant privé de Festival de Salzbourg. Ils cherchent un lieu, à Aix. Un violoniste les accompagne, qui fait sonner son violon. Dans un recoin de la cour pavée de l'archevêché, l'instrument résonne si justement que Dussurget dit : « C'est là ! » Edmonde les rejoint, elle a vingt-huit ans. Coup de cœur pour la cour, pour l'arbre tordu qui, dans un angle, « s'élève comme une main vers le ciel » et, bientôt, pour la petite scène sur tréteaux bricolée à la hâte. Quatre chanteurs volumineux y tiennent à peine. Au décor, Georges Wakhevitch qui a griffonné un baldaquin, quelques plumes… À la direction d'orchestre, l'Autrichien Hans Rosbaud, et dans la fosse, des musiciens allemands. Ça leur fiche un coup aux Aixois, ces Boches dans leurs rues. On est en 1948, trois ans plus tôt on épurait à tour de bras. Ce soir-là de juillet, lorsque les notes de *Così fan tutte* s'élèvent et que l'arbre semble crever la voûte étoilée, c'est une libération, comme si le mistral balayait les mensonges, les délations, les faux papiers, la peur. Edmonde et le parterre de privilégiés, une poignée d'intimes en smoking blanc et robe de soirée, assistent à la victoire sur la guerre, sur la haine obligatoire.

Edmonde associera toujours le Festival d'Aix à cette magie première. Longtemps représentante personnelle du ministre de la Culture au conseil d'administration, elle veille sur la programmation d'une qualité exceptionnelle et mène l'événement là où, selon elle, il doit se tenir : sur les cimes du raffinement. Jean-François Picheral, qui fut maire socialiste d'Aix-en-Provence de 1989 à 2001, se rappelle certaines réunions. « Il fallait voir tous les ministres de la Culture tremblant devant elle… Paf ! Et quand elle vous parlait d'un opéra, elle en connaissait jusqu'au moindre détail. Le cachet des interprètes ne l'intéressait pas outre mesure, il suffisait qu'elle dise à un directeur, un ministre : "C'est Untel qui s'impose." De même pour la réfection du théâtre du festival. Il en a fallu des réunions de travail chez Jack Lang, dont ce n'était pas la tasse de thé. Mais il a marché droit. Il a même fini par prendre la plus grosse participation dans le tour de table ! »

Si seulement Edmonde se retournait sur son parcours, sans complaisance excessive, elle constaterait qu'à quatre-vingt-deux ans elle se trouve exactement là où, duchesse de Sermonetta, princesse Caetani, l'aurait conduite son union avec Camillo si la guerre n'en avait décidé autrement.

Tel était donc son destin : mécène, entièrement engagée dans la défense des artistes, dévouée à l'art.

Mais elle ne se retourne pas. Elle avance, presse le pas, consciente que, si le jour est court, immense est la nuit.

À la mort de Clemente, il lui avait fallu plusieurs semaines pour vaincre le sentiment de solitude et de dislocation qui s'était abattu sur elle. La travailleuse acharnée avait peu à peu repris possession de ses moyens. Au bout du cauchemar, car ça l'avait été – folle entreprise dont elle ne savait comment se tirer, multiplicité des faits, des lieux, des cultures et des personnages, oui, animer cette fresque relevait ni plus ni moins du « chiendent » –, Grasset publiait en 1995 *Nomade j'étais*, le second tome de la biographie d'Isabelle Eberhardt, aboutissement de douze années de recherches. Elle revenait enfin en pleine lumière, cette Isabelle qui avait mené sa vie comme nulle autre femme, et qui mourait comme personne ne meurt, dans une inondation en plein Sahara.

Une fois de plus, Edmonde signait un franc succès, applaudi par la critique, approuvé par le public.

Biographe de renommée, elle connaît les fragilités de la mémoire collective, la faculté qu'a l'oubli d'avaler jusqu'aux destins les plus extravagants. L'image de Gaston commence à s'estomper des mémoires. Si tôt. Les vieux Marseillais le gardent solidement fiché dans leur cœur, mais ils ne sont pas éternels. Une nouvelle génération se lève qui célèbre d'autres ténors. Gaston Defferre… Non, ça ne leur évoque rien, à ces jeunes gens… sinon la vieille garde, la politique scrogneugneu, inconscients qu'ils gomment ainsi un pan entier de l'histoire. L'avant-guerre, la Résistance, la conquête socialiste du pouvoir. Une vie de combats. Ils s'en fichent. La télévision, la politique et l'actualité fabriquent de l'oubli.

Or, il lui semble que Gaston Defferre mérite la postérité. Elle va s'en charger, en faisant ce qu'elle sait le mieux faire : écrire. Non pas une biographie, tâche insurmontable en la circonstance, mais un livre de photographies.

Elle convainc Jean-Claude Fasquelle : ce sera facile, il suffira de choisir les meilleures photos puis elle rédigera les légendes. Nulle introspection douloureuse, nul secret à dévoiler. « Il faut que les photos claquent », dit-elle, ce sera donc un grand format, 37 centimètres de hauteur sur 27, c'est-à-dire un ouvrage impossible à ranger sur une étagère de librairie. Mais Fasquelle ne peut pas lui refuser ce cadeau de la mémoire. Le perfectionnisme propre à Edmonde va transformer ce travail-sur-un-claquement-de-doigts en épreuve de titan.

Elle affronte une masse de clichés. Gaston aux commandes de l'un de ses *Palynodie*, défiant les ruades sauvages de l'océan ; Defferre avocat de détenus trotskistes en 1940 ; Gaston enlaçant Zizi, avec un sourire d'enfant comblé sur le visage, à la création de *La Chauve-Souris* ; Gaston sur le pré ferraillant contre René Ribière, ou bien, ici, jeune ministre de la Marine marchande en costume de ville montant à l'assaut de haubans, le pied sûr dans les vergues, jusqu'à la tête de mât. Les images de la vague rose de 81, la tournée africaine de 56, et celle-ci, aux côtés de Léon Blum pendant l'insurrection au Tonkin, en 46… Tant de vies en un seul homme.

Celle-ci, elle la préfère à toutes les autres, elle incarne le bonheur. Prise en pleine mer : Gaston tient le gouvernail, un oiseau s'est posé à la pointe de son bonnet de marin. Libres l'un et l'autre, l'oiseau, le marin, libres comme seuls le sont ceux qui savent voler. Il est là le vrai Gaston, tel l'espace blanc contenu par les traits pleins d'un dessin, qui leur donne leur respiration et leur lumière.

L'Homme de Marseille[81] est son adieu à Gaston. Sa manière de fleurir sa tombe, puisqu'elle n'a pas pu lui dire au revoir, ni combien elle l'aimait, l'admirait.

Elle exige donc la perfection. Typographie, mise en page, légendes, ça ne va pas, ça ne va jamais. On recommence. Encore. L'entreprise lui prend six années de son existence, mais Edmonde grave pour l'éternité ce que fut l'homme de sa vie.

« Je ne l'ai jamais vue pleurer ou manifester une émotion. Avec ce livre, c'est la première fois que je l'ai vue accomplir un acte d'amour[82] », assure Jean Contrucci, journaliste et écrivain, qui a longtemps partagé les pages littéraires du *Provençal* et son bureau avec Edmonde.

Après un passage à vide, le cycle physiologique propre à l'écrivain s'enclenche, une idée frémit. Une fois encore, ce ne sera ni un roman contemporain ni une fiction chimiquement pure, Edmonde préfère se tourner vers le passé.

Pechkoff. Zinovi Pechkoff.

Espion, légionnaire, écrivain, fils adoptif de Gorki.

— Vous êtes sûre qu'il avait un fils ? s'étonne un connaisseur de Gorki.

— Oui, parce que j'écris un livre sur lui.

Zinovi Pechkoff, ambassadeur extraordinaire du général de Gaulle auprès de Tchang Kaï-chek, et grand ami de François Charles-Roux. Ce sera un opéra flamboyant qui s'ouvre sur la Russie des Romanov et se poursuit dans les entrailles de la révolution bolchevique. Il y aura un exil à Capri, les tranchées de la Première Guerre mondiale, le bras droit de Zinovi arraché au son du canon par les balles allemandes sur les hauteurs de l'Artois. Il y aura Chaliapine, Stravinski, on y croisera Aragon, Elsa, Edmonde soi-même, car elle imagine des « réminiscences », petits chapitres intercalaires qui lui sont propres. Elle veut un roman russe, à tiroirs et coulisses, samovar fumant à portée de main…

Plus important que tout : chaque détail doit être rigoureusement exact et vérifié. Il n'est pas envisageable qu'un historien les mette en doute. *Les Silences de l'oncle Zino* sera son grand œuvre.

Voilà, confiait-elle à Laure Adler, comment elle conçoit son travail de biographe : « Fouiller, fouiller, fouiller, lire, lire, lire, interpréter. On ne recherche jamais assez tôt, jamais assez vite, jamais assez longtemps. On croit qu'on a quelque chose parce qu'on a lu un nom que l'on connaît, ou un lieu… Quel est le lieu ? À quoi ressemble-t-il ? Chaque trouvaille doit être percée à jour, immédiatement, sans pardon[83]… »

Dans ces moments-là, elle endosse le pardessus du commissaire Maigret, son déguisement préféré. Quelqu'un la met sur la trace de l'appartement parisien que Lénine a occupé rue Marie-Rose, dans le 14e arrondissement, entre 1909 et 1912. Aragon lui avait confié que Pechkoff y avait passé des jours et des nuits. L'appartement abrite aujourd'hui la rédaction de la revue *Europe*, où Aragon a beaucoup écrit.

Bernard Vasseur, le directeur de la Maison Elsa Triolet - Louis Aragon, accompagne Edmonde. Il la voit tourner au milieu des bibliothèques Billy, des étagères Castorama, des ordinateurs ronronnants, à la recherche des lieux tels qu'ils furent un siècle plus tôt. Il la trouve magnifique, cette dame de quatre-vingt-quatre ans, déterminée, qui se lance dans une tâche au long cours sans se soucier du temps qu'il lui reste à vivre. Car ce qu'elle entreprend là est monumental. Edmonde part fureter dans la cuisine, ouvre les placards, il y en a un sous l'évier, elle l'inspecte, se relève et dit : « C'est là ! Il a dû dormir là ! »

Maintenant, elle veut tout savoir sur le *Proletkult*. Vasseur lui apporte des livres ardus sur l'émergence de la culture prolétarienne russe.

Les premiers mois, tout lui paraît sous contrôle,

mais très vite elle comprend que son enquête part dans tous les sens, ou qu'elle patine. Une inquiétude s'installe lentement, tenace.

Jean passe à Paris pour lui changer les idées. Il a quitté Londres et vit désormais à Rome, dans la même maison que Cyprienne, la *principessa*, ils vieillissent ensemble.

Son frère vient de franchir le cap des quatre-vingt-dix ans, toujours aussi svelte. Le masque de l'âge les fait se ressembler, lui et Edmonde. Même visage tout en longueur, aux pommettes hautes, même ironie sur les lèvres fines. Il porte la soutane, « *my little black number* », s'amuse-t-il, cape, souliers à boucle et tricorne. Et pour un temps, il promène sa silhouette singulière à Cinecittà.

Mel Gibson commence le tournage de *La Passion du Christ*, il a choisi Jean Charles-Roux pour confesseur. Comment ces deux-là se sont-ils croisés ? Il est vrai que le carnet d'adresses de Jean est inépuisable, véritable forêt de têtes couronnées telle Marie Gabrielle de Savoie – fille du dernier roi d'Italie –, de capitaines d'industrie tels les Agnelli, d'artistes en vogue parmi lesquels George Gaynes, le délirant commandant Lassard de Police Academy, avec qui il a fait la guerre. Sans doute Gibson, qui vient de se convertir au catholicisme, tendance traditionaliste, a-t-il été impressionné par son allure de prêtre de gravure, par son érudition qui lui permet de lire les langues mortes dans le texte, vierge des différentes interprétations qui se sont accumulées au cours des siècles.

Jean assure également la fonction d'aumônier de

l'équipe, techniciens et figurants. Chaque matin à l'aube, il dit la messe à des comédiens qui attendent de passer au maquillage. « C'est la première fois que je donne la communion à des gens en slip », plaisantera-t-il.

D'ordinaire, ses messes dites en latin, selon le rite de saint Pie V, portent la marque de son exubérance naturelle. Jean aime passionnément la liturgie ancienne qui conserve à la célébration son caractère sacré. Ses célébrations offrent un spectacle à part entière. Dans sa jeunesse, le père Alain Ottonello, curé de la Major à Marseille, a servi à ses côtés. « On n'en sortait plus... C'était Sarah Bernhardt... [Il mime, les bras levés, écartés, les jambes qui arpentent le chœur, le dos tourné aux fidèles.] Fascinant... Du coup il fallait avoir un peu de temps, parce que ça durait une heure et demie. Mais c'était très beau, il y mettait tout son cœur[84]. » Jean aime célébrer, sa silhouette frêle tournée vers l'Orient, vers la croix, prêtre pasteur entraînant le troupeau.

Pour Edmonde, la religion est un mur nu. Si elle peut comprendre son frère, un être profondément mystique, attaché au sacré, elle apprécie peu ses prises de position qui, souvent, l'embarrassent ou l'indignent. Dans une lettre à Sabine, Jean avait évoqué la Révolution française, et « cette ignoble populace d'Avignon »... Edmonde avait décroché son téléphone : « Jean, si tu n'as que ça à écrire, tu devrais t'abstenir... »

« Ça chauffait entre eux et deux minutes après c'était fini », confirme Michel Faure, témoin privilégié des dernières années d'Edmonde Charles-Roux.

Edmonde vit dans la vie réelle, Jean évolue dans un autre univers, celui des textes anciens, du mysticisme, du dégoût de la modernité. S'il abaisse son regard sur la société contemporaine, que voit-il ? Une « humanité déchue ».

L'émission *Culture et dépendances*[85] va permettre à Jean d'exposer ses opinions à un large public. Edmonde est devant son téléviseur. Invité à l'occasion de la sortie de *La Passion du Christ*, qui fait scandale pour sa violence jugée excessive, Jean va comparer la démarche des saints chrétiens qui ont tout sacrifié à leur foi en Dieu à celle des kamikazes, qui « ne vivent pas dans leur égoïsme personnel mais en contact avec ce qui est supérieur au temps ». Nous sommes en avril 2004. Trois semaines plus tôt, le 11 mars, les bombes posées par des islamistes en gares d'Atocha, d'El Pozo et de Santa Eugenia ont fait 191 morts. L'attentat de Madrid est le plus meurtrier en Europe. Indifférent à la stupéfaction qui a saisi les historiens présents sur le plateau, Jean poursuit : « L'antisémitisme est une mode passagère… » Franz-Olivier Giesbert a invité dans son émission Marek Halter, Éliette Abécassis, Élisabeth Lévy… qui d'abord restent cois face à l'énormité, leur gêne est palpable. Il y en aura d'autres. Edmonde s'effondre. L'intelligentsia de gauche s'offusque, le lui fera comprendre. La voilà renvoyée à son statut de grande bourgeoise, son péché originel. On voit ce qu'il lui a fallu de courage et de conviction pour exister parmi les siens sans jamais se trahir.

Jean, Pechkoff… Elle fuit ces contrariétés en prenant l'air. En mai 2004, elle sillonne l'Oural, en compagnie de Jorge Semprún, ce camarade Goncourt dont elle admire le parcours politique, le résistant à Franco. Semprún le magnifique a pourtant farouchement protesté : « Je n'irai pas dans un pays où les avions tombent comme des mouches ! » En effet, en cette période post-Empire soviétique et post-Tchernobyl, les Antonov s'écrasent, les sous-marins nucléaires ne remontent plus à la surface…

Elle parlemente un peu, brandit l'étendard de la langue française, cette langue que l'Académie s'emploie à faire rayonner dans le monde entier et que Semprún, l'Espagnol, a choisie pour langue d'écriture. Il y a dans son regard un impérieux : « J'ai quatre-vingt-six ans et j'y vais bien, moi ! »

Semprún, quatre-vingt-trois ans, s'exécute.

Ekaterinbourg, Samara, Perm en dix jours. Edmonde a accepté un planning particulièrement chargé. Rencontre avec la ministre de la Culture, conférence de presse à l'agence Tass, visites de musée, conférence à l'Alliance française, réception chez l'ambassadeur, excursions, visites littéraires, opéras, visite d'université, trains de nuit, avions… Edmonde profite des rencontres pour rallier à la cause de Pechkoff des chercheurs qui l'aideront dans son enquête et fouilleront les bibliothèques. Zinovi Pechkoff est né à Nijni-Novgorod, bien loin de l'Oural, mais son fantôme la poursuit. Le charme de la langue russe commence à agir, cette langue ample, qui roule, explose, et redonne chair à son projet. Il semblerait que l'inspiration lui revienne.

L'académie Goncourt prend une place grandissante dans son quotidien. La présidence telle qu'elle l'entend est une responsabilité chronophage qui mêle relations diplomatiques, organisation des déplacements en France ou à l'étranger, il faut aussi veiller au développement et à la protection de la marque déposée « Goncourt ». Un pétrolier demande la bénédiction de l'académie pour baptiser son essence « le Goncourt des carburants ». Bien sûr c'est non, mais il faut une discussion, certes expédiée, puis une réponse négative, qui mangent du temps.

André Stil, meurt le 3 septembre 2004. Ce compagnon du Parti communiste siège à l'académie depuis un quart de siècle. La réunion des Goncourt a lieu cinq jours plus tard. La rose rouge posée sur son couvert n'empêche pas d'évoquer son remplacement. Délai de décence ! s'insurgent Françoise Mallet-Joris, Robert Sabatier et Daniel Boulanger. Les six autres couverts plaident que la presse se fiche bien du délai de décence, puisqu'elle fait d'ores et déjà circuler des rumeurs qui vont empoisonner l'atmosphère.

François Nourissier suggère le nom de Bernard Pivot, qui a tant fait pour attirer les Français dans les librairies et rendre sa gaieté au savoir avec ses *Apostrophes*, *Ouvrez les guillemets* et *Bouillon de culture*. D'autant que Pivot, des années plus tôt, a déclaré au *Nouvel Observateur* : à l'académie Goncourt, « on y fait trois choses que je sais à peu près faire : lire, boire et manger ». Le jour même Pivot est élu par sept voix sur neuf, Mallet-Joris et Boulanger s'abstenant en mémoire de Stil.

À son premier déjeuner d'académicien, Pivot découvre l'absence de cérémonial. Pas un mot d'accueil, sinon un « Tu vas bien ? » car le tutoiement est de rigueur. Il tente un début de discours, on l'interrompt : « Oh ! Ça va, assieds-toi ! » Il jette un œil aux noms gravés sur ses couverts de vermeil et note qu'on n'y fait pas de vieux os. Trop de noms, de Léon Daudet à Bernard Clavel, en passant par Colette, Jean Giono et d'autres. Le sixième couvert assure une meilleure longévité, quatre noms seulement. Au déjeuner suivant, la présidente Edmonde lui lance : « Toi qui as longtemps observé l'académie Goncourt, penses-tu qu'il y a des choses à améliorer dans son fonctionnement ? » Pivot avance l'idée de ne plus voter à bulletin secret, « il ne faut pas avoir honte de son choix, mieux vaudrait voter oralement ». Edmonde approuve. Nourissier, grand manœuvrier de coulisses, aussi. Pivot pousse son avantage : « On tire au sort l'ordre des votants au fur et à mesure du scrutin. » Deux réformes qui allégeraient la défiance qui pèse sur les délibérations. Deux ans plus tard, d'autres réformes adviendront. Le vote à la majorité absolue sans limitation du nombre de tours remplacera celui à la majorité relative qui permettait à un roman d'être élu avec seulement deux voix. Réforme votée à l'unanimité. Viendra l'impossibilité pour un académicien Goncourt d'être le salarié d'une maison d'édition.

Les réunions Goncourt affichent de plus en plus rarement un jury au complet. Michel Tournier est alité, Françoise Mallet-Joris est souffrante, François Nourissier également. Jorge Semprún – quatre-vingt-quatre ans – décide de soulever un problème d'autant plus délicat que l'assistance est composée pour moitié d'octogénaires et de nonagénaires. Il propose une limite d'âge. Dès lors qu'un académicien atteint les quatre-vingts ans, il demande son honorariat.

Soudain grave, il conclut son intervention : « Pourquoi laisser la mort faire le tri[86] ? »

Un trouble s'abat sur la tablée.

On se secoue, puis on passe au vote pour la bourse du Goncourt de poésie 2007.

Ont-ils résonné, ces mots, dans les pensées de François Nourissier ? Le 1er janvier 2008, il écrit sa dernière lettre à l'académie et charge sa complice de toujours de la lire lors de la prochaine séance, soit trois jours plus tard. « Miss P. » ne le laisse plus en paix.

Edmonde lit cet au revoir à la perfection. Sa diction précise ne trébuche pas quand elle dit les « quelques décennies d'amitié » traversées ensemble dans ces salons, tout juste si la feuille tremble entre ses doigts. François a choisi de s'« éloigner » de l'académie, verbe qu'il préfère à « démissionner qui sent un peu la déception ». Nourissier s'adresse aux Dix, « maîtres, cadets, vieux camarades, confidents, complices innocents et complices farceurs », mais sa lettre semble tout entière tournée vers Edmonde, dédiée à leur longue amitié. « Et puis tu le sais, Edmonde, j'aurai bien besoin d'une consultation chez le *carcassier* : ma carcasse est en piteux état. Mieux vaut l'oublier. »

Elle repose la lettre bien à plat. François la laisse seule sur le bord de la route. Elle continuera à pied.

Edmonde hagarde, décoiffée, visage livide, surgit dans le bureau des secrétaires. Elle est en nage.

« Je n'ai plus un poil de sec ! »

Lysiane n'en croit pas ses yeux. Edmonde tremble d'indignation.

Ce matin, elle a pris son Austin Mini pour venir au journal. Une voiture pour junior, rouge et blanc, assez pétard.

Elle raconte : sur l'autoroute, des jeunes la repèrent. Une mémé au volant d'une Mini ! Ils la serrent, la coincent au plus près du garde-fou, raflent le pare-chocs. Elle se cramponne au volant. Ils reviennent à l'assaut. Elle s'affole, loupe une bretelle, tourne dans des quartiers où elle n'a encore jamais mis les pieds. Elle tourne, sans repères, les voyous à son train… enfin le Vieux-Port, le journal, le garage, le gardien…

Elle dit : « J'arrête de conduire. »

À quels signes a-t-elle admis qu'elle abordait la grande vieillesse ? En se découvrant si vulnérable, ce matin-là ?

Ou bien au moment de ce coup de fil :

— Jean-Charles, j'ai vu que vous présentiez une chorégraphie, à Aix…

Edmonde ne manque aucune des créations du chorégraphe Jean-Charles Gil bien qu'il soit le compagnon de Michel Pezet.

— Oui, Edmonde. Je serais ravi que vous veniez.

— Je ne conduis plus, mais pouvez-vous demander à Michel de venir me chercher ?

Ni Gil ni Pezet ne songent à protester.

Michel passe la prendre à l'heure convenue aux Maurely. Edmonde s'installe à ses côtés et, sans plus d'embarras, reprend la discussion comme s'ils s'étaient quittés la veille. Le « repapiautage » se fait avec un naturel confondant.

La grande vieillesse est-elle un continent si froid, si gris, qu'on éprouve le besoin de se réchauffer aux autres, de se rapprocher d'un âge d'or qui n'est plus ? Pezet représente ses plus belles années avec Gaston. Tant de projets à construire. La vie devant soi. La belle équipe. Sa vendetta sanglante a fait long feu, si lointaine que sans plus y penser elle lance : « Marseille est dans un état de saleté épouvantable… Michel, quelle abomination que nous ayons perdu cette ville ! » Au volant, Pezet manque de piler net. Mais ne dit rien. À quoi bon réveiller le volcan qui sommeille ?

Elle continue de mener une vie coupée en deux, mais ce n'est plus tout à fait pareil. À Paris, il y a les amis du monde littéraire. Bernard-Henri Lévy, Anne Sinclair, Pierre Bergé et toujours Jean-Claude Fasquelle et Nicky, sa femme. Edmonde s'est un peu rapprochée de Françoise Giroud, devenue veuve elle aussi. Il leur arrive d'aller au cinéma ensemble, vieilles dames intrépides, un peu vacillantes sur leurs jambes, qui font stoïquement la queue dans la rue venteuse pour voir un film à La Pagode. Paris a changé, ou bien est-ce elle, qui lui fait ressentir la dureté du monde moderne. Elle n'y croise que des gens pressés, ils n'ont plus le temps de s'asseoir pour discuter quand elle n'a jamais eu autant de temps à offrir. Il lui semble que la vie s'écarte d'elle.

Alors elle se tourne vers ses morts pour de longues discussions, ou un conseil, les interroge, « Et toi, qu'est-ce que tu en penses ? », les vieux amis, les plus chers, Derain, Lily Pastré, Bébé Bérard, Aragon, Elsa, Samson… Ils ont la réponse un peu vague. Ça lui va. La réconforte. Car la vérité est qu'elle connaît de longs moments de solitude. Les masques nègres sur le manteau de la cheminée font, eux aussi, de parfaits interlocuteurs. À bien y regarder, ils sont les miroirs inversés de son propre visage : triangulaire, étiré en longueur, mais ses traits sont relâchés à présent, les paupières jadis hautes et lisses se plissent sur le trait horizontal du regard à l'éclat moins vif. Elle a refusé que l'on y touche quand il était encore temps. S'est-elle assez amusée, dans les années soixante à New York, devant les figures tirées à quatre épingles des rédactrices de *Vogue* ! Non, elle partira telle que la nature l'a faite.

S'il n'y avait l'académie, plus rien ne la retiendrait à Paris. Jadis, elle voyait ses amis de gauche, les Lang, les Fabius. Elle garde une petite tendresse pour ces derniers mitterrandiens, sinon ça n'est plus ça. Jean-Pierre Chevènement est sauvé du désastre, par fidélité au Ceres, à l'aile gauche du Parti socialiste... autrement – forons franchement dans ses pensées –, il n'y a plus que des socialistes en peau de lapin. La grave panne du discours politique l'inquiète. Néanmoins, quand en février 2014 le président François Hollande, dont elle pense qu'« au moins, il est un honnête homme », lui remettra les insignes de grand officier de la Légion d'honneur en lui disant : « Madame, vous êtes le visage de la République », elle en sera touchée.

Il lui reste ses vieilles amitiés communistes pour l'arrimer à la capitale et lui insuffler l'envie d'engager la bataille. Aux européennes de 2009, elle annonce qu'elle votera pour Patrick Le Hyaric, le directeur de *L'Humanité*. Un fils de paysan breton, assez carré, combatif. Un produit de l'appareil communiste, légèrement à part pourtant. Edmonde est déjà à ses côtés dans ce qu'elle estime être l'indispensable lutte pour que continue à paraître *L'Humanité* chaque matin. En mai 1996, elle a participé à la création des Amis de *L'Humanité* avec Michel Vovelle, historien, Gilles Perrault, écrivain, Daniel Herrero, rugbyman, et Ernest Pignon-Ernest, plasticien. Le quintet baroque a organisé des débats ambitieux sur le rapport entre le mouvement ouvrier, le mouvement du travail et le monde intellectuel dans sa diversité, débats où personne n'était pris de haut. On la retrouve chaque année au rendez-vous incontournable de la Fête de l'Humanité, dont elle est l'une des figures. Les pieds dans la boue ou sous un déluge de pluie, à l'évidence fragile et chancelante, Edmonde se fait conduire à La Courneuve pour débattre à la tribune, ou simplement serrer des mains, ce qui ne l'empêche pas le lendemain de dîner chez les Rothschild. Un jour qu'elle accompagne une délégation du PC avant même l'ouverture de la Fête, que des ouvriers sont en train de monter le chapiteau, elle s'approche d'eux et bavarde. Ils diront aux hiérarques : « Voyez cette dame, là, elle nous a posé des questions sur nous que vous ne nous posez jamais[87]... » Une fois sur le podium, la dame au chignon et aux perles capte la lumière comme personne. « Edmonde prenait la parole trois minutes et c'était époustouflant. Comme on dit en jazz, elle avait la note bleue ! » s'émeut encore Charles Silvestre. Tout comme Bernard Vasseur, alors directeur de la Maison Aragon - Elsa Triolet : « Cette grande dame était là... cette grande bourgeoise, cette aristocrate est avec nous qui ne sommes rien, qui sommes les damnés de la terre, comment ça se fait ? »

Tel est le mystère d'Edmonde, laquelle renaît dès qu'elle foule le sol des militants. On ne la sent jamais plus sincère ni profondément heureuse. Elle l'a dit : « C'est physiologique. Le cœur bat à gauche. » Hasardons une hypothèse : elle éprouve une immense sympathie pour ceux qui avaient un idéal, qui ont cru en des jours meilleurs et qui ont perdu. « Nous aurons été de ceux-là qui auront cherché, quitte à nous tromper à en périr », écrivit Elsa Triolet dans ses *Proverbes*.

Mêmes symptômes du côté de la Légion étrangère. Il ferait beau voir qu'elle manque une seule cérémonie de la célébration de la bataille de Camerone, à Aubagne. En 1863, soixante-cinq soldats de la Légion ont tenu leur position pendant plus de trente heures, face à deux mille soldats des troupes mexicaines. Depuis, chaque 30 avril, la Légion célèbre ce haut fait de bravoure. Les années ont passé, des générations de soldats se sont succédé dans les rangs de la Légion, la jeune femme décorée de la croix de guerre et nommée vivandière d'honneur le 10 mars 1945 a laissé la place à une femme célèbre pour ses talents d'écrivain, puis à l'épouse de celui qui, à la fin de la guerre d'Algérie, avait hébergé les troupes de légionnaires au château d'Aubagne où ils résident encore, jusqu'à devenir cette dame dont la silhouette en tailleur gris se tasse un peu, mais qui pour rien au monde n'aurait quitté la tribune VIP. Elle est leur grand témoin. Elle est des leurs. En mars 2007, le général Pichot de Champfleury l'élève au rang de caporal d'honneur de la Légion étrangère. Rien ne peut l'honorer davantage.

Les Maurely deviennent son refuge au cœur de la nature sauvage. Là, elle se débarrasse de sa tenue de ville, enfile un pantalon de chasse, un vieux pull-over de Gaston, une veste en ragondin de Camargue, sans manches, cadeau d'une admiratrice de son mari, ensuite, eh bien, ou elle entre en écriture, ou elle part sur les chemins observer le sale travail de sape des chenilles processionnaires sur les pins, et constater les ravages causés par les sangliers. Les amis de Marseille viennent la voir. Jeanne Laffitte, qui s'était un peu éloignée au moment des combats sanglants et des combines politiques, revient en amie. Les rires fusent à nouveau, les discussions passionnées sur la culture reprennent. Il y a des êtres dont on se félicite d'avoir l'amitié. Jeanne Laffitte, Michel Faure sont de ceux-là. Faure, son voisin le plus proche, est avocat et un fin observateur de la culture politique. Les dîners du week-end et les fêtes de Noël ont lieu chez lui.

Michel Faure a des attaches marocaines. Quand les amis de Rabat ou de Casa séjournent chez lui, Edmonde revêt son caftan bleu-vert, griffé Saint Laurent, et se joint à eux pour de longues soirées. Elle les trouve joyeux, les adore. Ce sont des discussions et des contes sans fin, relevés de cet humour dont les Marocains ont le sens aigu. Ils la trouvent somptueuse.

Le Maroc lui manque. Il lui arrive d'y retourner, mais ça n'est plus ça.

Depuis la fin des années quarante, Edmonde était une proche de la famille royale marocaine, quand François et Sabine avaient été choisis par le roi Mohammed V lui-même pour veiller sur les études en France de Moulay Hassan, prince héritier, et de son frère Moulay Abdallah. Ils la considèrent comme leur sœur. Edmonde adore le Makhzen, ses secrets, ses intrigues de palais, l'entre-soi en caftan de velours, les rites, les privilèges qu'offre la proximité avec le pouvoir royal. Matière sombre et vivante pour une romancière, et succulente pour la femme de cour qu'elle est profondément. Un temps, elle fut même l'héroïne d'une légende noire. En 1966, la rumeur parisienne l'a soupçonnée d'avoir contribué à exfiltrer de France le général Oufkir, ministre de l'Intérieur du Maroc et assassin du leader socialiste Mehdi Ben Barka.

Hassan II avait en elle une confiance absolue.

Quand la raison d'État a obligé le jeune souverain à mettre fin à sa liaison, le mot est faible puisqu'il s'est agi de son grand amour, avec l'actrice Etchika Choureau, il a confié à Edmonde le soin de l'annoncer à la jeune femme et de la soutenir. Edmonde-Etchika, ou une amitié « à la vie, à la mort » tissée de délicatesse.

Un jour, Hassan l'a bannie de son cercle.

Pourtant Edmonde, ou plus exactement madame Defferre, avait cru bien faire. En 1981, Gaston venait d'être nommé ministre de l'Intérieur. Hassan souhaitait entendre son amie Edmonde pour organiser les études en France de sa fille aînée, la princesse Lalla Meryem. Il avait insisté pour qu'elle vienne le voir à Rabat, il lui enverrait son avion personnel. Or, à l'époque, Hassan emprisonnait ses opposants socialistes sans faire de détail. Edmonde, très « à gauche toute », avait refusé la proposition : « Je ne peux pas venir tant que les leaders socialistes sont en prison. » Elle escomptait la compréhension du prince ami, elle découvrit le monarque outragé. Le palais lui fut interdit à jamais. Les membres de la famille royale s'évaporèrent. Elle ne revit jamais la sœur du roi, Lalla Aïcha, une amie proche. Elle ne revit plus Hassan. La porte s'était fermée.

Une amitié qui fut sincère et entière peut-elle s'effacer à jamais sans laisser de trace ? Un jour que l'ambassadeur de France avait dit au roi vieillissant : « Majesté, vous avez la baraka », il s'entendit répondre : « Oui, je suis protégé par ça… » Le roi lui avait montré une amulette qui ne le quittait pas. « C'est Edmonde Charles-Roux qui me l'a offerte. »

Un monarque imprévisible, violent, rancunier, elle en convenait, mais « s'il n'avait pas été comme ça, il aurait été liquidé ».

Elle refuse de se plier au rétrécissement du monde que son âge lui imposerait alors même qu'il poursuit son expansion, plus riche, plus complexe, plus dérangeant que jamais… Elle refuse de tomber à toute allure dans ce temps mou de la vieillesse où il n'y a plus rien à raconter.

À quatre-vingt-neuf ans, elle entame une longue tournée en Algérie. Les centres culturels d'Oran, d'Alger, de Constantine, d'Annaba, la réclament. Ils veulent l'entendre raconter Isabelle Eberhardt, à sa manière inimitable. Le sort qui la lie à cette éternelle indésirable en rupture avec les mœurs de son temps tient de l'enchantement impossible à rompre.

La densité du périple justifie qu'elle se fasse accompagner par le directeur commercial des Éditions Grasset, Antoine Boussin. Quoi qu'il lui propose, elle dit oui. Une signature auprès des lycéens d'Oran ? « Mais oui, Antoine, c'est important de voir les lycéens. » Ces jeunes n'auront pas d'argent pour acheter ses livres ? « Ce n'est pas grave. » Ils restent bloqués trois heures à l'aéroport d'Oran. « Aucun problème. » Elle s'assoit, observe les gens qui vont et viennent, boit des yeux leur petit théâtre vivant, s'emplit des volutes musicales de la langue arabe sans montrer le moindre signe d'impatience. En voyage, rien ne lui pèse.

De retour chez Drouant, son récit de conteuse tient ses confrères en haleine une séance entière.

Est-ce l'effet de l'âge ? La jeunesse la captive. Et particulièrement le Goncourt des lycéens, revivifié par son association avec la Fnac. La jeunesse, mais aussi le mouvement des idées. Quant à l'avenir de la langue française, « c'est une question grave et pathétique : dans soixante ans, parlera-t-on français en Europe ? Affirmer la présence du français, c'est un vrai travail ».

Alors, à quatre-vingt-douze ans, elle entraîne la troupe des Goncourt au Liban, pour le Salon du livre francophone. À deux semaines du départ, le directeur de la sûreté du gouvernement libanais meurt dans un attentat avec quatre-vingts autres personnes. Une bombe a explosé sur les Champs-Élysées de Beyrouth. Elle dit : « On défend la langue française, ou pas ? Il faut savoir ce que l'on veut. J'y vais ! » Tahar Ben Jelloun, qui a été élu au couvert de François Nourissier avec le soutien enthousiaste d'Edmonde, lui dit : « Je vous accompagne. » L'ancien guérillero Régis Debray, il siège au couvert de Michel Tournier sur une initiative de la présidente, ne peut que leur emboîter le pas. Pierre Assouline, Didier Decoin et Bernard Pivot suivent, non sans éprouver une pétoche du diable, croit-on savoir. Il faut un peu secouer le Quai d'Orsay pour obtenir les visas. À leur arrivée au Liban, les invités d'honneur sont accueillis en véritables héros. Edmonde se révèle à son mieux sur le terrain, les entraîne partout. À leur retour, Bernard Pivot s'exclame : « Edmonde, c'est notre Napoléon ! »

Vaillante Edmonde. Il arrive trop souvent que ses forces la lâchent. Elle le dissimule. La mort de Cyprienne, à Rome, deux ans plus tôt l'a profondément affectée, Cyprienne son aînée de trois ans, Cyprie qui a enfin trouvé la paix. Mais la disparition de sa sœur l'a obligée à considérer la réalité, il est temps de mettre sa succession en règle.

Sans en parler à quiconque, sinon à Jean et au principal intéressé, elle entame la procédure d'adoption de son petit-neveu Marcantonio Del Drago, le petit-fils de Cyprienne. Edmonde choisit pour principal héritier de son patrimoine le fils de Clemente. Il s'agit sans aucun doute de son dernier geste d'amour pour son neveu disparu.

Qu'elle le veuille ou non, la vie rétrécit. À Paris, les rendez-vous et les dîners s'amenuisent. Les visites quotidiennes de Marie Dabadie, la secrétaire de l'académie Goncourt, aident à passer le temps. Marie s'installe dans la salle à manger qui fait office de bureau, et vers 19 heures, au moment de partir, elle prévient : « Bon, Edmonde, je m'en vais… » Edmonde attend qu'elle ait enfilé son manteau pour s'asseoir dans le fauteuil du vestibule, Marie comprend. Elle a besoin de parler. Le vêtement retrouve son portemanteau et Edmonde raconte des épisodes de sa vie. Distrayantes aussi les visites de Laurent qui vient la coiffer à domicile. Il arrive avec sa trousse de figaro et travaille son cheveu. Elle est l'une des rares clientes des années Carita et de la rue de la Paix qu'il continue de voir. Cinquante années de fidélité. Chignon enfin d'aplomb, elle le fait asseoir au salon, lui sert un café. Elle le regarde boire et sourit. Il est assis au bord du fauteuil, « raide comme un bec de gaz », aurait dit Sabine. Laurent, coiffeur des têtes couronnées. Avec qui d'autre pourrait-elle discuter du bon vieux temps ? Il sait tout des coulisses des mariages princiers, des noces d'Hussein de Jordanie, de la gentillesse de la bégum, des fêtes extravagantes de Patino… il en était, avec son fer à friser. Au fond, ils ont fréquenté le même monde, chacun de son côté du paddock.

Laurent vient de perdre son compagnon. Il ne manifeste rien de son chagrin profond. Un reste de jeunesse s'accroche aux pommettes, au rire léger, qu'elle a toujours connus. Une idée la prend.

« Pourquoi on n'irait pas au cinéma ? »

Laurent lève les yeux, stupéfait par ce franchissement d'une ligne Maginot implicite, il balbutie : « Mais, madame[88]… » Jamais il n'aurait cru ça d'elle. Edmonde étrangle un rire. Puis il repart, elle le voit s'éloigner, le dos droit, le pas souple, vers quoi ? Vers quelle solitude ?

Dans son bureau qui domine les toits de Paris, la lumière d'une lampe tombe sur un mince dossier bistre. Le manuscrit de *L'Oncle Zino*.

Elle aime cette pièce-refuge, où elle a si souvent écrit, entourée du visage de ses amis, de leurs voix et de leurs murmures. La mort les a tous emportés, leurs photographies en noir et blanc, disposées sur les étagères surchargées de livres, évoquent à la fois le crépuscule et la fraternité. Gaston portant casquette de retour de la chasse. Elle-même en compagnie d'Orson Welles qui la regarde, comment dire, avec affection. Yves Saint Laurent à la fin d'un défilé saluant à sa manière, élégant et emprunté. Le cliché de Louis et Elsa, dédicacé par Aragon. Un coffret DVD des concerts de Samson François. Il suffit à Edmonde d'abaisser les yeux pour croiser le regard clair sous les sourcils froncés, qui l'interpelle comme autrefois. « Mes amis, quand vous reverrai-je ? » murmurera-t-elle bientôt devant leur portrait. Il n'y a guère que Zizi Jeanmaire, en collant noir de danseuse, le sourire dévorateur, pour irradier la joie de vivre, une vie qui désormais s'étiole sur les bords du lac de Genève.

Quel agréable cocon pour écrire, dirait celui qui passerait en visite et se laisserait envoûter. Mais écrire, Edmonde n'y arrive plus.

C'est un livre fantôme, une arlésienne. Voilà dix ans que ses amis l'entendent parler de Zino, de ses recherches. Ils en ont pris des nouvelles. Ils n'osent plus. Bien des malheurs ont frappé ce manuscrit. Un jour il tombait, pages éparpillées, non numérotées… Un autre, il avait brûlé. Ou bien il avait disparu. Thamar Kinsky, qui a connu Zinovi Pechkoff de son vivant, se souvient d'avoir vu Edmonde en 2012, les larmes aux yeux, terrassée par un début de dépression.

Pechkoff la fuit.

Autour d'elle, tous comprennent qu'elle est fatiguée.

Ce ne sera pas un roman inachevé, du moins

pas entièrement inachevé. Au prix d'efforts surhumains, elle boucle trois cents feuillets. Ils racontent la jeunesse de Zinovi Pechkoff et s'arrêtent dans une tranchée de l'Artois, où une balle lui coupe le bras. Ils ne seront pas publiés. « Cette mésaventure découle de quelque chose qu'elle arrivait parfaitement à surmonter auparavant, mais là, elle n'y arrivait plus, ça a donné ce fiasco », nous confiait Jean-Claude Fasquelle, attristé. Ce qu'il faut de courage à un écrivain pour se dire : j'arrête, je dis adieu au livre. Edmonde s'exécute en cessant d'en parler. D'ailleurs, plus personne ne s'inquiète de ses projets d'écriture.

Entre eux, les jurés Goncourt commencent à s'émouvoir de la santé de leur présidente. Sa concentration n'est plus la même, sa résistance faiblit aussi. L'idéal serait qu'elle se mette en retrait d'elle-même.

Comment n'en serait-elle pas consciente ? À l'académie même, elle est la dernière survivante d'une époque. « Pourquoi laisser la mort faire le tri ? » interrogeait Semprún. Mais la mort n'en fait qu'à sa tête. Elle a emporté ce grand d'Espagne en juin 2011, quatre mois après que François Nourissier avait tiré sa révérence. Au moins François a-t-il eu la satisfaction de voir son poulain, Michel Houellebecq, couronné du prix Goncourt pour *La Carte et le Territoire*. Quant à Edmonde, elle est arrivée à un stade où la compagnie des jurés Goncourt ne lui manquerait pas.

Abandonner son pouvoir est une autre affaire.

Le prix Goncourt 2013 vient de couronner *Au revoir là-haut* de Pierre Lemaitre, élu au douzième tour. Edmonde soutenait *Arden* de Frédéric Verger, un premier roman d'une facture plus ambitieuse, selon elle, et tout aussi réussi. Il s'en est fallu d'un cheveu. Un juré qui avait promis à Edmonde de soutenir le roman de Verger lui a fait défaut, elle ne décolère pas. Cette mauvaise manière la contrarie énormément…

Pierre Bergé vend la mèche : « Si Edmonde s'est dépouillée du pouvoir qu'elle avait à l'académie, c'est parce qu'elle ne voulait pas que n'importe qui devienne président à sa place[89] ! »

Elle demande à Didier Decoin si la fonction l'intéresse. Ils s'apprécient et tous deux préfèrent la négociation au conflit. Mais Decoin, pris par des projets personnels, décline et suggère le nom de Bernard Pivot.

Il s'ensuit un épisode tel qu'elle les aime et dont Régis Debray endosse l'initiative : « C'était un petit putsch que j'ai aidé à ourdir[90]. » Régis Debray, avec qui elle parle librement, lui suggère également le nom de Bernard Pivot pour la remplacer à la présidence. Elle trouve l'idée excellente. « Mais comment faire pour contrôler les réactions ? » Ses talents de conspiratrice font le reste.

Donc…

Edmonde organise une rencontre chez elle, rue des Saints-Pères, où elle réunit Régis Debray, Marie Dabadie et Bernard Pivot. Edmonde s'est assurée que Pivot accepterait le poste. Il a un peu hésité compte tenu de la charge de travail, objectant que d'autres parmi ses confrères, qui ont réellement la qualité d'écrivain et davantage d'ancienneté que lui à l'académie, seraient plus légitimes.

Justement, d'autres, Edmonde n'en veut pas. « Elle avait ses phobies », selon Régis Debray. Elle met au point un scénario : ouvrir la séance en annonçant sa démission de la présidence pour raison de santé et, sans reprendre son souffle, ajouter : « Donc j'ai pensé que celui qui serait le mieux à même de me succéder est Bernard Pivot », sur un ton qui sous-entend : « Je me fais la porte-parole de toutes et de tous. »

Là, Marie Dabadie sortira illico de la pièce pour envoyer un communiqué à l'AFP.

Ni vote ni discussion.

Le mardi 3 décembre 2013, tout se déroule comme ils l'ont prévu. Pivot dit s'être senti un peu gêné au moment où elle a prononcé son nom[91]. Edmonde est impériale. Le désarroi flotte sur l'assistance rendue muette. Le chuchotement d'un juré incrédule trouble le silence – « Mais c'est un coup d'État ! » –, puis Didier Decoin applaudit en frappant la table de deux doigts, entraînant d'autres applaudissements.

Le vote aura lieu à la séance suivante pour se mettre en conformité avec les statuts, et camoufler que, au fond, il s'agit d'une décision unilatérale.

Edmonde Charles-Roux a quatre-vingt-treize ans, elle quitte la scène sans que quiconque lui ait volé sa sortie.

Edmonde aurait voulu finir ses jours dans l'appartement de la rue Neuve-Sainte-Catherine. Elle m'a dit : « J'aimerais beaucoup, parce qu'on voit le port, on voit le mouvement des bateaux… »

Michel Faure,
entretien avec l'auteure, 21 octobre 2016

Une chose reste à régler.

Gaston disait à ses conseillers municipaux : « Le jour où je disparaîtrai, surtout ne donnez pas mon nom à une rue, surtout ne donnez pas mon nom à une école… Ne faites pas ça… mais prenez ma main, faites-en faire un moulage par César et vous pourrez dire que cette main a beaucoup signé pour Marseille, qu'elle a beaucoup aidé. »

À la demande d'Edmonde, le sculpteur César avait réalisé aussitôt un moulage de la main de Gaston.

Cette main de bronze, saisie dans un geste qui évoque celui de l'au revoir, fait partie des trésors intimes qu'Edmonde conserve aux Maurely. Il est temps de la remettre à qui de droit.

Un jour de 2014, elle appelle Jean-Claude Gaudin. « J'ai la main de Gaston Defferre à la maison. Je voudrais vous l'offrir. » Gaudin s'en dit ravi et promet une cérémonie à la hauteur de l'événement.

Vêtue d'un tailleur ivoire qui flotte sur son corps menu – il pourrait être celui qu'elle portait le jour de son mariage, tant il semble avoir été coupé pour une femme plus robuste, tant il a l'esprit Saint Laurent des années soixante-dix, tant elle n'est pas du genre à reculer devant la force du symbole –, Edmonde apporte la main de Gaston à la mairie, qui est aussitôt déposée dans une châsse de bois doré, « telle la relique de saint Louis d'Anjou », ironise aujourd'hui Jean-Claude Gaudin[92]. Elle sera exposée au musée Cantini.

Les quarante et un chapeaux de Gaston, du feutre noir à large bord au chapeau d'astrakan russe, ont depuis longtemps rejoint les collections du musée de la Mode de Marseille.

Elle est à jour, donc.

Ce matin de 2014 aux Maurely la trouve perchée sur une échelle, face à la bibliothèque. Elle tend le bras vers le livre convoité, l'atteint enfin mais sa main n'accroche que le vide, aussi se dresse-t-elle un peu plus sur la pointe des pieds. Le barreau se dérobe.

Quand elle ouvre les yeux elle est à terre, au pied de la bibliothèque. Sonnée.

Elle s'en sort avec de nombreuses contusions. Se bourre d'antidouleurs qui ne calment pas grand-chose. Mais il n'est pas question de manquer l'ouverture du Festival d'Aix, dont elle reste la présidente honoraire. Quatre premières, dont deux mondiales, l'*Ariodante* de Haendel et *Il Turco in Italia* de Rossini, mis en scène par le New-Yorkais Christopher Alden, dont tout le monde parle, et qu'il faut avoir vu. D'autant qu'une *Flûte enchantée* mise en scène par Simon McBurney, ça ne se refuse pas. Personne ne doit deviner ce qu'elle endure. Ce seront quatre soirs de martyre. Michel Faure l'accompagne, à la sentir si faible il redoute qu'elle ne s'assoupisse pendant les spectacles. Elle sera d'une vigilance totale. « De pure volonté. »

Ce n'est pas sa première chute. Elle a appris à camoufler ses bleus. Aux Maurely, un bel escalier relie le salon aux chambres de l'étage. Lors des travaux qui ont suivi l'incendie, elle a fait ôter la rampe, l'effet est sans comparaison. À présent, elle le descend, degré par degré, dos plaqué au mur, face au précipice. On lui dit : « Tu vas te tuer ! » Mais non. « J'ai mes habitudes. »

Pour le reste, camouflage. Croit-elle.

À *La Provence*, Lysiane a remarqué qu'elle perdait un peu ses mots. Elle n'en dit rien. Reboutonne le col du chemisier à l'arrière du cou, Edmonde a attaché mardi avec mercredi. « Madame, vous permettez ? » Docile, Edmonde s'assoit, la jeune femme arrange le collier qui est de travers. On est loin du ton sec d'antan, Edmonde a pris l'habitude de discuter avec les secrétaires.

Le journal est désormais la propriété de Robert Hersant. Elle n'a plus de bureau. On lui a concédé un cagibi.

Sinon, la mort s'invite à bas bruit. Le 8 août, Jean décède dans un hôpital de Rome. Il allait avoir cent ans. Ils étaient trois, elle seule reste. Le voilà, le véritable précipice.

Ses amis reçoivent des coups de fil à pas d'heure. « Régis, c'est épouvantable, j'ai vu deux grands Noirs au pied de mon lit… Ils m'ont empêchée de dormir[93]. » Une nuit, apeurée, elle appelle Bernard Vasseur afin qu'il vienne monter la garde chez elle : des rôdeurs se déplacent dans l'appartement. Un monde d'illusions se superpose à la réalité, des peurs anciennes remontent.

Et puis la chute, à Paris, dans l'escalier qui relie le vestibule à sa chambre en duplex. Fracture du fémur. Elle quitte la rue des Saints-Pères en ambulance, sans imaginer qu'elle n'y reviendra pas.

On l'opère à l'hôpital américain de Neuilly. Puis à nouveau au Val-de-Grâce. On la transporte à Louveciennes pour un séjour en rééducation. Bernard Vasseur est son tout premier visiteur. « Elle n'avait rien, pas de change, pas de valise, juste son sac à main et *Les Communistes* d'Aragon, qu'elle tenait absolument à avoir auprès d'elle. Jusqu'à la fin, elle a lu Aragon[94]. » Christian Poitevin le confirme, qui lui rendait visite : « Moi, j'ai changé de nom, de prénom, de métier, mais elle cherchait toujours à mettre la main sur son volume des *Communistes* de Louis Aragon ! Sans jamais se tromper ni sur le titre ni sur l'auteur. »

Que trouve-t-elle dans le souffle du poète qui lui communique la confiance en l'homme ? Car rien ne lui sera épargné. La rééducation à Louveciennes se conclut par un transfert aux Maurely, mais la maison est trop isolée. Elle est envoyée à Gardanne dans une maison de soins créée par Pierre Bergé dans les années quatre-vingt pour les malades du sida. Aujourd'hui on y dispense des soins le plus souvent palliatifs, un lieu où elle sombre, coupée de tous, dans un lit-cage dont elle veut s'évader.

S'il est une valeur qu'Edmonde Charles-Roux plaçait au-dessus de toute autre, c'est la fidélité en amitié. Combien de fois s'est-elle dressée pour défendre un ami ? L'amitié va la sauver.

Jeanne Laffitte, Michel Faure, Annie Terrier, Christine Letellier, cette solide muraille amicale de Marseillais va l'extraire de ce cauchemar. Conscience en dents de scie, corps cassé, vaillant pourtant. Une lucidité à éclipses lui déchire la poitrine. « Tu sais, Jeanne, ça fait un an que je suis en prison, que je vis cet enfer, tu le sais, ça[95] ? » Ils bataillent pour lui obtenir une place dans une maison de retraite au cœur de Marseille. Elle y renaît un peu mais trop tard.

Cela faisait des années que le père Ottonello, curé des Accoules, avait pris l'habitude de monter la voir aux Maurely, avec, toujours, l'estomac noué à l'idée de soutenir une discussion avec cette « grande dame ». Désormais il prend le chemin de la maison de retraite. Ce petit-fils d'exilés napolitains, pêcheurs de poulpes, officie dans le quartier du Panier, où vivent ceux de Naples. Marseille est une persillade d'italianités. Le quartier Saint-Victor aux Siciliens, le 12e arrondissement aux Toscans, et aux Piémontais la Capelette. Les discussions avec le *padre*, spontané, enflammé, la régénèrent. Il a un cœur d'enfant, c'est flagrant. Ils parlent en italien, cette langue qui coule en elle naturellement. Edmonde reste curieuse, insatiablement curieuse, elle veut tout savoir de Marseille dont le prêtre connaît des secrets qu'elle n'imaginait pas. Quel roman cela ferait ! Continuer d'apprendre la tient en vie.

Mais vient la bronchite, qui va dégénérer.

Les jours passent, elle peut à peine parler.

Une dernière fois, car le *padre* sait qu'ils atteignent l'ultime confession, il se penche vers elle et dit : « Au nom du Père et du Fils, je vous pardonne tous vos péchés. » Depuis l'entre-deux-mondes où, le visage de pierre, elle s'attarde encore un peu, Edmonde soulève légèrement la tête et fait : « Chouette[96] ! »

Elle n'est pas effrayée par la nuit incommensurable qui l'attend.

Et déjà, l'extrême-onction. Alors que la fine silhouette noire du prêtre approche de son lit, Edmonde esquisse un sourire vers l'homme d'Église qui vient à sa rencontre. Elle a distingué la soutane, reconnu le froissement de l'étoffe, le pas léger aussi, elle soupire, confiante, à la présence irisée : « Ah ! Frère Jean... »

Edmonde Charles-Roux meurt le mercredi 20 janvier 2016 au soir. Elle allait avoir quatre-vingt-seize ans. Jeanne Laffitte est auprès d'elle.

Ses obsèques ont lieu le samedi 23 à la cathédrale de la Major. Dans l'assistance, on remarque Bernard Tapie qui vient de racheter *La Provence* à Hersant, avec l'approbation d'Edmonde. Il y a Jean-Claude Gaudin, surpris que sa vieille ennemie ait demandé qu'il prenne la parole. Il y a Régis Debray qui représente l'académie Goncourt. Il s'interrogera sur ce que cette « belle personne » incarnait d'aussi singulier : « la rencontre de ce qui n'était pas fait pour se rencontrer ».

Il y a la famille. Il y a Lysiane et Martine. Malgré leur lot de camouflets – parmi lesquels un « Comment vous appelez-vous ? », lors d'une séance de dédicaces en librairie de *L'Homme de Marseille* –, elles admirent la « grande dame », elles sont attachées à ce pan de l'histoire baroque de la ville qui va disparaître avec elle. Michel Pezet est absent. « Je n'ai quand même pas voulu aller aux obsèques. Dans ces moments-là je me demande toujours : est-ce que cette personne viendrait aux miennes ? »

L'immense Major paraît vide, bien plus qu'Edmonde l'aurait sans doute imaginé. Trois jours sont bien courts pour organiser des funérailles de grande ampleur et bousculer un agenda élyséen. La cérémonie se déroule donc en l'absence du président de la République et de la plupart des hauts responsables du Parti socialiste. Dans quelques heures elle reposera au cimetière Saint-Pierre, aux côtés de Gaston.

À la sortie de la cathédrale, la Légion célèbre une dernière fois son caporal d'honneur. Puis le cortège se met en mouvement, escorté à l'avant et à l'arrière par une brigade de motards de la police municipale, Gaudin a tenu à ce que la Ville lui rende cet hommage. Arrêt symbolique de plusieurs minutes devant la mairie. Motards à toutes les intersections. Le cercueil passe devant les passants, indifférents. Ni chapeau soulevé, ni geste de sympathie. L'oubli déjà.

NOTES

PREMIÈRE PARTIE

1. « Je prends à cœur la cause des femmes. Hélène renâcle un peu. Sa cause, c'est Dior. Pour elle, les femmes n'ont qu'une vocation supérieure : séduire. C'est une missionnaire de la séduction. Moi, je veux bien séduire, mais de surcroît. » Françoise Giroud, *Les Années Elle, 1945-2000*, Éditions Filipacchi.

2. Voir Dominique de Saint Pern, *Edmonde*, Stock, 2016.

3. Lettre de Jean Charles-Roux à Sabine, 1er février 1946, fonds Sabine Charles-Roux, cote 159 II 186, archives municipales de Marseille.

4. Sabine au comte Kinsky, 14 octobre 1959, collection particulière Thamar Kinsky.

5. Edmonde Charles-Roux à sa mère, 12 mars 1946, fonds Sabine Charles-Roux, cote 159 II 213-219, archives municipales de Marseille.

6. *À voix nue*, France Culture, 2 novembre 1995, archives INA.

7. *Ibid.*

8. Je recommande la lecture de la très documentée et passionnante biographie *La Splendeur des Brunhoff*, par Yseult Williams, Fayard, 2018. Ainsi qu'*On l'appelait Maïco*, de la même auteure, Grasset, 2021.

9. *On l'appelait Maïco*, *op. cit.*

10. Marion de Brunhoff, entretien avec l'auteure, 10 octobre 2016.

11. Michel Charzat, *André Derain, le titan foudroyé*, Hazan, 2015.

12. À l'époque du premier conflit mondial, André Derain a passé sept années dans les rangs de l'armée, dont quatre au front, artilleur en première ligne. Au moment de la mobilisation générale, Picasso le Malaguène, non mobilisable puisque de nationalité étrangère, écrivit au marchand d'art Daniel-Henry Kahnweiler : « Le 2 août 1914, j'ai conduit Braque et Derain à la gare d'Avignon. Je ne les ai jamais revus. » Superbe raccourci. *Ibid.*

13. *Ibid.*

14. Lettres non datées, archives Taillade, © Geneviève Taillade.

15. *Jeune femme dans un parc*, 1935, œuvre de Balthus, conservée au Metropolitan Museum de New York.

16. Diana Vreeland, *D.V.* (1984), Séguier, 2019.

17. Patrick Jeudy, *Robert Doisneau, tout simplement*, DVD Éditions Montparnasse, 2012.

18. Sabine Charles-Roux au comte Kinsky, 29 janvier 1954, collection citée.

19. *Vogue*, décembre 1953-janvier 1954, © Publications Condé Nast.

20. L'influente Misia Sert (1872-1950), pianiste puis reine du baroque moderne, « princesse du comme-il-ne-faut pas », épouse (en troisièmes noces) du peintre José Maria Sert, associée aux grandes créations artistiques qui précèdent les années vingt et courent au long des trente suivantes, inspiratrice des peintres Vuillard, Bonnard, Toulouse-Lautrec, Renoir, amie de Diaghilev. « Elle n'a jamais ouvert un livre, elle ne lit même pas ses lettres », disait d'elle Chanel. Misia fut la seule femme qui exerça sur Chanel une réelle influence, la seule aussi à qui la couturière accordait du génie. Edmonde lui consacre un chapitre, superbement illustré, dans *Le Temps Chanel* (Éditions de La Martinière / Éditions Grasset, 2004).

21. « Bend'or », surnom donné au Prince de Galles par ses amis.

22. Sabine Charles-Roux au comte Kinsky, 29 janvier 1954, collection citée.

23. Lettre du 19 mars 1954, *ibid.*

24. Lettre du 4 avril 1954, *ibid.*

25. *André Derain, le titan foudroyé*, *op. cit.*

26. Jacques Derogy, « Le planning malgré eux », *L'Express*, 14 mars 1996. Dominique Desanti, intellectuelle du PC, lui a rapporté cette confidence que lui avait faite Jeannette Vermeersch elle-même. Jacques Derogy était alors membre du PC.

27. « Prague », *Vogue*, mai 1956, © Publications Condé Nast.

28. Philippe Forest, *Aragon*, Gallimard, 2015.

29. Dans les années 1860, Orélie-Antoine Thounem, fils d'un boucher de Tourtoirac en Dordogne, entreprit de fonder une « Nouvelle France » en Terre de Feu. Acclamé par quelques chefs de tribu – après les avoir copieusement soûlés d'eau-de-vie –, il nomma des ministres qui ne savaient pas lire et fonda l'ordre de la Couronne d'Acier. De retour en France, il distribua d'improbables duchés aux amis qu'il rencontrait au cabaret du Chat noir, généralement soutenus par l'absinthe. Parmi ceux-là, les frères Cros, Antoine et Charles, adeptes de farces et attrapes. Antoine Cros régna sous le nom d'Antoine II. Je recommande le récit qu'en fait Maurice Druon dans ses *Mémoires*, Plon / Éditions de Fallois, 2006.

30. *Medium*, n° 5, octobre-décembre 2005.

31. Elsa Triolet, *Le premier accroc coûte 200 francs*, Denoël, prix Goncourt 1945 au titre de l'année 1944.

32. Matthieu Galey, *Journal intégral, 1953-1986*, Robert Laffont, « Bouquins », 2017.

33. *Ibid.*

34. *La Vie de Don Juan d'Autriche*, Del Duca, 1959. *Stèle pour un bâtard*, Grasset-Fasquelle, 1980.

35. Pierre Barillet, entretien avec l'auteure, octobre 2016.

36. Laurent Gaudefroy, entretien avec l'auteure, octobre 2016.

37. Claudie Rappeneau, entretien avec l'auteure, novembre 2016.

38. Emmanuelle de Boysson, auteure de *Georges Izard, avocat de la liberté*, Presses de la Renaissance, 2003.

39. Guillemette de Sairigné, auteure de *Pechkoff, le manchot magnifique*, Allary, 2019.

40. William Klein, *Le Business et la Mode*, diffusé dans *Cinq colonnes à la une*, 21 novembre 1962, archives INA.

41. *Le Bon Plaisir*, France Culture, 15 avril 1989, archives INA.

42. *Une heure avec... Bernard Privat*, France Culture, 3 mai 1967. Bernard Privat, grand éditeur, dirige alors les Éditions Grasset. Il deviendra l'éditeur d'Edmonde Charles-Roux.

43. Edmonde Charles-Roux, *Oublier Palerme*, Grasset, 1966.

44. « Edmonde Charles-Roux, l'indocile », *Empreintes*, de Laure Adler, France 5, 30 novembre 2012, archives INA.

45. Sabine Weiss, entretien avec l'auteure, décembre 2018.

46. Pierre Bergé, entretien avec l'auteure, octobre 2016.

47. Registre des délibérations II, 6 janvier 1954 / 10 juin 1976, dossier 4Z138, fonds de l'académie Goncourt, archives municipales de Nancy.

48. Témoignage recueilli auprès de Thamar Kinsky.

DEUXIÈME PARTIE

1. Lettre d'Edmonde Charles-Roux à Gaston Defferre, non datée, fonds Gaston Defferre, cote 100 II 861, archives municipales de Marseille.

2. Christian Poitevin, entretien avec l'auteure, 4 octobre 2016.

3. Confidence faite par Gaston Defferre, puis par Edmonde Charles-Roux, à leur ami Michel Faure.

4. Edmonde Charles-Roux, *Elle, Adrienne*, Grasset, 1971.

5. Matthieu Galey, *Journal intégral*, *op. cit.*

6. En 1946, où le marché noir a encore cours, Yves Farge, ministre du Ravitaillement, soupçonne un trafic : le transport clandestin de vin entre l'Algérie et Marseille. En France, la récolte de vin de 1945 a été catastrophique. Il manque plus de dix millions d'hectolitres pour satisfaire aux normes de ravitaillement, qui sont de deux litres par adulte et par mois. Le gouvernement doit alors importer du vin algérien. Ça ne suffit toujours pas. Au lendemain de la guerre, c'est la pagaille, les statistiques sont floues. Farge croit à un détournement et porte plainte contre X. Le quotidien de droite *L'Aurore* relaie les rumeurs qui concernent Gaston Defferre : il serait propriétaire d'un bateau sur lequel il transporterait du vin depuis l'Algérie. C'est un coup monté, le

premier contre l'ancien secrétaire d'État à l'Information. Son baptême du feu.

7. *L'Oreille en coin du dimanche matin*, France Inter, 9 septembre 1985, archives INA.

8. Entretiens de l'auteure avec la comtesse Genilde Kinsky et la comtesse Thamar Kinsky, à Žd'ár nad Sázavou, juin 2016.

9. 24 septembre 1968, fonds Sabine Charles-Roux, cote 159 II 98.

10. Lettre d'Edmonde Charles-Roux à Gaston Defferre, fonds Gaston Defferre, cote 100 II 861.

11. Matthieu Galey, *Journal intégral*, *op. cit.*

12. Jean-Claude Fasquelle, entretien avec l'auteure, décembre 2016.

13. Bernard Vasseur, entretien avec l'auteure, octobre 2016.

14. Voir Dominique de Saint Pern, *Edmonde*, *op. cit.*

15. *L'Invité du dimanche*, émission d'Éliane Victor, 2e chaîne, ORTF, 24 novembre 1968, archives INA.

16. Matthieu Galey, *Journal intégral*, *op. cit.*

17. *Les Lettres françaises*, 16 juin 1971.

18. Lettre du 25 août 1971, collection particulière.

19. Plan schématique d'un scénario original, *Officiers seulement*, d'Edmonde Charles-Roux, juillet 1971, archives de l'académie Goncourt.

20. Université de Californie Los Angeles.

21. Pierre Bergé, entretien avec l'auteure, octobre 2016.

22. « Edmonde Charles-Roux, l'indocile », *Empreintes*, émission citée.

23. Datée « Toussaint 1975 », fonds Sabine Charles-Roux, cote 159 II 98.

24. 26 octobre 1944, fonds Sabine Charles-Roux, cote 159 II 184.

25. Lettre datée du 4 novembre 1973, sur papier à en-tête de l'Assemblée nationale. Collection particulière.

26. Régis Debray, entretien avec l'auteure, décembre 2016.

27. *Les Mots de minuit*, France 2, 30 avril 2005, archives INA.

28. Jean-Pierre Chevènement, entretien avec l'auteure, septembre 2016.

29. Le chemin de fer est l'affichage de l'enchaînement des pages – en format réduit –, qui permet d'avoir une vision globale du déroulé et du rythme du journal, de l'importance visuelle et éditoriale accordée aux différents sujets.

30. François Nourissier, *À défaut de génie*, Gallimard, 2000.

31. *Pentimento*, de Paula Jacques, France Inter, 18 juin 1995, archives INA.

32. Paul Morand, *Journal inutile, 1968-1972*, entrée du 25 octobre 1971, Gallimard, 2001.

33. Angelo Rinaldi, entretien avec l'auteure, avril 2019.

34. Charles Silvestre, entretien avec l'auteure, octobre 2016.

35. François Nourissier, *À défaut de génie*, *op.cit.*

36. Régis Debray, entretien avec l'auteure.

37. Pierre Bergé, entretien avec l'auteure.

38. Jules Charles-Roux, *Le Grand Marseillais de Paris*, Marines éditions, 2004.

39. *Le Monde*, 16 janvier 1978.

40. Lettre de Gaston Defferre à Sabine Charles-Roux, 27 juin 1975, fonds Sabine Charles-Roux, cote 159 II 219.

41. Pierre Galante, *Les Années Chanel*, Mercure de France, 1972.

42. Lilou Marquand, entretien avec l'auteure, décembre 2020.

43. Claude Baillén, *Chanel solitaire*, Gallimard, 1971.

44. *Ibid.*

45. *Ibid.*

46. Henri Ponchon, *L'Enfance de Chanel, d'un lieu l'autre* (préface de Jean Lebrun), Bleu autour, 2016.

47. *Ibid.*

48. Le nom du monastère qu'Edmonde Charles-Roux orthographie « Obazine » s'écrit traditionnellement « Aubazine ».

49. Olivier Merlin, « La *Nana* de Roland Petit, par le ballet de l'Opéra », *Le Monde*, 6 mai 1976.

50. *L'Homme en question*, 3e chaîne, 24 octobre 1976, archives INA.

51. Michel Pezet, entretien avec l'auteure, octobre 2016.

52. Fulco di Verdura est un duc sicilien. Il a écrit deux textes, l'un en italien, l'autre en anglais, légèrement différents l'un de l'autre, qui restituent la splendeur de la Sicile aristocratique du

début du siècle. Edmonde Charles-Roux a adapté les deux textes, les fondant en un seul. Par ailleurs, Fulco di Verdura était créateur de bijoux pour la maison Chanel.

53. Matthieu Galey, *Journal intégral*, *op. cit.*

54. *Ombre et Lumière*, émission présentée par Philippe Labro, France 3, 21 novembre 2003, archives INA.

55. *Ibid.*

56. Jean-Claude Fasquelle, entretien avec l'auteure.

57. François Nourissier, *À défaut de génie*, *op. cit.*

58. Registre des délibérations III, dossier 4Z139, fonds de l'académie Goncourt, archives municipales de Nancy.

59. Axel de Neufville, entretien avec l'auteure, mai 2019.

60. Jacques Chazot, avec des dessins de G. Konkoly, *Marie-Chantal de gauche*, Mengès, 1983.

61. Michel Kajman, « Le déclin de la maison Defferre », *Le Monde*, 1er octobre 1985.

62. Le congrès fédéral du Parti socialiste des Bouches-du-Rhône s'est tenu à Fos-sur-Mer le 29 septembre 1985 dans le but d'élire les membres de son comité directeur. Trois courants socialistes s'affrontaient : celui de Michel Rocard, celui de Michel Pezet et celui de Gaston Defferre.

63. Julien Blaine, alias Christian Poitevin, entretien avec l'auteure.

64. Jean-Louis Comolli, *Marseille de père en fils*, 1re partie : *Ombres sur la ville*, 1990, archives INA.

65. Michel Pezet, entretien avec l'auteure.

66. Bernard Tapie, entretien avec l'auteure, 29 novembre 2019.

67. Serge Raffy, *Les Enfants de Gaston*, Lattès, 1998.

68. Bernard Tapie, entretien avec l'auteure.

69. Michel Pezet, entretien avec l'auteure.

70. Christian Poitevin, entretien avec l'auteure.

71. Discours de Jean-Victor Cordonnier, premier adjoint au maire.

72. *Le Bon Plaisir*, émission citée.

73. *Ibid.*

74. L'éditrice Jeanne Laffitte raconte : « Sabine était très dure… Il y a longtemps, j'ai assisté au mariage d'un des fils d'Adrienne à Roberty, en compagnie d'Edmonde et de Gaston.

Sur l'un des murs d'enceinte de la propriété, quelqu'un avait écrit en lettres de un mètre de haut : MADAME EST UNE SA… Il n'y avait pas assez de place pour écrire la suite. Gaston était plié en quatre. Tout le monde savait de qui il s'agissait… » Entretien avec l'auteure, octobre 2016.

75. Rosa Montero, *L'Idée ridicule de ne plus jamais te revoir*, Métailié, 2015.

76. Jean-Claude Gaudin, entretien avec l'auteure, septembre 2019.

77. Gérard Manonni, entretien avec l'auteure, avril 2019.

78. Entretien avec l'auteure, avril 2019. Louis Dreyfus est aujourd'hui président du directoire du groupe *Le Monde*.

79. Registre des procès-verbaux, du 6 février 1996 au 1er avril 2008, dossier 4Z140, fonds de l'académie Goncourt, archives municipales de Nancy.

80. Didier Decoin, entretien avec l'auteure, le 9 janvier 2022.

81. Edmonde Charles-Roux, *L'Homme de Marseille*, Grasset & Fasquelle, 2001.

82. Jean Contrucci, entretien avec l'auteure, septembre 2019.

83. « Edmonde Charles-Roux, l'indocile », *Empreintes*, émission citée.

84. Père Alain Ottonello, entretien avec l'auteure, septembre 2019.

85. *Culture et dépendances*, de Franz-Olivier Giesbert, France 3, 7 avril 2004, archives INA.

86. Réunion Goncourt du 4 décembre 2007.

87. Charles Silvestre, entretien avec l'auteure.

88. Laurent Gaudefroy, entretien avec l'auteure.

89. Pierre Bergé, entretien avec l'auteure.

90. Régis Debray, entretien avec l'auteure.

91. Bernard Pivot, entretien avec l'auteure.

92. Jean-Claude Gaudin, entretien avec l'auteure.

93. Régis Debray, entretien avec l'auteure.

94. Bernard Vasseur nous a confié : « Elle a peu à peu abandonné toutes ses responsabilités, académie Goncourt, Festival d'Aix et autres, mais il n'a jamais été question qu'elle abandonne la Maison Aragon. Il lui fallait venir à Saint-Arnoult quatre ou cinq fois par an, courir après les subventions, tirer des sonnettes…

dans son état. Je me suis dit, quand même, Elsa Triolet et Aragon, ça a dû être quelque chose pour elle. »

95. Jeanne Laffitte, entretien avec l'auteure.

96. Père Ottonello, entretien avec l'auteure.

REMERCIEMENTS

Je tiens à remercier tout particulièrement Jeanne Laffitte et Michel Faure pour leur confiance et le temps qu'ils m'ont consacré. Leur témoignage m'a permis d'aller au-delà des apparences dont leur amie Edmonde Charles-Roux jouait si bien. Ma gratitude va également à la regrettée comtesse Thamar Kinsky, si généreuse et espiègle, ainsi qu'à la comtesse Genilde Kinsky.

Merci également à Marie Dabadie, à Geneviève Taillade, Sabine Weiss, Marion de Brunhoff, Claudie Rappeneau, Jacqueline de Guitaut, Marie-José Lepicard, Jacqueline Duhesme, Claude Delay-Tubiana, Lilou Marquand, Henri Ponchon, Ferreol de Nexon, Laurent Gaudefroy, Vanja Luksic, Angelo Atzeni, Fanny Zeller et la compagnie théâtrale Les Oiseaux de la Tempête, Pierre Barillet, Jean-Claude Fasquelle, Angelo Rinaldi, Pierre Bergé, Bernard Pivot, Régis Debray, Antoine Boussin, Axel de Neufville, Sophie Guis, Gérard Mannoni, Bernard Vasseur, Charles Silvestre, Michel Pezet, Christian Poitevin, Bernard Tapie, Jean-Claude Gaudin, Jean-Pierre Chevènement, Jacques Barthélemy, Jean Contrucci, Jean-François Picheral, Louis Dreyfus, Frédéric Thiriez, Yvon Reguidel, Lysiane Donati, Martine d'Artagnan, et au père Alain Ottonello.

Merci à Sylvie Clair et aux archives municipales de Marseille, à Laurence Bernheim, Isabelle Etchegaray, Caroline Berton et aux archives *Vogue* Condé Nast, à Erin Doherty et au magazine *Elle*, à l'académie Goncourt et aux archives municipales de Nancy.

Mes chaleureux remerciements à Émilie Pointereau, irremplaçable vigie. Et bien sûr à Manuel Carcassonne, ou plutôt à « Don Manuel » ainsi que le nommait Edmonde.

DE LA MÊME AUTEURE :

L'Extravagante Dorothy Parker, Grasset, 1994
Les Amants du Soleil noir. Caresse et Harry Crosby, Grasset, 2005
Pour l'amour d'un guerrier (avec Brigitte Brault), Grasset, 2007
Baronne Blixen, Stock, 2015 ; Le Livre de Poche, 2016
Edmonde, Stock, 2019 ; Le Livre de Poche, 2021

PAPIER À BASE DE FIBRES CERTIFIÉES

Le Livre de Poche s'engage pour l'environnement en réduisant l'empreinte carbone de ses livres. Celle de cet exemplaire est de :
200 g éq. CO_2
Rendez-vous sur www.livredepoche-durable.fr

Composition réalisée par NORD COMPO

Achevé d'imprimer en France par
CPI BRODARD & TAUPIN (72200 La Flèche)
en septembre 2023
N° d'impression : 3054549
Dépôt légal 1re publication : octobre 2023
LIBRAIRIE GÉNÉRALE FRANÇAISE
21, rue du Montparnasse – 75298 Paris Cedex 06

59/1462/0